花嫁首

柴田錬三郎

JN250801

ころび伴天連《バテレン》の父と武士の娘である母を持ち，虚無をまとう孤高の剣士・眠狂四郎。彼は時に老中・水野忠邦の側頭役から依頼を受け，時に旅で訪れた土地で謎と遭遇して，数々の難事件を解決する名探偵でもあった。密室状態にある大名屋敷の湯殿で，奥女中が相次いで不可解な死を遂げる「湯殿の謎」。寝室で花嫁の首が刎《は》ねられ，代りに罪人の首が継ぎ合せられていた「花嫁首」。偶然助太刀した武士の妻の仇討ちに隠された，意外な真相が明かされる「悪女仇討」。時代小説の大家が生み出した異色の名探偵が奇怪な事件に挑む，珠玉の21編を収録する。

花　嫁　首

眠狂四郎ミステリ傑作選

柴田錬三郎

創元推理文庫

HEAD OF THE BRIDE

by

Renzaburo Shibata

2006, 2009

目次

花嫁首

眠狂四郎ミステリ傑作選

雛《ひな》の首

一

夜二更《にこう》の鐘が、どこかで鳴った頃合――。

裸蠟燭《はだかろうそく》の焔《はのお》に照らされた盆蒲団《ぼんぶとん》をかこんで、七八名の、いずれも一癖二癖ありげな無職者《ぶしょくもの》・渡り仲間《ちゅうげん》が、巨大な影法師を、背後の剝《は》げ壁や破れ障子に這《は》わせて、ゆらゆらとゆらめかしていた。

空家である。

五つ刻《どき》からはじめられた勝負は、いまや、殺気に似た凄《すさま》じい緊迫した空気をはらんで、いつ果てるとも思えぬ。

花見の季節が来ていたが、夜半は、まだかなり冷える。しかし、この連中の五体は、かた肌もろ肌を脱ぐ程熱していて、それぞれの刺青《いれずみ》をあぶらぎらせていた。

中でも、すっぱり、褌《ふんどし》ひとつになった壺振りの、くりからもんもんは、全面朱ぼかしで、ひときわ鮮やかであった。まだ二十歳を越えたばかりの、はりきった白い肌理《きめ》が、一層朱色を美しく際立たせているのであった。

向いに坐《すわ》っている中盆《なかぼん》が、丁半《ちょうはん》の張りかたを見くらべて、鋭く、

「壺っ！」

と、声をかけた。

壺振りは、紙張りの藤の壺皿に、鹿の角の骰子《さいころ》を、ぽんと抛《ほう》り込んで、くるっとまわして、ぱっと伏せ、二三度、つつつと動かした。この手振りが、張り方の呼吸に合わぬと盆の空気は、乱れる。

朱ぼかしの若い壺振りの手は、一同の全神経を、びりっと緊《し》めつける見事な動作をしめした。

血走った、飢えた野獣のそれにも似た眼光が、壺皿へ集中して、まばたきもしない。

だが、たった一人だけ、冷やかな眼眸《まなざし》を、壺皿へ送っている者があった。勝負に加《くわ》わらず、先程から、壁に凭《よ》りかかっている黒羽《くろは》二重《ぶたえ》着流しの浪人者であった。異人の血でも混っているのではないかと疑われる程彫《ほり》のふかい、どことなく虚無的な翳《かげ》を刷いた風貌の持主であった。まだ三十にはなるまい。

今夜はじめて、この鉄火場《てつかば》へあらわれた人物であった。

「博奕《ばくち》というものを見せてくれ」

それが挨拶《あいさつ》で、あとは終始無言で、皆から忘れられている存在であった。

「勝負っ！」

中盆の威勢のいい掛声とともに、壺振りは、さっと壺皿をあげた。

その刹那《せつな》、壺振りの微妙な右の小指の動きを——それは目にもとまらぬ素早さであったが、浪人者の眸子《ひとみ》だけは、見のがしてはいなかった。壺皿があげられるたびに、浪人者の口もとに、かすかな皮肉な微笑が泛《うか》べられるのが、見破った証拠であった。

「ちょっ！　今夜は、四三と四六がよく出やがるの」

と、一人が吐きすてた。

四三と四六が出ると、丁と半との金高は対等しなくてもいい。差額は胴元の負担となる。半払いでよく、半額は胴元の儲《もう》けである。

それから、幾度《いくた》びか、勝負がすすめられているうちに、ついに、渡世人《とせいにん》の一人が、壺振りのいかさまを見破って、いきなり、

「野郎っ！　ふざけるなッ！」

と、喚《わめ》きざま、拳《こぶし》をふるって、なぐりつけると、盆蒲団の上へ仁王立ちになった。

「なにをしやがる！」

「どうも、おかしいと思ったら、いかさまをつかやがって——こん畜生っ！　おい、みんな、この壺振りと胴元を、たたき斬っちまえ！」

き抜いた。


喧嘩《けんか》には馴れている連中である。ぱっと二手にわかれて、おのおの脇差《わきざし》や木刀や匕首《あいくち》を抜きはなった。

この時、壁に凭りかかっていた浪人者が、のそりと立ち上って、

「待て——」

と、声をかけた。

「この場を、私にまかさぬか」

「うるせえ、すっこんでろ！」

いかさまを見破った渡世人が、凄い目つきで睨《にら》んだが、浪人者は、微笑したまま、

「私は、この壺振りの身柄を預かりたいのだ」

と、云った。

「なんでえ、おめえさんなんかに、おいら、用はねえぜ」

こんどは、壺振りが、噛みつくように怒鳴った。

「お前に用はなくとも、私の方にある」

「すっこんでいやがれ！　駄さんぴん！」

苛立《いらだ》った渡世人が、抜いた脇差を、真っ向から斬りおろした。

だが、浪人者は、躱《かわ》すでもなく、刀の鞘で、ぽんとはらいのけ、鐺《こじり》で、渡世人の水落《みずおち》を、突いた。うっと呻《うめ》いて、渡世人は、膝を折る。

「やりゃがったなっ！」

他の無職者たちが、喚いて、どっと斬りかかろうとした瞬間、

「たわけっ！」

と、浪人者の口からほとばしった気合の凄じさが、部屋を森《しん》としずまりかえらせた。さして大声でもなかったにも拘《かかわ》らず、一同の四肢をしびれさせるに充分の威力を持っていたのである。

「おい、若いの、着物をつけて、私について来い」

「へ、へい――」

浪人者の鮮やかな威圧ぶりに、気をのまれたというよりも、畏敬の念が生じたか、若い壺振りは、いそいで着物をひっかけた。

二

外は、明るい月夜であった。

ひっそりと寝鎮った町中を、浪人者と壺振りは、地面を濡らしたように濃いおのれの影法師を踏んで、ゆっくりと歩いて行く。

「旦那《だんな》、どちらへいらっしゃるんで？」

それにこたえず、ふところ手の浪人者は、前方を向いたままで、

「お前は、本職は、掏摸《すり》だな」

と、云った。

「図星！　お目が高《たけ》え。金八《きんぱち》と申しやす。……あっしの指さきを御入用でござんすか？」

「なに、お前の身ごなしの軽いのを借りてな、これから、押込強盗をやろうという趣向だ」

「御冗談を——。旦那、掏摸やいかさま博奕は、職人でさあ。強盗なんて、人ぎきのわるい」

「私も、あまり気がすすまぬが……、金にはなるぞ。忍び入るのが大名屋敷だ」

「へ？」

金八は、びっくりして、浪人者を窺《うかが》い見た。薄気味わるいくらい冴えた冷たい横顔であった。

「その大名屋敷の側頭役《そばがしらやく》が、今日まで、おれを養ってくれたのだ。無下《むげ》に断れぬので、引受けた」

奇妙なことを、浪人者は、口にした。

「旦那は、なんと仰言《おつしや》る方なんで？」

「眠狂四郎《ねむりきようしろう》——とおぼえて置いてもらおう」

「ねむり——へえ」

金八、なんとなく、首をひねった。しかしもう、この得体の知れぬさむらいの持っているふしぎな魅力を、金八は、敏感に肚裡《とり》にうけ入れていたのであった。

「旦那は、博奕もなさらねえのに、なんで、あそこへおいでになったのでござんす?」

と、訊いてみて、

「お前のような男を捜しに来たのだ」

と返辞されると、金八は、にやっとした。

やがて——。

狂四郎が立ちどまったのが、その言葉通り、宏壮《こうそう》な大名屋敷の門前であったので、金八は、少々身がちぢまりつつも、棟飾りの鯱《しゃち》を仰いで、

「こいつは、すげえや」

と、呟《つぶや》いた。

押込強盗をやると云い乍《なが》ら、意外であったのは、眠狂四郎が、突棒《つくぼう》・差股《さすまた》・袖搦《そでがらみ》などを飾った番所の前を悠々と通り過ぎて、長屋門脇の潜門《くぐりもん》で、堂々と自分の名を告げたことであり、またそれを待っていたかのように、門が開かれたことであった。

金八は、勝手を知った足どりで表長屋の前をすたすたと進む狂四郎に、

「旦那、このお屋敷は、もしや、御老中《ごろうじゅう》の水野《みずの》越前守《えちぜんのかみ》さまの?——」と、ささやいた。

「上屋《かみや》敷《しき》だ。押込みをやるには、不足はなかろう」

「押込みを、門番が通してくれるなんて——」

「そういう筋書なのだ」

狂四郎が、入って行ったのは、一軒建ての門構えの家であった。重役の住いである。用人《ようにん》に、書院へみちびかれて、金八は狐《きつね》につままれたような面持《おももち》であった。

時刻は、すでに、三更《さんこう》をまわっていよう。静寂は、重苦しい程であった。

待つ間もなく、あらわれたのは、五尺足らずの、額と顴骨《かんこつ》が異常に突出した、およそ風采《ふうさい》のあがらぬ老人であった。

「今夜あたり参るであろうと思っていた」

最初の言葉が、これだった。

「酒を頂きたいが——」

それが、無表情な狂四郎の挨拶であった。

老人は、頷《うなず》いて、手をたたき、それから、携えている折りたたんだ紙をひろげてみせた、屋敷の見取図であった。

「ここと、ここじゃ」

老人は、朱点を入れた二個所を指さしておいて、ちらと金八を見やり「貴公がえらんだ男なら、うまくやるだろうの」と、独語めかして云った。

女中が、酒をはこんで来ると、老人は、よいしょと立ちあがり、あるまいな？」

「ご老人――。念の為に、おたずねして置くが、筋書をどたん場で書きかえるようなことは

「では、たのむ」

そう訊ねる狂四郎の面上を一瞬、鋭いものが掠《かす》めた。

「わしが、そんな人間かどうか余人は知らず、貴公から疑われるのは心外だの」

「私の首ひとつぐらい飛んだとて、けろりとしている御仁だ、あなたは――」

「いやいや、貴公は、滅多にあの世に送れぬ男だよ。たのむぞ」

顔に深く刻まれた縦横の皺《しわ》の中に一切の感情をひそめてしまい、いっそ好々爺然《こうこうや》としたにこやかさで、老人は出て行こうとしたが、襖《ふすま》を閉めがけに、ひょいとふりかえって、

「眠――、毒を持っていても花は花だぞ、散らしかたに気をつけてくれ。そっとな、そっと――」

と、謎めいた言葉をのこした。

狂四郎は、苦笑した。

酒を口にはこび乍ら、しばらく、見取図を熟視していた狂四郎は、

「そろそろ、やっつけるか」

と、呟いた。

「旦那、あっしの役日は？」

金八が、緊張した面持で、訊ねると、

「うむ。お前が、忍び込むのは、この部屋だ。ここに雛段《ひなだん》が設けられてある。盗むのは、その内裏様《だいり》だ。お小直衣雛《このうし》と申してな、お前などはじめて見る代物だから、すぐわかる。あわをくらって、楽人や能人形をひっ摑《つか》んで逃げるな。上段の鏡蒲団に乗ったやつだ」

「へい。でも。暗闇じゃ、ひょっとして――」

「雪洞《ぼんぼり》がつけっぱなしの筈《はず》だ……お前は、次の間に忍び入って、息を殺して居れ。そのうち――そうだ、半刻も経ったら、騒ぎが起る」

「え？　騒ぎって？」

「待って居れば、わかる。すると、雛の間で、内裏様の伽《とぎ》をしていた女中も、あわてて、そっちへ走るだろう。その隙に、お前は、内裏様を頂戴《ちょうだい》して、この家へ逃げ戻るのだ。ついでに、お菱かちんの三枚もくすねて来るか。はははは」

三

眠狂四郎は、墨を流したような闇の長廊下を、まっすぐに音もなく、歩いていた。闇に目が利き、足音を消す修業の出来ている人物であった。

賭場《とば》でひろったいなせな巾着切《きんちゃくきり》を、雛の間の控部屋へひそませておいて、これから、一人の奥女中が臥《ふ》している部屋へ、踏み込もうとするのであった。そのことに躊躇《ちゅうちょ》はなかったが、かすかな自嘲が、胸の底にたゆとうていた。ばかげた行為なのである。節義廉恥《れんち》を知る者のなすべきしわざではなかった。それを敢《あ》えてやってのけようとするのは、依頼者の、あの五尺足らずのみにくい老人――この水野忠邦《ただくに》邸の側頭役武部仙十郎《たけべせんじゅうろう》の、底知れぬ肚《はら》の意図《いと》を、面白いと読んだからにほかならぬ。余人の企ておよばぬ途方もない運だめしであった。

狂四郎は、ぴたりと足をとめた。この時、はじめて故意に小さな音をたてていた。

襖へ手をかけて、耳をすました。

静寂にかわりはない。闇は動かず、内部に、なんの気配もきかなかった。にも拘らず、狂四郎の直感力は、鋭く磨《みが》いた神経にふれるものを予知したのであった。

――成程。これは、花の散らし甲斐《がい》がある。

次の瞬間、狂四郎は、襖をすっと開いていた。

一歩入る。

闇は、しいんとして、ひそまっている。ほのかな伽羅《きやら》の匂いがした。

狂四郎は、うしろ手で襖を閉めた。すでにこの時、彼は、右横の襖に、ぴたりと身を吸いつけている者をさとっていた。襖を閉めてみせたのは、この刹那をはずさず、相手が飛びかかってくるのを誘うためであった。ところが、相手は、それに乗ってこなかった。

こちらから飛びかかるのは、好まぬ気性であった。狂四郎は、わざと、のべられた夜具を狙うがごとく、二歩あまり進んでみせた。

はたして、背後から、風のような襲撃があった。身をひねって、短剣を摑んでいる手を、逆にねじって、無造作に、床の上へ組み敷いた。

「出来るな、そなたは——」

狂四郎は、大きく闇に瞠《みひら》いたまなこを、相手の顔へ寄せた。化粧と甘肌の香りが心地よい。

相手は、あくまで、無言で、はげしくもがいた。押えつけた太股《ふともも》や二の腕の、しなやかな弾力のある手ごたえが、狂四郎の血を、残忍なものにかりたてた。

「抵抗しても無駄とさとったら、いさぎよく観念せい——と教えられている筈だぞ。間者《かんじゃ》は、いかなる屈辱をも、あまんじて受けるべきだろう」

狂四郎のささやきが、女の力を、がくっと失わしめた。

闇は、そのまま、沈黙の男女をつつんで、時刻を移した。

ふいに、狂四郎は、女から身をどけて、臥床《ふしど》を抜け出た。女は、死んだように動かなかった。

かちっと、狂四郎の手で、燧石《ひうちいし》が打たれたとたん、女は、「あっ——」と驚愕《きょうがく》の声を発して、はじかれたように起き上った。

「明りだけは、おゆるしを——」

せき込む必死の嘆願を、狂四郎は、冷やかにしりぞけた。

「礼儀をわきまえて忍び入った人間ではない、我慢してもらうことだ」

角行灯《かくあんどん》に入った灯《ひ》が、部屋へ、波紋のように赤い明りをひろげた。

狂四郎は、白羽《しろは》二重に緋縮緬《ひぢりめん》のしごきを締めた寝間着姿へ、じろりと一瞥《いちべつ》をくれて、透けるような白い項《うなじ》の、いたいたしい細さに、ふと、胸の奥に、かすかな痛みをおぼえた。

——自らもとめて、間者となって、この屋敷へ奉公したのではあるまいに……。

当時——。

幕閣における、政権争奪のために、互いに密偵をはなつのは、日常のこととなっていた。

文政《ぶんせい》十二年の今日《こんにち》、江戸城内に権勢を専《もっぱ》らにし驕奢《きょうしゃ》を恣《ほしいまま》にしているのは、老中筆頭水野出羽守忠成《でわのかみただあきら》であった。将軍家斉《いえなり》とその生父一橋治済《ひとつばしはるさだ》の殊寵《しゅちょう》を得、徳川《とくがわ》一門以外に例のない紋付の鞍覆《くらおおい》まで下賜《かし》されていた。そして、若年寄林肥後守《わかどしよりはやしひごのかみ》（御勝手掛《おかつてがかり》）、御側御用取次《おんそばごようとりつぎ》水野美濃守《みのかみ》、御納戸頭取美濃部筑前守《おなんどとうどりみのべちくぜんのかみ》（新番頭格《しんばんがしら》）という城内要部をかためた三人が、忠成の腹心であってみれば、他の閣僚は、手のつけようがなかった。

ところが、昨年、水野越前守忠邦が、京都所司代《しょしだい》・侍従《じじゅう》より西丸《にしのまる》老中に任じ、家斉の世子家慶《いえよし》の輔佐役《ほさやく》として登場するや、幕閣内は、微妙な変化を、徐々に示しはじめたのである。

水野忠邦が、国政を一手でとりしきる大志を抱いていることは、誰の目にも明らかであった。忠邦は、もと唐津《からつ》六万石の領主であった。ところが、唐津を領する者は、他の西国の諸侯と交代して、長崎を警衛する重任を負っていたために、老中の任に昇ることを許されなかった。忠邦は、これを憾《うら》みとして、自らすすんで、封《ほう》を浜松《はままつ》に移さんことを請うて、ついに許された。実収入を比べると、唐津は、二十五万石の上を出て居り、浜松は、僅《わず》かに十万石の下にある。家臣たちが、移封を諫《いさ》めたのは、当然のことであった。だが、忠邦は、頑《がん》として、きき入れなかった。それ程、忠邦の、老中たらんとする野心は、熾烈《しれつ》だったのである。

この忠邦の江戸城登場を、水野忠成一統が、黙過している筈はなかった。暗黙の闘争は、ここに、凄じい展開をみせようとしていた。

このたぐい稀《まれ》な美しい女が、若年寄林肥後守のはなった密偵であることを疑った忠邦の側頭役武部仙十郎が、狂四郎をつかって、その正体をあばく苦肉の計をとったのは、すでに、美保代《みほよ》という この女に忠邦の寵愛《ちょうあい》が注がれていたからである。尋常の手段で、美保代を追放することは不可能と知った仙十郎は、ついに、最もむざんな賭博《とばく》をやってのけたのである。

賭博は、成った。

眠狂四郎は、一片の憐憫《れんびん》を払いすてると、ゆっくりと立ち上った。

「美保代――どのと申されたな……正体を見破られた以上、覚悟は、おできだろう。わるびれぬことだ。お互いさまにな」

美保代は、この言葉に、はじめて、顔を擡《もた》げて、ふりかえった。

瞬間、四つの瞳が、食い入るように、相手を、凝視した。

――美しい！　美しすぎる！

たったいま犯した女が、もう近づきがたい﨟《ろう》たけたものに、狂四郎には、眺められた。

美保代の方も、不思議なことに、憎悪とはちがった、名状しがたい戦慄《せんりつ》を、うっそりと立ったこの浪人者から受けていた。

奇妙であったのは、狂四郎がとった次の行動であった。

ずかずかと廊下へ出ると、突如、大声をあげて、

「水野越前守の上屋敷は、空家か！　一介の素浪人が、御老中の寵愛する美女を奪いとったのだぞ！　出あえ！」

と、よばわったのである。

瞬時の後、屋内は、騒然となった。

その隙に、内裏雛を小脇にした小者《こもの》が、影のように、物蔭《ものかげ》から物蔭へ、掠め去ったのであった。

四

淡い黄色の釉《うわぐすり》をかけた青磁の肌をおもわせる、あけはなたれた空の色であった。

陽は、斜めに、ひろびろとした白砂の庭に落ちていた。築山《つきやま》もなければ、泉水もない。風情といえば、箒目《ほうきめ》の美しい白砂の、ところどころに、苔《こけ》をのせた奇岩が、島影見たてに浮いていることであった。

狂四郎と美保代の二人は、広縁の前の敷石に、ひき据《す》えられていた。縛られてはいなかった。狂四郎が、頑として拒み、急報ではせつけた武部仙十郎が、それを容《い》れたのである。予《あらかじ》め打合わせていたことであった。

横と背後を菖蒲革《しょうぶがわ》の模様の袴《はかま》の股立《ももだ》ちをとった数名の家臣が、六尺棒を持って、まもっていた。

狂四郎の昂然《こうぜん》と擡げた顔は、全く無表情であり、美保代の、うなだれた顔は、血の気をひいて蒼白であった。

静かな朝である。

やがて、広縁のかなたに、水野忠邦の姿があらわれた。三十半ばを迎えたばかりの忠邦は、野望に燃えた精悍《せいかん》の気概を、その風貌《ふうぼう》にあらわしていた。上背もあり、胸も厚く張っていた。佩刀《はいとう》を捧げた小姓のうしろから、武部仙十郎が、曲げた腰にうしろ手を組んで、ひょこひょことついて来た。他には、誰もしたがっていなかった。武部仙十郎の配慮に相違なかった。

忠邦は、広縁の端に立ちどまると、狂四郎を、じっと見下ろした。

「眠狂四郎、と申したな。偽名だの?」

「聊《いささ》か、故《ゆえ》ありまして――」

「この女中を犯したと高言したと申すが左様か？」

「偽りは申しませぬ」

「理由をきこう」

「一昨日《おととい》、この御女中が宿下りの途次、ふとお見受け致し、懸想《けそう》いたしました」

ぬけぬけと狂四郎が云いはなつや、うなだれた美保代の顔色が、かすかに動いた。一昨日の宿下りは事実であった。しかし町なかの通過にあたっては、乗物にかくれて、一切、顔をのぞかせたおぼえはない。見受けたというのは嘘である。なぜ、嘘をつくのか、美保代には、わからなかった。

「たわけ！　その方は、余程の拗者《すねもの》だな」

「御意《ぎょい》――」

狂四郎は、平然として、かすかな微笑さえ口もとに刻んだ。

忠邦にとって、これは、信じられぬことであった。世にも途方もない曲者《くせもの》がいるものではないか。報《しら》せを受けた時は、かっと激怒したが、こうして見下ろしていると、この浪人者の面上にただよう不敵な静けさに、ふと惹かれるものをおぼえ、忠邦は、相手の微笑にさそわれそうになって、急に、険しい表情をつくった。

「逃げ去らずに、高呼ばわりした理由を申せ」

「ふたつの首をはねて頂きたい為でございました」

この言葉は、流石《さすが》に、忠邦を、むかっとさせた。

「なんと申す！」

鋭く睨《ね》めつける眼光を、冷やかに受けて、狂四郎は同じ言葉をくりかえした。

「うぬがっ、よし、はねてくれる」

忠邦は、あらためて、寵妾《ちょうしょう》を犯したこの浪人者に対する憤怒《ふんぬ》をわきたたせると、いきなり小姓の捧げた佩刀を摑んで、抜きはなった。

すると、武部仙十郎が、

「殿——。そやつを斬るのは、しばらく、御猶予《ゆうよ》下され。ちと、詮議の筋がござれば——」

と、とどめた。

「なんの詮議だ？」

「昨夜のうちに、将軍家より拝領のお小直衣雛が、紛失いたしたのでござる。女中どもめ、生きた心地も無うて、屋敷中を捜しまわって居りますわい。あるいは、こやつのしわざかも知れませぬて——」

——狸爺《たぬき》さまめ。

狂四郎は、肚裡で、苦笑した。

何食わぬ顔つきとはまさしく、この老人の表情をいうのであった。

忠邦は、大声で、

「その方、雛まで盗み居ったかっ?!」

と、叱咤《しつた》した。

「いかにも、無断拝借つかまつりました」

「何処《いずこ》へ匿《かく》した?」

「申上げる前に、ひとつおききとどけ願わしき儀がございます」

「盗人《ぬすつと》め、小ざかしい交換条件を持出す心算《つもり》か?」

狂四郎は、微笑して、人ばらいを願い、仙十郎が、それを忠邦に許させた。

「私は、御老中お手ずから、ふたつの首をはねて頂きたい為に、逃げ出さずに、斯《か》くの如《ごと》く、神妙に御前に在る、と申上げました。左様、ふたつの首と申すのは、われわれ両名の首にあらず、内裏雛の首のことでございます」

「…………」

忠邦は、大きくまなこを瞠いた。

「御老中！　将軍家拝領のお小直衣雛の首を、見ん事はねる勇気があらせられるや否《いな》や?」

「…………」

こたえぬ忠邦にむかって、狂四郎は、遽《にわか》に、容儀語調を、粛然《しゆくぜん》たるものに改めた。

「御老中！　つたえきくところによれば、ここ数年の公儀歳出入は年平均五十余万両の赤字と申すではございませぬか。この赤字埋めが、貨幣改鋳、その出目《でめ》によって繰合わせてあるしまつ。世は、上下驕奢をきわめ、物価ばかりを騰貴《とうき》させ、大名旗本は、いずれも、財の足りた者は一人も居らず、大阪の商人どもに一時しのぎに借財して、かえって利息返償に苦しめられ、家中の禄《ろく》を借りあげたり、紙金の通用でごまかして居らざる者なき有様。それにひきかえて、町人どもは、徽宗《きそう》の画の小幅を千両で買入れたり、南蛮暖簾《のれん》の水さしを三百両で求めたり、言語道断の贅《ぜい》をつくして居りますぞ……かかる時世がいつまでつづくか——誰かが、やらなければなりませぬ。誰かが、この弛解《しかい》を引《ひき》しめ、奢侈《しゃし》を競う世俗を更新させねばなりませぬ。白河楽翁《しらかわらくおう》が、田沼《たぬま》が廟堂《びょうどう》に倒れた後の塵世《じんせい》を浄化したように——」

正論であった。いや、これは、忠邦の心中をそのまま、狂四郎が代弁したようなものであった。狂四郎は、実は武部仙十郎からきいた忠邦の大きな野心を、逆手に取って捩《ねじ》ったにすぎなかった。

狂四郎は、つづけた。

「今日、幕政の紊乱《びんらん》に改革の鞭《むち》を加え得るお人は、御老中——貴方様《あなた》を措《お》いて外には、ございますまい。されば、その勇気の程を、お見せ願わしゅう存じまする。将軍家拝領の雛の首を断つ勇気がなくて、なんの改革の大志ぞ！」

厳然と云いはなたれて、忠邦は、ひくく呻いた。いわば、これは、将軍家斉を倒さずして、改革決行はならず、の謎である。しばしの息づまる沈黙の後、忠邦は、努めて声音を穏かな

ものにして、

「雛の在処を申せ」

と、云った。武部仙十郎が、にやにやと相好《そうごう》をくずした。

「このご老人の家の玄関わき、木賊《とくさ》の中にかくしてありまする」

あらかじめ、仙十郎と打合わせて置いた場所を狂四郎は告げた。

間もなく、お小直衣雛が、忠邦の前へ据えられた。忠邦は、それまで、抜いた佩刀を右手に携えたなりであったが、ものも云わずに、一閃二閃した。

二個の首は、広縁から飛んで、偶然か、男雛《おびな》のそれは、美保代の前へ、女雛《めびな》のそれは、狂四郎の前へ、落ちていた。

「その首、その方どもへくれてやる」

と、云いすてて、忠邦が、佩刀を仙十郎に渡しておいて歩き出そうとした時であった。

ふいに狂四郎が、美保代のからだを、だっと突きとばした。一本の矢が、唸《うな》りを生じて、美保代の坐っていた跡をかすめて、縁の下の根肘木《ねひじき》へ、突き立った。次の瞬間、狂四郎は、仙十郎から投げ与えられた忠邦の佩刀を摑んで、庭の一角へむかって、飛鳥のごとくひたばしっていた。

狂四郎の目ざす白砂上の奇岩の陰から、小者風のいでたちの男が、次の矢をつがえて全身をあらわした。この男が、水野忠成側の隠密《おんみつ》であることは云うまでもなかった。捕われた味方の間者を、自らの手で殺すのは、定められた掟であった。

狂四郎は、奇岩三間《げん》のてまえで、飛び来った矢を、走り乍ら、切り払った。

男は、つつつつと左方へ走って、陽ざしを背にして、脇差を抜いた。

間合《まあい》をとった狂四郎は、敵の構えが見事であるのを見てとると、にやりとした。

「眠狂四郎の円月殺法を、この世の見おさめに御覧に入れる」

静かな声でいいかけるや、狂四郎は、下段にとった。刀尖《とうせん》は、爪先より、三尺前の地面を差した。そしてそれは、徐々に、大きく、左から、円を描きはじめた。男の眦《まなじり》が裂けんばかりに瞠いた双眸《そうぼう》は、まわる刀尖を追うにつれて、奇怪なことに、闘志の色を沈ませて、憑かれたような虚脱の色を滲《にじ》ませた。

刀身を上段に——半月のかたちにまでまわした刹那、狂四郎の五体が、跳躍した。

男のからだは、血煙りをたてて、のけぞっていた。

眠狂四郎の剣が、完全な円を描き終るまで、能《よ》くふみこたえる敵は、いまだ曾《かつ》て、なかったのである。

禁《きん》苑《えん》の怪

一

梅雨《つゆ》あがりの、じっとりと肌が湿付《じめつ》く、風のまったく落ちた宵《よい》であった。月も星影もなく、ここ柳原堤《やなぎはらどて》の切れる筋違御門《すじかいごもん》の前にひらけた八辻原《やつじはら》は、墨を流したような闇につつまれていた。

和泉橋《いずみばし》の方から、しずしずと進んで来た行列の提灯《ちょうちん》が、ぼうっと赤く滲《にじ》んで、狐火《きつねび》を思わせる。闇の中を、濃い靄が流れているのであった。

提灯の家紋三楓《みつかえで》は、大奥医師・室矢醇堂《むろやじゅんどう》のものであった。これから登城して、明晩まで御《お》広敷見廻《ひろしきみまわり》を勤めるのである。醇堂は、御典医《ごてんい》としては最高の法印《ほういん》という位をさずけられて、行列の格式は、無職の旗本大身《たいしん》などとはくらべものにならぬものものしさであった。供廻り侍が四名前後をまもり、挟箱《はさみばこ》持、薬箱持、長柄《ながえ》持、草履《ぞうり》取などが十名余。そして、醇堂の乗っているのは四枚肩（六尺四人）の、美々しい長棒駕籠《かご》であった。

行列が、筋違御門を過ぎて、半町も行った頃合、先頭の侍は、ふと、左方の青山下野守《あおやましもつけのかみ》の屋敷の方から、戛々《かつかつ》たる馬蹄《ばてい》の音がきこえて来たので、この暗闇の中で、責め馬とは御苦労な、と思った。

それにしても、馬蹄の音は、非常な急《せわ》しさで、こちらに迫って来たので、先頭の侍は、身分を知らしめる必要から、提灯を高く掲げてみせた。

だが、それは無駄であった。

騎馬の者は、提灯の明りの距離の中に入り乍《なが》らも、馬の足搔《あが》きをゆるめずに、突入して来たのみか、皆の者が、あっとなって列を崩すのを尻眼にかけて、いきなり、抜刀した。

宗十郎頭巾《そうじゅうろうずきん》の武士であった。

「曲者《くせもの》っ！」

叫びにこたえて、

「眠狂四郎、御典医の薬箱を頂戴《ちょうだい》する！」

高らかに云いはなった。次の瞬間、さっと一刀をさしのべて、薬箱持が担いだそれへぶすっと刺し通して、ぽんと撥《は》ね上げるや、たくみに小脇にかかえ込んだのである。

「御免――」

と、一言のこして馬を躍《おど》らせて、闇の中へ――。まさに、通り魔というにふさわしい早業であった。

眠狂四郎が、水野忠邦の上屋敷内にある側頭役《そばがしらやく》武部仙十郎の家をおとずれたのは、この夜のうち――五つ過ぎであった。

「隠密《おんみつ》やら刺客《しかく》やらに、盛んに尾《つ》け狙われているそうだの？」

「頭上の火の粉だけを払う積りで居ったのですが、それだけでは済まされなくなった模様です。これも、元を糺《ただ》せばあなたのせいだ」

書院における最初の会話がこれだった。並の挨拶《あいさつ》は、不必要とする間柄であった。

「わしはわしでな、貴公がそうなるのを待っていたのじゃよ」

仙十郎は、含み笑いをして、上目使いに、からかうような視線を、じろりと送った。

額と顴骨《かんこつ》が異常に突出した、風采《ふうさい》のあがらぬこの老人と対坐《たいざ》していると、狂四郎は、故《ゆえ》もなく、圧迫と反撥《はんぱつ》をおぼえるのを常とする。そのくせ、底知れぬ器量を蔵したその肚《はら》の裡《うち》に、どのような企てがめぐらされているのか、とさぐる興味も大きく働いているのだった。

「そうすると、私が今夜うかがった用件は、どうやら、老人の思う壺かも知れぬな――」

狂四郎も、薄ら笑いを泛《うか》べて、懐中から、黒塗りの小函《こばこ》をとり出して、蓋《ふた》をひらいた。仙十郎は、からだをふたつに折って覗き込み、ちょっと嗅《か》いでから、小指で嘗《な》めてみて、

「阿片《あへん》じゃの」と、呟《つぶや》いた。

長崎奉行の下にいたことのある仙十郎は、こうした方面の経験に豊富だった。

「大奥に於《お》いて、誰かがこれを飲まされている筈《はず》です」

狂四郎のこの言葉は、仙十郎の顔の縦横の皺《しわ》の間から驚きの反応を呼ぶに充分であった。

「貴公、これを何処《どこ》から手に入れた？」

「今宵《こよい》、奥医師・室矢醇堂が登城の中途を襲って、薬箱を奪った、と思って頂こう」

「ふむ！」

仙十郎は、なんの理由で奪ったかは訊こうとせず、腕を組んだ。その薬箱の中に、この阿片があったという事実とむすびつけなければならぬ事柄の方へ思慮を集めたのである。

狂四郎は、押上村《おしあげむら》の古寺の離れに臥《ふ》している静香《しずか》のために、薬箱を奪ったのであった。毒槍に傷ついた静香の症状は、重かった。全身をめぐった外国製の毒を駆除するには、やはり、蘭医の内服薬を用いるほかはない、とさとって、醇堂出仕の途次を待ち伏せたのであった。古寺龍 勝寺《りゅうしょうじ》の住職空然《くうねん》が待っている両国《りょうごく》の水茶屋に入って薬箱を調べてみると、さいわい、静香に与えるべき薬はあった。それと同時に、この阿片を発見して、不審を抱いた途端、容易ならぬ事態が、大奥内で起りそうな予感がふと脳裡《のうり》にひらめいたのである。

狂四郎は、仙十郎の表情が、曾《かつ》て見たことのない緊張をしめしているのを眺めて、自分の予感の正しさをさとった。

やがて、仙十郎は、長い沈黙を破って、妙なことを、ぼそりと独語《ひとりご》ちた。

「これは……幽霊退治をせずばなるまいて――」

「幽霊？」

「近頃、西丸《にしのまる》に、幽霊が出てのう。文字通りの幽霊じゃ……丑満《うしみつ》どきに、白衣をつけた、足のない奴が、ふわりふわりとな」

仙十郎は、ちょっと道化て、両手でその真似をしてみせて、にやにやとした。

幽霊は、真実存在すると信じられていた時代であった。そして、柳営《りゅうえい》における幽霊話はその特殊の因襲によって、すこしも珍しくはなかった。本丸四万七千三百坪、二之丸一万千百坪、三之丸六千四百八十坪、西之丸二万五千坪、紅葉山《もみじやま》二万坪、吹上御座向《ふきあげござむき》十万八千八百坪――という龐大《ぼうだい》な地域に、およそ五百人の女中が、男子禁制の異常生活をおくっているのであってみれば、民間では想像もおよばぬ陰湿な欲情・怨恨《えんこん》・憎悪・嫉妬《しっと》が肌の粟立《あわだ》つ淫虐《いんぎゃく》な行為を招くのは亦《また》やむを得まい。そしてその経路にふさわしい亡魂の祟りとなって、人々をおびえあがらせ――語り伝えが重なりあって、十一代を経た今は、かぞえきれぬといって過言ではない。

「眠、幽霊退治は、貴公の役目じゃよ」

仙十郎は、こともなげに云ったことだった。

「私に、大奥へ忍び込めと云われるのか？」

「左様――。後学のために、女護《にょご》ガ島《しま》を見物するのも悪くはなかろう。手筈は万端、わしがととのえよう」

西丸には、将軍家斉の世子である家慶がその妻子と住んでいた。水野忠邦は、その輔佐役《ほさやく》である。忠邦の側頭役たる武部仙十郎に、西丸へ狂四郎を送り込む方法がとれない筈はないわけであった。

二

手習いの子供たちが、騒々しい音をたてて走り過ぎた後は、窓につるした風鈴の音が涼しく鳴る静かな明るい朝――。

今川町《いまがわちょう》の横町にある常磐津《ときわず》師匠文字若《もじわか》の家の茶の間は、ひさしぶりに、陽気な雰囲気《ふんいき》につつまれていた。二階の美保代が、はじめて、床をたたんで、降りて来たのである。まだ、顔色だけは透《とお》き徹るような蠟色《ろういろ》であったが、その所作からは弱々しさが消えていた。

ずうっと泊り込んでいる掏摸《すり》の金八が小おどりせんばかりによろこんで、美保代を笑わせようと出放題を喋《しゃべ》りまくっているところへ、隣家に住む読本《よみほん》作者立川談亭《たてかわだんてい》が朝湯の帰りを寄ったので、いよいよ賑《にぎ》やかになった。談亭は洒脱《しゃだつ》な独身の老人であった。

「おや、談亭先生、お敷きなさいまし」

文字若が、長火鉢《ながひばち》の前の座蒲団《ざぶとん》をすすめると、金八が、

「そこは先生、情夫《まぶ》の席ですぜ。あっしにゃ坐《すわ》らせやがらねえんだ」

「有難や、かたじけなや。罰《ばち》が当りませんかな」

「三味線ひきの家だあな。バチを当てなくちゃ、音は出ねえや。こんな別品が隣にいるのに、先生、指をくわえて、眺めているテはありゃせんぜ」

「荘子《そうし》曰《いわ》く、君子の交わりは淡きこと水の如く、小人《しょうじん》の交わりは甘きこと醴《あまざけ》の如し――と申してな。……とはいうものの、あらたまって、そうすすめられてみると、ひとつ、とくと思案して――」

談亭は、文字若が立てた片膝《かたひざ》の裾合《すそあい》から、白い股《もも》と紅縮緬《ちりめん》がのぞいているのを眺めて、大《おお》袈裟《げさ》に首をふってみせた。文字若は、笑って、

「冗談じゃありませんよ。いくら、あたしが婆さんでも、まだ、こんな禿《は》げ頭から、とくと思案してもらう程男ひでりはしてやしない」

「禿げ頭は、とくとうにきまってら」

「左様、坊主頭は、得度《とくど》と申してな、波羅蜜多《はらみった》に出ている」

「そうよ、朝飯は芋がゆで腹満ちた、ついでに薬缶《やかん》頭を茹蛸《ゆでだこ》にしようって、湯銭八文泣き泣き払い――」

「これだ。近頃の若い者は目上をかろんずこと土の如し。論語に、上に事《つか》うるや敬なり、とちゃんと出て居るぞ。己を知らざる者は、即《すなわ》ち馬鹿という」

「知ってらあ、子《し》のたまわく、ってんだ。馬の鹿に似たる者は千金なり、天下に千金の馬鹿は、あんまり居らざり奉《たてまつ》らず、ってんだろう。このあいだ、両国《りょうごく》の垢離場《こりば》の辻講釈できいたばかりだ」

「無学文盲は困るの。それは、論語ではないて。さあて、中庸《ちゅうよう》であったか左伝であったかな――」

するると、美保代が、微笑し乍ら、

「淮南子《えなんじ》、説山訓ではありませぬか」

「おお、そうそう――これは、どうも恐れ入りました」

「そうれ、みろ。子のたまわく、頭の禿げたが故に尊からずだ」

この時、表の格子《こうし》が開いて、案内を乞う声がした。とたんに、美保代の表情が一変した。

ばあやが使いに出ていたので、文字若が、立って行って、何気なく土間を覗いて、

「まあ、先生！ いったい、なんだって、こんなに長い間、鼬《いたち》の道切《みちきり》をしてたんです」

うっそりと彳《たたず》んだ眠狂四郎は、無表情で、

「世話をかけたな。あの女の傷の方はもう癒えたか？」

そこへ、金八が、首をつき出してうれしそうに叫んだ。

「あっしがついているんですぜ、先生！」

「なに云ってるんだい、金公。ここをどこだと思っているのさ。三味線も人間もピンシャン

するのはあたりまえだよ」

「ちげえねえ」

やがて、二階の一室で、二人きりで対坐すると、美保代は、無言で頭を下げ――そのまま、顔を伏せた。

「貴女《あなた》に詫《わ》びなければならぬ。貴女を襲った男は斬り伏せたが、残念乍ら、男雛《おびな》の首は取り戻しそこねた」

狂四郎は、そう告げつつ、美保代の妖しく冴えた美貌へ、食い入るように、冷たく光る眼眸《まなざし》を送った。

――この女は、なにもかも、あまりにも美しく、気品高く造られすぎている！

一種の焦躁感《しょうそう》が、狂四郎の体内を走りすぎた。美しすぎることが、罪の匂いをはなっている――と意識する男の、逃れ難い感情であった。

「私は、男雛の首をとり戻すまでは、貴女に会わぬ積りでいた。なぜか知らぬが、そうしなければならぬような気がしていた」

美保代は、顔を擡《もた》げて、じっと狂四郎を瞶《みつ》めかえした。理智の光を宿した明眸《めいぼう》がみるみる、たかぶる感動に潤《うる》んだ。

「うれしゅう存じます」

秋波を動かすそのかがやきにあやうく惹き込まれそうになった狂四郎は、強いて声音を冷

やかなものに抑えて、

「確約は出来ぬが、努力はする。お手元に戻らぬ節は、運命とあきらめて頂くほかはない。……今日の用向きは、ほかのことだ。西丸大奥に、貴女と同様の役目をおびて入っている女中がある筈だ。その名と職掌をききたい。ご存じないか？」

「存じて居ります。……でも、おききになって、どうなさいます？」

美保代のおもてに、咎《とが》めるようなきつい色が動いた。その隠密もまた、自分と同じ運命に置かれるのではないか、という疑惑が湧いたのであろう。狂四郎は、苦笑した。

「私は、これ以上、間者《かんじゃ》の貰《もら》い溜《だ》めはせぬ」

そう云われて、美保代は、屈辱と羞恥《しゅうち》で、顔を伏せ、ややしばし、思案していたが、

「そのかたは、志摩《しま》どのと申します。たしか、大納言《だいなごん》様（家慶のこと）の御世継ぎ政之助君《まさのすけぎみ》のお守《も》り役を勤めておいでの筈でございます」

「うむ――」

狂四郎は、大きく頷《うなず》いた。ひそかに予想していたことが当ったのである。

政之助は、家慶の第四子、当年六歳、最近正式に世子となって、家祥《いえよし》とあらためた。家慶が、やがて十二代将軍ともなれば、当然、十三代の地位を襲うことになる少年であった。

白衣の幽霊が出るのは、政之助が住んでいる御殿のお縁座敷に面した中庭であった。そのせいか、最近、政之助は、深夜よく怯えて、はね起きて、わっと泣き出したり、恐怖の叫び

を発したりするようになった。生来、病弱で、よく熱を出すが、ここ一カ月ばかりは目に見えての衰弱ぶりで、日中微熱のとれる時がない。といって、医師たちが交々《こもごも》診断しても、どこにも判然とした症状はみとめられなかったのである。

てっきり、幽霊のせいだ、と信じたお付きの者が、当分別の御殿へ移ることを願い出たが、気性の強い家慶は一言でしりぞけてしまった。

「幽霊ごときに負けるようで、次代が背負えるか。病気なら、医者が治療いたせ。手当をつくして回復しなければ、天命じゃ」

水野忠邦が、このことをきいて、たのもしき大納言卿《きょう》だと、賞讃《しょうさん》していたのを、武部仙十郎は、狂四郎から阿片を見せられた時に、はっと、思い出したのである。

幽霊と政之助の病気と阿片が、深い関連があるなと仙十郎の脳裡で、直感されたのであった。本丸老中《ろうじゅう》水野忠成一統《いっとう》のめぐらした陰謀と睨《にら》んであやまりはないようであった。

西丸大奥に入っている間者の名と職掌を、美保代が知っているのではないか、と考えたのも仙十郎であった。

はたして——狂四郎は、まず、陰謀の一端を摑《つか》んだ。政之助の守り役は、敵方の間者であった！

狂四郎は、刀を把《と》ってすっと立ち上った。

「急ぐ故、これで失礼する」

「あ、あの――」

美保代は、反射的に、目をすがりつかせて、何か云いかけたが、こうした場合云うべき言葉を知らぬかなしさに、そのまま口を緘《つぐ》まねばならなかった。

階段を降りて玄関に出た狂四郎は、ふと思いついて、

「金八――」

と呼んだ。

「へい」

金八がとび出して来ると、狂四郎は、土間へ降り乍ら、

「ついて来い。千代田城《ちよだじよう》の大奥を見物させてやる」

三

どんよりと曇った、むし暑い日の午後、坂下御門《さかしたごもん》を、表使いの中臈《ちゆうろう》を乗せた鋲打乗物《びようううち》が、大丸《だいまる》呉服店のしるしの入った長持一棹《ひとさお》をしたがえて、しずしずと通り過ぎた。御簾中《ごれんちゆう》（家慶夫人）の夏の衣類――羽二重《はぶたえ》、絽《ろ》、縮緬、透紗《すいしや》、越後縮《えちごちぢみ》など一式の誂《あつら》え品を受領して、戻って来たのである。

乗物と長持の前後左右をまもる局《つぼね》、添番《そえばん》、伊賀者《いがもの》、お小人《こびと》が八人。ほかに一人、大丸呉服店の使いとして、唐桟《とうざん》を尻ばしょりにしてちくさの股引《ももひき》をはいた町人が長持のわきを随行していたが、それは、金八にまぎれもなかった。

御裏御門《おうらごもん》を抜けて御切手御門《おきってごもん》に達すると、流石《さすが》の金八も、顔はおろか全身の筋肉がつっぱり、膝頭だけが、妙に力が抜けてがくがくして来た。

——先生！　大丈夫でござんすか？　バレたら、それこそ磔《はりつけ》ですぜ！

金八は、長持の中にひそむ人にむかって、心で呼びかけずにはいられなかった。

無事に御切手御門を通過して、一行は下御広敷の関門七つ口に到着した。時刻は、閉鎖直前になっていた。

御用達町人《ごようたし》は、この七つ口の脇の勾欄《てすり》に来て、部屋部屋の買物をうけたまわるならわしであったので、金八がそこにうずくまってもすこしも不審ではなかったが、奥から長持を受取りに来たお下男《しも》たちが、

「これは、重いぞ」とううんと力んで持ちあげるのを眺めて、思わず立ちあがって、勾欄からのり出したおかげで、

「控えい！」

と締戸番から咎められてしまった。

金八、一生のうち、この時程、びっしょりと冷汗をかいたことはなかった。

——先生！　生きて帰っておくんなさい！　なんまいだ！　なんまいだ！

深夜——。

針ひとつ落ちても遠く響きそうな静寂にとざされた大奥の、とある御納戸《おなんど》で、廊下から洩れ入る金網灯籠《どうろう》の仄明《ほのあか》りを受けて、ひとつの黒影が、長持の蓋を音もなくひらいて、忍び出た。部屋いっぱいに、整然とならんだ簞笥《たんす》、長持、装束箱を見わたして、ここがまちがいなく御簾中の衣裳部屋であるのをたしかめた狂四郎は、脳裡に諳《そら》んじた西丸御殿絵図をひらいて、目ざすべき部屋の方角と距離を測った。

ここは、南端である。目ざす部屋は、西端にある。縁側をつたって行くべきか？　庭園をつき切るべきか？　瞬時の思案の後、狂四郎は、不敵にも、縁側を、非常な速歩で、しかも跫音《あしおと》を消して、つき進んでいた。ところどころに金網灯籠が、赤い灯《ひ》をぼうっとひろげている人気《ひとけ》のない縁側は、おそろしい長さで、つづいていた。

一気に、縁側を通り抜けた狂四郎は、やがて西端の畳廊下へ姿をあらわしていた。この畳廊下も、およそ二町余あったろう。狂四郎は、その距離を、風のように駆けぬけた。この間に、狂四郎が、不寝番の女中に出会わなかったわけではない。ただ、彼女たちは、雪洞《ぼんぼり》をかかげ、上草履の竹皮三枚裏のすり音をたてていたので、狂四郎は遠くで、ききわけて、素早く身を躱《かわ》すことが容易だったのである。

――あそこが、御寝所だな。

と、みとめた狂四郎は、つと、とある襖《ふすま》を開いて、空部屋へ忍び入った。狂四郎にとって幸いしたのは、人の住む部屋からは必ず、ほのかな香の匂いがただよい出ていたことであった。

空部屋から、天井裏へ入り――そして、政之助のやすむお縁座敷へ――。

やがて、お縁座敷の天井の張終《はりじまい》の板が二分あまりずらされて、鋭い眼光が、下へ注がれた。

十畳の上段いっぱいに、水浅黄の蚊帳《かや》が吊られてあった。天井の際《きわ》まで吊りあげてあるので、中のさまは、有明行灯《ありあけあんどん》のあかりで、くまなく見おろすことが出来た。赤い絹ちぢみの夜具を胸まで掛けて、いかにも病弱そうな少年が睡《ねむ》っていた。頰が赤いのは熱のせいであろう。その枕元には、お守りや、神仏の御影を表具したものをかけた小さな衣桁《いこう》が据えてあった。

少年の床から、一畳をへだてた下座に、別の夜具が敷かれ、紅絹《もみ》の枕切れに額をつけて俯《うつ》伏《ぶ》せにやすんでいるお付女中の、かたはずしの黒髪が、くっきりと浮きあがっていた。

――あれが、志摩という間者か？

狂四郎が、じっと視線を据えつけ乍ら考えたのは、自分の仕事が非常な忍耐を要するということだった。

その通りであった。狂四郎は、それから、二昼夜を、この天井裏ですごさなければならなかった。政之助は、狂四郎が見まもる二夜を、何事もなく、睫毛《まつげ》もうごかさずに、すやすやと睡入《ねい》ったし、お付女中も疑わしい振舞いをみじんもしめさなかった。

凶事は、三日目の丑《うし》八つ下刻に起った。

ふいに、睡っている筈の中臈《ちゅうろう》が、すっと身を起すのを見おろして、狂四郎は、天井裏の暗闇で、にやりとした。

美保代に劣らぬ凄艶《せいえん》な美貌の中臈は、すすすっと上段へ進むと、夜具をはねて、政之助を抱き起すや、いきなり、その股《また》のあたりを強くつねりあげたではないか。

政之助は、痩《や》せた両手をもがかせると、全身を激しく痙攣《けいれん》させて、

「ああっ!」

と、悲鳴をあげた。

間を置いて、中臈の白い手は、残虐なしぐさをくりかえし、少年の悲鳴をつづけさせた。

次の間から、

「だんなさま!」

と、側《そば》女中が、不安そうに呼び掛けると、中臈は、わざとおそろしげに、

「また……出たのではありませぬか!」

と、声を顫《ふる》わせた。

「見て参りまする」

とこたえて、走り出て行ったかと思うと、すぐにかけ戻って来て、恐怖をあおらせた蒼白

な顔を覗かせた側女中は、息をはずませつつ、

「出て居りまする！」

と、上ずった声で告げた。

この時――。

音もなく天井裏を走った狂四郎は、空部屋へ跳び降りて、縁側から、中庭へ躍り出ていた。

月はなかったが、満天に、降るような星がかがやいていて、広い白洲や泉水に、その光を映しているせいか、遠目が利いた。

泉水の東端にあたって、宙に、白いものが、ふんわりと浮いていた。

それにむかってひたばしる狂四郎の黒影は、鹿よりも速かった。

宙に浮いているのは、左右に袖《そで》をひろげた一枚の白衣であった。顔も手足もなく、地上数尺のところで、その綿入の裳裾《もすそ》を、夜風になびかせつつ、くるりくるりとゆるやかにまわっていた。宛然《さながら》、大きな凧《たこ》であった。

その真下には、古井戸が、暗い口を開いていた。白衣は、この井戸の底から舞い上ったとおぼしい。

馳《は》せ寄りさま、狂四郎の腰間《ようかん》から鞘走った一刀は、裳裾と井戸の石縁との空間を、横に薙いだ。

すると、奇怪――白衣は、ふわっと一尺あまり上空へ昇ったではないか。

次の刹那《せつな》、狂四郎は、地を蹴って跳躍するや、襟からふきまでの四尺余の丈を、一直線に斬りおろしていた。

白衣は、異様な撥音《はつおん》を夜空にひびかせて、まっぷたつになって、へなへなと地上へ舞い落ちた。

狂四郎は、それをひろいあげようともせず、のっそりと、古井戸に近づいて、じいっと覗き込んだ。暗々たる黒一色の底から、いかなる気配を察知したか、狂四郎が次に取った行動は、無造作に石縁をまたぎ越すことであった。綱梯子《つなばしご》が、石縁に鉤《かぎ》をかけて、垂れ下っていたのである。

四

爽やかな朝風をはらんで、陽光は、斜めに、後苑《こうえん》の林泉に落ちていた。

権《ごん》大納言・右大将家慶は、昨夜狂四郎が怪衣を両断した地点に彳んで、古井戸へ、若々しい眼眸をそそいでいた。すぐ脇にひかえているのは、西丸老中水野忠邦であった。後方に、奥女中二十余名が小砂利に膝をついてきらびやかに居並んでいた。

いま——。

二人の伊賀者《いがもの》が、忠邦の下知によって古井戸の底に沈もうとしていた。

「これが幽霊の正体でございまする」

朝食を摂り終えてすぐ、表御座所へ出て来た家慶に、水野忠邦は、両断された大紋綸子《りんず》の間着《あいぎ》をさし出したのであった。

十五筋立の葵紋が染め抜かれてあるのをみれば、御簾中のものであることに疑いはなかった。

「これが、宙に、浮いていたと申すのか？」

訝《いぶか》しげに眉をひそめる家慶に、忠邦は、笑い乍ら、妙な形の絹袋を示した。これは、今の言葉でいえば、液状の弾性ゴムを塗った小型気球であった。勿論《もちろん》、外国製品であり、これに石炭瓦斯《ガス》を充塡《じゅうてん》して浮游《ふゆう》力を与えて、白衣を宙に泳がせていたのである。

忠邦は、何者がこの様な密輸入品を使用していたかは、わざと告げずに、

「この幽霊めが迷い出ました古井戸を一度御上覧賜《たま》わりますよう――」と、すすめたのであった。

やがて、綱梯子をつたって、伊賀者がひきあげたのは、荒縄でぎりぎりに縛りあげられたお伽《とぎ》坊主であった。（お伽坊主といっても、男ではなく、仏をまつるお清《きよ》の間と神をまつる大清の間に付いている尼僧《にそう》のことであった。）

家慶は、大きく目を瞠《みは》って、息をのんだ。勿論、後方の女中たちの間に、波のように驚愕《きょうがく》

のざわめきが立った。

「この坊主めが、幽霊を操って居りました。なれど、この坊主めもまた、その目上から操られていたにすぎませぬ」

忠邦は、そう云ってから、じろりと、女中の群へ、鋭い視線を投げて、

「御幼君お付き志摩！　立ていっ！　御幼君に、南蛮製の阿片をお飲ませして、それを幽霊になすりつけた不埒《ふらち》な姦婦《かんぷ》め！」

瞬息の間を置いて、中藺志摩は、すっくと身を起すや、その右手を、さっとおのれの頸《くび》へまわした。

「あぶないっ！」

忠邦が家慶を突きとばした。間一髪の差で、その空隙《くうげき》を、白光をひいた小柄《こづか》が飛んで、あわれ、古井戸の石縁に凭《よ》りかかっていたお伽坊主の喉元へ、ぐさと突き立った。

つづいての志摩の右手の動きは、兇器が一本だけではないことを教えた。

だが、第二の小柄が飛ぶ直前に、家慶の前をふさいだのは、古井戸の中から躍り出た眠狂四郎にほかならなかった。

「御免——」

と叫んで、利刀を抜きはなつや、吸い込まれるように一直線に襲い来たった小柄を、木枝でも払い落すように、弾きすてていた。

志摩は、形相すさまじく、第三、第四の小柄を、背から抜き取って、投げた。

狂四郎は、冷然として眉毛一本動かさずに、これらを手もなく薙ぎはらいつつ、一歩一歩進んで行った。

志摩が、第五の小柄を投げ了《お》えるやいなや、胸元より抜きとった短剣を逆手に握りしめるを眺めた狂四郎は、その片頬に、皮肉な微笑を泛べた。

刀をダラリと下げて、四尺の近きにまで迫った狂四郎めがけて、志摩は、裂帛《れっぱく》の気合とともに斬りかかった。

ひらりと、狂四郎のからだが、横にひらくと同時に、志摩の締めていた空色綸子の帯が、ぱらりと切れて、足もとへすべり落ちた。

あっと狼狽《ろうばい》して、短剣をとり落して、褄《つま》をおさえる志摩の背後から、狂四郎の刀が踊って、そのけんらんたる辻模様の衣裳を、裳裾から逆に、さあっと切り裂いていた。

ぱくっと背を割って前へめくれた衣裳が足にもつれて、たたらを踏む志摩。その悲惨な姿に対して、狂四郎の刀は、さらに情容赦ない攻撃をくわえた。たちまちにして、白羽《しろは》二重《ぶたえ》の下着を切り、緋ぢりめんの肌襦袢《はだじゅばん》を切り、むっちりと肉の盈《み》ちた肩を、胸を、背を、腰を、剝《は》ぎ出させていった。

そして、ついに、女の悲痛な叫びとともに、腰をまとうた最後の一枚をも、刀尖《とうせん》ではぎとって、空中へ投げ拡《ひろ》げてみせた狂四郎は、ぴたりと刀身を鞘におさめ、家慶にむかって、丁《てい》寧《ねい》に一礼すると、つつつつと、ひき下って行ったのであった。

あとには——。

一糸まとわぬ雪白の柔肌を、惜しみなく朝陽になぶらせて、かたく前部をかくして俯伏した裸女へ、一斉に視線をそそいで固唾《かたず》をのむ異様な沈黙があった。

悪魔祭

一

神祇《じんぎ》・釈教・恋・無常・みな入りごみの浮世風呂――江戸庶民の生態は、湯煙りの中に、最もあざやかに描き出される。

読本《よみほん》作者立川談亭の唯一の愉しみは、朝湯に行くことであった。

談亭が入って行くと、武者絵を描いた柘榴《ざくろ》口《ぐち》の中から、声高な云い争いがきこえた。近所の若い衆二人と材木問屋の隠居であった。ほかに、客といえば、むこう向きに沈んでいる浪人者が一人だけの、がらんとした明るい浴場である。

「おお、談亭先生。待ちかねたり。どうも、この青二才めが、わしの云うことを頭から信用せんのでな。ひとつ、先生から、教えてやってもらえませんかね」

「なんのことだな？　天地陰陽《おんよう》、森羅万象《しんらばんしょう》、拙《せつ》に和漢蘭《わからん》ことひとつもないが――」

「なにね、先生、この隠居め、銭湯は、日蓮上人《にちれんしょうにん》が、はじめたなぞと、大ぼら吹きゃがってね」

「日蓮は元来法螺《ほら》吹きだが――、ともかく、日蓮以前に湯屋のあったことはたしかだな。村《むら》上《かみ》天皇の御宇《ぎょう》編纂《へんさん》源 順《みなもとのしたごう》の和名抄《わみょうしょう》に、浴室これ俗に由夜《ゆや》という、と出て居る」

「へへえ、談亭先生がのたもうと、成程と合点がいかあ」

「隠居が死んだら、通夜《つや》をしねえで由夜といこうか。由夜由夜、汝《なんじ》を湯灌《ゆかん》せん――」

「この江戸ではじめて湯屋が出来たのは、天正《てんしょう》頃でな、銭瓶橋《ぜにがめばし》に伊勢《いせ》の与市《よいち》という男が立てて、永楽一銭取ったということだ。男女混浴でな」

「へっ、たった一銭で、年増の尻でも未通女《おぼこ》の臍《へそ》でも、選《よ》りどり見どりとはこてえられねえや」

「臍といやあ、もうそろそろ、どこかの色年増が、臍に、黒い十字をぬたくられる季節じゃねえか。甲州屋《こうしゅうや》の女房が、ぬたくられたのが、一昨年《おととし》の今頃、女役者の坂東秀弥《ばんどうひでや》がぬたくられたのが昨年の今頃――へっ、今年は、隠居の妾《めかけ》の出臍かも知れねえ」

「おや、おめえ、わしの妾のはだかをいつ覗いた。どこに、目がついてやがる。わしの妾は、出臍じゃないぞ。出ているのは、つんと、こう、通った鼻筋だあな」

「そいつがいけねえんだ。甲州屋の女房も女役者も、氷柱《つらら》みてえにつんと鼻筋が通ってやがったぜ。癪《しゃく》だが、みとめらあ。お前さんの妾は、あの二人にどこか似ているぜ。剣呑《けんのん》剣呑――蚊帳《かや》の中に入れて、出臍をしっかとおさえさせて置きな」

この時、むこうの浪人者が、すっと立って流しへ出た。

——おや、どこかで見たような?

横顔を一瞥《いちべつ》して、談亭は、小首をかしげたが、この時は、思い出せなかった。

思い出したのは、着物を肌にひっかけて二階へあがった時であった。

この当時の湯屋の二階は、遊人集合場であり、密会媾曳所《あいびき》であった。座敷はぶっ通しの打ちぬきで、将棋を差す者、碁石を打つ者。中央に、二階番頭がいて、茶釜に白湯《さゆ》をたぎらせて、小綺麗な雇女に、煎茶《せんちゃ》を客の前へはこばせた。

浪人者は、この二階の高欄に凭《よ》りかかって、こちらを見ていた。その白皙《はくせき》の顔は、談亭が、常磐津《ときわず》師匠文字若の家で出会ったものであった。

「これは、どうも、ついお見それいたしまして——先礼いたしました」

談亭が、近づいて挨拶《あいさつ》すると、眠狂四郎は、礼を返してから、

「女の下腹に黒い十字を書くという話は、本当か?」

「お耳にとまりましたか、妙な事件でございましてね」

一昨年夏、仙台堀《せんだいぼり》の亀久橋《かめひさばし》の下に、全裸の女の死体が浮かんでいた。その下腹に、臍を中点として、くろぐろと太い十字が記されてあった。水で消えなかったところをみれば、墨ではなかった。締め殺されて投げ込まれたらしく、水を呑んでいなかった。この女は、入舟《いりふね》町《ちょう》の海産物問屋の女房で、美人の評判が高かった。前日亀戸村《かめいどむら》の親戚へ出かけた途中を襲わ

れたものと判明した。

昨年夏は、こんどは小名木川《おなぎがわ》が大川へ流れ出る口の、万年橋下に、同じく下腹に黒い十字を記された全裸の女が浮きあがった。両国広小路《りょうごくひろこうじ》の小屋で非常な人気を呼んでいた女役者坂東秀弥といい、これも群を抜いた美貌の持主だった。猿江町《さるえちょう》材木蔵脇の広済寺《こうさいじ》にある両親の墓へ詣《まい》りに出かけて、そのまま行方を断って四日目であった。

黙ってきいていた狂四郎は、すでに心中で断定していたことを口にした。

「二人とも、死体を発見されたのは、八月十二日だな」

「よくおわかりでございますな」

談亭は、びっくりして、狂四郎をまじまじと見まもった。

「二人の面差《おもざし》が、似かよっていると、若い衆がいっていたが――」

「左様でございますね。私も甲州屋の女房の方は、川開きの涼船の中で、ちらと眺めただけの記憶でございますが、そう申せば、秀弥と、目鼻立ちがどこやら似ていたような――」

「気品があったのだろう」

「ございましたな。秀弥は、役者などさせておくには、もったいない。大奥の御中臈《おちゅうろう》にしても、同輩にひけをとらぬ……あ、そうでございます。身近なところに、似たご婦人がおいででございますよ。文字若の家においでの、美保代さまとおっしゃった――あの方が、秀弥そっくり、とまではいきませぬが、たしかに――」

瞬間、狂四郎は、大きく目を瞠《みひら》いた。

偶然にも、そうきいた、狂四郎の脳裡《のうり》の、ある暗くとざされた一隅《いちぐう》へ、ぱっと眩《まぶ》しい光があてられたように、ひとつの発見があったのである。

——美保代は、おれの母の俤《おもかげ》に似ている！

このことだった。

いままで気がつかなかったのが不思議というべきだった。

美保代に会った時、美保代の姿を思い泛《うか》べる時、狂四郎の心が波立つのは、——あまりに美しすぎる！　という意識による為であった。しかし、その焦躁《しょうそう》感は、意識の下にかくれているあるものの作用であったと、たったいま、わかった。

あるもの——美保代が、母と似ているという、その事実だった。

——そうか、そうだったのか。

胸中の波紋がおさまると、狂四郎の思念は、現実に対する冷静な企てを咄嗟《とっさ》にめぐらしていた。

「談亭さん、使いをたのまれてくれぬか」

「なんでございましょう？」

「美保代を、ここまで、つれて来てもらいたい」

二

それから五日後の晴れた日の七つ下《さが》りであった。

小名木川に沿うて、新高橋《しんたかばし》から大島橋《おおしまばし》にむかってまっすぐに通じている往還を、一人の若い女が、しずかな足どりで歩いていた。

涼風の渡る、あかるく澄んだ川端の夕景色の中に、その姿は、「明石《あかし》からほのぼのと透く緋縮緬《ひぢりめん》」の粋《いき》な町方女房の装いで、水髪にさした京打簪《かんざし》が、きらりと斜陽を撥《は》ねて輝くのも、瀟洒《しょうしゃ》をよろこぶ江戸っ子好みだった。三つ足の駒下駄《こまげた》の塗革がくい込んだ、抜けるように白い素足は生れてはじめて足袋を脱いだなまめかしい痛々しさだった。

美保代であった。

狂四郎のたのみによって、一昨日《おととい》、昨日、そして今日と、この扮装で、半刻《はんとき》あまり、この道を往復しているのだが、それが、なんの目的によるものか、美保代にはあきらかにされていなかった。

五日前、狂四郎は、談亭を使いにたてて、湯屋の二階へ美保代を呼ぶと、唐突に、

「そなたのからだを借りたい」

と、申し出たのであった。

美保代は、狂四郎の冷たい無表情は相変らずだが、身も心も与えたものの鋭い直感で、そのまなざしや口調の中に他人では窺《うかが》い知れぬ親しみがひそまっているような気がした。この前会った時は、まだ二人の間には、互いに歩み寄るのを拒む垣が横たわっていたが、それが、いまは、とりはらわれたように思えて、美保代の心は、にわかにときめいた。

といって、両者の態度は、外目には、およそ、よそよそしいものでしかなかったが——。

「わたくしのからだは、水野家を出た時から貴方《あなた》様のものでございます」

美保代は、俯向《うつむ》いて、そうこたえた。固く作られた言葉ではなく、自然にすらすらと出た真意であったのは、眉目《びもく》にかすかに紅味《あかみ》がさしたのであきらかであった。

「危険な仕事なのだ。もしかすれば、一命にかかわる。それでもよろしいか」

「かまいませぬ」

美保代は、目をあげて、狂四郎の視線を受けた。

狂四郎の眸子《ひとみ》は、遠いものを想う静かな色を湛えていた。自分の見目かたちから、狂四郎が亡き母を見出そうとしているとは知る由《よし》もない美保代だったが、この孤独な浪人者がはじめてしめしたやさしい気振りに、彼女の胸のうちは、妖しく疼《うず》いた。

——この人のためなら、わたくしは、よろこんで死ぬことができる！

美保代の脳裏を、冷たいむくろとなった自分をかかえて、双眼を潤《うる》ませる狂四郎の姿が泛び、瞬間、全身が溶けるような恍惚感《こうこつ》がわきあがった。

その恍惚感を、美保代は、この五日間、絶えず甦《よみがえ》らせて来たのである。

こうして、この川沿いの道を辿ることが、どの様に、おそるべき危険なふるまいであるか——そのことに心は、すこしも怯えてはいなかった。美保代は、ただひたすら、狂四郎のことのみを想い描き乍《なが》ら、足をはこんでいたのである。

美保代の知らぬことだったが、狂四郎の判断では、甲州屋の女房も女役者も、この川沿いの道で、誘拐されたに相違ないのであった。甲州屋の女房は、入舟町から亀戸村へ行き、女役者は、両国から猿江町へ行き——その中途で襲われたのである。すなわち、両名が通った同じ道といえば、新高橋から大島橋にいたるこの一本道である。

この道すじは、町家がすくなく、川をはさんで、大名の下屋敷が、ずうっとつらなった淋《さび》しい屋敷であった。日中の人影も、半町にひとつかふたつ、かぞえる程度であった。

それに、ちょうど、時期としても、世間が静かな日々であった。去月の盂蘭盆会《うらぼんえ》、四万六千日、藪入《やぶいり》、二十六夜の月見、そして、この月朔日《ついたち》の田面《たのも》の祝賀も終り、十五夜八幡宮《はちまんぐう》祭まではまだ数日ある昨日今日は、残暑を避けて、町家も武家屋敷もひっそりとしていた。

美保代が、猿江橋を渡って、土井大炊頭《どいおおいのかみ》の下屋敷の門前までの数町をあるく間に、すれちがった者といえば、飲料水をかついだ仲間《ちゅうげん》の一群と、普化僧《こむそう》と、重い荷を背負った呉服屋の番頭と——それくらいのものだった。

と——。

美保代の行手に、とある小路《こうじ》からあらわれたのは、どこかの大名の家族が出かけるとおぼしい、立派な紅網代《あじろ》の乗物であった。前後を二人の黒羽織のお小人《こびと》がまもり、駕籠《かご》わきに、菊模様の派手な振袖《ふりそで》をまとった女中がつき添っているところをみると、あるいは大奥のお年寄の表使いと思えないこともない。

かつては、自分も、あのようにして、外出したことを考え乍ら、美保代が、川ぶちの方へ道を避けて、やりすごそうとしたとたん——。

お小人も黒看板（法被《はっぴ》）の人足も、女中もあらかじめ打合せておいた素早い呼吸の一致をみせて、つつつつと乗物を、美保代の面前へ迫らせた。

——あっ！　この者たち！

と、さとって、身をひきしめた美保代にむかって、先頭のお小人が、無言で躍《おど》りかかった。当身《あてみ》をうけて、ぐらっと崩れる美保代を、走り寄った女中が、たくみにささえた。

武術に秀でた美保代である。かんたんに当て落される筈《はず》はなかった。そのふりをみせただけであった。狂四郎から「襲われたら、抵抗してはならぬ」と命じられていたのである。

勿論《もちろん》、狂四郎が、この変事を、どこかで、鋭く目撃しているに相違ない安心もあって、美保代は、似而非《えせ》絶息のからだを、ずるずると乗物の中へ運び込まれるにまかせた。

ぴちん、と引戸に錠が下ろされて、乗物は、かつぎあげられた。

外のつくりは、華麗な乗物に相違なかったが、内部は、上下四面つめたい真鍮《しんちゆう》板がはりめぐらされ、いかにもがこうと、叫ぼうと、音は外に洩れぬしかけになっていた。

ひやりとする感触に、美保代は、はじめて戦慄《せんりつ》した。

——狂四郎さま！

その名を、そっと呼んで、かたく、まぶたをとじた。

そのうち……美保代は、かすかな奇妙な臭気をかいで、ふっと、意識が遠のきそうになり、はっとなって、手さぐった。しかし、ふれるものは、滑らかな真鍮板だけであった。

急に、烈《はげ》しい恐怖が、つきあげて来た。

——いけない！　ねむってはならない！

と、必死の抵抗力をふるいたてようとしたが、襲って来る臭気はしだいに強くなり、やがて、美保代は、からだがふわっと宙へなげ出されたように実体を喪ってゆくのをおぼえ、そのまま、昏迷《こんめい》の中へ陥《お》ちて行った。

この乗物の内部のどこからか、麻酔薬が匂い出るしくみになっていたのである。

三

陽が落ち、秋の夜風が星空を渡る頃合、眠狂四郎は、猿江裏町の摩利支天《まりしてん》に背中あわせたある武家屋敷の土塀《どべい》に沿うて、ゆっくりと歩いていた。

美保代を誘拐した乗物が、先刻、しずしずと入って行ったのは、この屋敷内であった。

かなり宏壮《こうそう》な構えである。庭も広く樹木も多いらしく塀の外からは屋根も、望めなかった。表門は、かたく扉が閉ざされ、門長屋の窓も雨戸がたてきってあった。人が住んでいる気配は、さらに感じられなかった。

しかし、空屋敷《あき》にしては、どこも荒れた様子がないのが不審だった。門前は、綺麗に掃き清めてあったし、塀越しに伸びた枝も手入れがしてあるとみた。

いったん、そこを離れた狂四郎は、町家の通りに入って、とある店《たな》へ寄って、聞いてみた。

すると、

「さあ、何様のお屋敷でございますかねえ」

と小首をかしげられたのである。

「手前は、この町に生れた者でございますが、数年前までは、たしかに、御公儀の大目付をなされて居りました松平主水正《まつだいらもんどのしょう》様がお住みでございましたが、他所《よそ》へお移りなされてからは、どなた様のお持ちものになりましたか、一向に……」

そこまで云いかけて、店の者は、何気なく、聞手を見あげて、ぎくっとなった。その表情が険しく一変していたからである。

その店を出て、道をひきかえす狂四郎は心に縺《もつ》れた謎の糸を解こうと、宙に目を据《す》えていた。

大目付松平主水正――すなわち、自分の母の父である。

偶然にも、この屋敷が、母の生家と知った感慨は、しかし、いまはこれを措《お》かなければならなかった。

松平主水正の屋敷であったという事実と、現在は、美女を誘拐して殺戮《さつりく》する凶悪な人間が棲《す》んでいる事実と、誘拐される美女が、似かようた容貌《ようぼう》の持主である事実と、そして、その人間が疑うべくもないころび伴天連《ばてれん》であるという推定と――この四つから、ひとつの答えを、狂四郎は、急《せわ》しく、割り出そうとしていた。

狂四郎は、ふた夏つづいて、若い女が、下腹に黒い十字を描かれて殺されていた、ときいた刹那《せつな》、

――ころび伴天連のしわざだな。

と、直感したのであった。

天主でうすを裏切り、御子《みこ》きりすとを呪うべく、ころんだ伴天連は、悪魔に仕えなければならぬ。悪魔に仕えるためには、世にも陰惨残虐《ざんぎゃく》な黒弥撒《くろみさ》を行わねばならぬ。

八月十一日――この日は、切支丹における聖十字の日にほかならない。ころび伴天連にとっては、聖十字に対する最大の反逆をしめす黒弥撒を行う日となるのである。裸女の犠牲《いけにえ》を

悪魔にささげ、月経の血と精液をまぜた毒酒をあおって、ありとあらゆる憎悪の呪文をとなえる儀式の宴をはるのだ。

狂四郎は、このことを知っていた。

八月十一日は、今日である。

はたして、悪魔の僕《しもべ》は、狂四郎が囮《おとり》にした美保代を、さらって行った。

その隠れ家が、松平主水正の旧屋敷であろうとは、夢にも思わぬところだった。

だが、――推定を飛躍させれば、ここに、狂四郎としては是が非でもつきとめねばならぬ秘密が、あきらかに存在している。

甲州屋の女房と女役者と美保代は、面差が似ている。そして、美保代は、狂四郎の母と似ているのだ。このことは、決して、ただの偶然とは考えられないのである。

――悪魔め！　待っていろ！

狂四郎が裏門へまわって行った時、土塀に沿うて近づいて来た小田原提灯《おだわらぢようちん》が、急に大きくゆれ乍ら、高くかかげられた。

「修道士《いるまん》さま！」

提灯をかかげた者が、突然口走ったのは、この意外な言葉だった。

「なに？」

狂四郎が、鋭く見たのは、なんと、ぼろぼろの衣をまとった行脚僧《あんぎや》だったのである。殆《ほとん》ど乞食にひとしく、垢《あか》と埃《ほこり》の異様な臭気がむうっと狂四郎の鼻孔をうった。窪んだまなこの据《すわ》り方が、半ば気が狂っていることをしめしていた。

「修道士さまではありませぬか」

「おれは、素浪人だ。……坊主が、切支丹宗門に帰依《きえ》して居るのか？」

「い、いや。わ、わしは、切支丹ではない。ただ、も、もう一度だけ、あの、世にもたぐい稀《まれ》な……けだかい御姿を、お、おがみたいのじゃ」

「まりあ観音か？」

「ちがう。……まりあ観音よりも、もっと、もっと、けだかい……わ、わしの心を狂わせてしもうた……わしを、このようにむざんな破戒坊主に堕《おと》してしもうた……あの美しい御姿を……おん裸像を、も、もう一度だけ、おがみたい！」

「その、美しい裸像とやらは、どこにある？」

「こ、この屋敷の中じゃ……今、今夜は聖十字とやらのお祭りがある筈じゃ。わしは、伴天連のことなら、なんでも知って居る。……あ、あの御姿に、会いたいばかりに、わしは、こうして、寺をすて、御仏《みほとけ》をすて、この屋敷のまわりを、うろついて居る……あなたが、もし、修道士さまなら、どうか、おねがい致しまする。会わせて下され……こ、この通りおねがい申し上げまする――」

破戒僧は、いきなり、地べたへ、ぺたりとすわり込むと、額を土へすりつけた。

ほんのしばしの沈黙の後、狂四郎は、云った。

「よし！　会わせてやろう」

四

深い深い水底から、もがき乍ら、あえぎ乍ら、死にもの狂いで浮びあがる悪夢が、水面へやっと顔を出したとたんに、ふっと切れて、美保代は、意識をとりもどした。

視覚のおぼろに狂った瞳孔《どうこう》に、最初に映ったのは、高い天井に、目まぐるしく廻《まわ》る幾つかの巨大な影像であった。次に、美保代は、意味の全く解けぬ、抑揚《よくよう》のはげしい呪文をとなえる声をきいた。自分の手足が、しっかと台板にくくりつけられていることに気がついたのは、そのあとであった。

すこしずつ視線を移して、自分が、どのような奇怪な所の中心に仰臥《ぎょうが》させられているかを、はっきりとみとめた時、美保代は、逆に、これも悪夢ではないか、とあやうく疑った。

広い、寺院の本堂のような、板の間であった。

須弥壇《しゅみだん》にあたる位置に、全身を黒衣で掩《おお》うた像が立っていた。生ける者か、彫像であるのか、わからなかった。美保代は、いわば、香炉、花瓶などの仏具の置かれるところに、供えられていたのであった。

その前で、黒覆面をした男が十名あまり、互いに背中を内へ向けて、両手をつなぎ、円陣をつくって、ぐるぐると廻っていたのである。円の中心に立って、呪文をとなえているのは、老いた黒衣の異人であった。この異人だけが、顔を覆っていなかった。

呪文の声が、次第に、狂おしく昂《たか》ぶるにつれて、円舞も、急激に、迅《はや》くなった。

やがて、奇怪の所業は、最高潮に達した刹那、ばたっと停止した。

老異人は、その手に捧げていた金色の大盃《たいはい》から、黒い丸いものをつまみとって床へ撒いた。

すると、男どもは、犬のごとく、腹這って、それを争いくらった。

儀式の順序は、次に、生ける犠牲に侮辱をくわえることであった。

美保代は、老異人が、自分にむかって進み寄って来るのをみとめるや、ひしとまぶたをとじて、心で、狂四郎を呼び叫んだ。

赤毛の生えた無骨な手は、容赦なく、美保代の帯を解き、明石の着物をめくった。

美保代は、声を立てようとしたが、麻薬でしびれた舌はもつれて、稚児《ちご》の哭《な》くに似た音声しか発しられなかった。

老異人の指が、美保代の腰をまとうた緋縮緬にかかった時、息づまる異常な静寂を破って、ひとつの声が投げつけられた。

「おい――いい加減で、莫迦《ばか》げた祭りを止《や》めたらどうだ!」

一斉に振り向けられた視線をあびて、眠狂四郎の黒い着流しの痩軀《そうく》長身は、入口にうっそりと立っていた。

撥《はじ》かれたように四方へ散った覆面の者たちが、板に架けられた手槍を摑《つか》みとるのをしり目にかけて、狂四郎は、すすっと、美保代のそばへ走り寄って、これを庇《かば》うと、老異人に向い立った。

「前にお日にかかったことがあるな」

まさしく――大奥医師・室矢醇堂邸内の霧人亭《きりすとてい》の地下室で、熱烈な切支丹信徒にむかって神の恩寵《おんちょう》を説いていた布教師と、このころび伴天連は、同一人だったのである。

「片方で、でうすの慈悲を教え、片方で、悪魔仕えのなぶり殺しをやる。いったい、どういうわけだ? おい、老いぼれ!」

不気味に冴えた狂四郎の眼光を射込まれつつも、老異人の、毛をむしりとられた鶏の肌のような赤ら顔の無表情は、依然としてなんの変化もみせなかった。

じりじりと万端の手配を整えて迫る槍ぶすまに、神経をくばるともみえぬ平然たる態度で、狂四郎は、老異人を見据えたまま、

「どちらが本当の姿か、問う方が虚仮《こけ》だろう。貴様、どうやら、備前屋《びぜんや》に飼いならされた犬畜生だな」

その言葉のおわらぬうちに、

「えいっ！」

と凄《すさま》じい気合を乗せて、一槍が繰り出された。

躱《かわ》すともみせずに、そのけら首をむずと摑んだ狂四郎は、にやりとして、

「毒が塗ってあるぜ。これと同じ槍にも、前にお目にかかったことがある」

と云いすてて、なおも、老異人から眸子をはなさず、

「わかったぜ、爺さん！　備前屋がつかっている毒薬は、お前さんの培養するところだ。……備前屋に、毒薬を作ってやる報酬に、この屋敷をもらいうけ、こんな胸くそのわるい遊びをやらしてもらっている——。図星だろう！」

鋭くきめつけて、槍を摑んだなり、つと一足出た。

槍ぶすまが、颯《さ》っと動いた。

一瞬——。

狂四郎の右手に、白刃が一閃《いっせん》して、最初の攻撃者が血煙りたてた。

「老いぼれ！　知っているのだぞ、おれは——。こちらから教えてやろうか、貴様の素姓を……」

はったと睨《にら》みつつ、その刀は、第二の突手に対して、徐々にまわされていた。

「やあっ！」

目くらみをふりきって、柄《つか》も通れと突いて来たのを、すっとすべり出て、背後へ流して、

泳ぐやつを片手なぐりに斬って落とした。

「三十年前、イギリス船フレデリック・ファン・ベルガン号でやって来たオランダ医師ジュアン・ヘルナンド――そいつが、貴様の名前だ！」

とあびせると同時に、狂四郎は、また一人を、床に匍《は》わせていた。

突手たちは、それぞれ熟達の腕を誇り、間然するところない脈絡をとって、狂四郎をおしつつんでいるにも拘《かかわ》らず、その孤影の片端にもふれる隙を見出し得なかった。

いかに非凡の静止であるかは、その眼眸《まなざし》が、ただの瞬時も、老異人からはずされたことがないので、あまりにもあきらかであった。しかも、刀尖《とうせん》の描く円月にとらえられた者は、魅せられたように、自らのぞむが如《ごと》く、その五体を紊《みだ》して、白刃下へさらしたのである。

「貴様は、この江戸へ出て、公儀黙許によって、蘭医に医術を教えた。その時、身を寄せたのが、大目付松平主水正の屋敷――すなわち、此処《ここ》だった。ところが皮肉にも、貴様が伴天連であることを、最初に見破ったのは松平主水正だった。で、貴様は、捕えられ、拷問を受け、踏絵を命じられ、ついに、ころんだ。……悲劇は、それから起るのだ。貴様は、おのれをころばせた張本人松平主水正に復讐の決意をして、その娘を犯し、罪のかくし子を生ませた！」

そう云いはなってから、狂四郎の円月剣は、不意に、猛然たる積極に転じた。

疾風をまいて、狂四郎は、毒槍の列へ斬り入った。

穂先が飛んで天井に刺さった。絶鳴があがった。血飛沫《しぶき》がはね散った。刃風が唸るとともに、肉と骨の裂かれる音がした。

狂四郎の身の翻転が停《とま》った時、一人の敵も、床に立ってはいなかった。

満身に返り血をあびた狂四郎は、あらためて、凝結した老異人を、はったと睨みつけた。

「老いぼれ！　きけ！　貴様の前に立っているのは、何者でもないのだぞ！　貴様の犯した娘が生んだ子が、このおれだと知れ！」

老異人の双眸《そうぼう》が、はじめて、かっと瞠《みひら》かれた。その白けた口が、肩が、手が、瘧《おこり》を起したように、慄《ふる》えた。

この時――。

夢遊病者のように、この酸鼻の修羅場《しゅらば》へ、ふらふらと入って来たのは、狂った行脚僧であった。

横たわる屍《しかばね》も目に入らぬ憑かれたていで、祭壇に近づくや、ぶつぶつと何か呟《つぶや》き乍ら、そこに佇立《ちょりつ》する黒衣につつまれた像へ、わななく手をのばした。

ばらっとはずれた黒衣が、音もなくすべり落ちると……燃えつきんとする蠟燭《ろうそく》の、にわかに赤色を増した炎をあびて、しろじろと浮かびあがったのは、生けるがままの等身大の蠟人形であった。

「おう……おう……」

破戒僧は、はらわたからしぼり出すような感動の呻きを発して、べたりと床へひざまずいた。

狂四郎もまた、首をめぐらして、蠟人形をふり仰いで、思わず、あっと息をのんだ。

夢寐《むび》にも忘れぬ亡き母の顔が、そこに再現していたのである。いるまんが、精巧無比な蠟人形を作ることはきいていたが、目のあたりに見るこの裸像の、名状しがたいなまなましさは、その足元に仰臥して気絶している美保代の姿にもまさる眺めであった。

この裸像を悪魔の化身に見たてて、似かよう面差の女を掠奪《りゃくだつ》して来て、犠牲の供物《くもつ》にしていたのである。

憤怒《ふんぬ》が、あらたにこみあげて来て、狂四郎が、目を燃やして、かえり見るのと、老いたる、ころび伴天連が、朽木のように倒れるのと同時だった。その息は、すでに絶えていた。

千両箱異聞

一

「ところは、いずこ当陽県、折しも秋の末つかた、涼風骨を刺す血戦場、生霊《いきりょう》実に十余万――。鬼哭啾々《きこくしゅうしゅう》たる原頭《げんとう》に、雲霞《うんか》の敵陣を、はったと睨《にら》んでただ一騎――これぞ、誰あろう、中山靖王劉勝《ちゅうざんせいおうりゅうしょう》が後胤劉備玄徳《こういんりゅうびげんとく》が股肱《ここう》にて、身の丈八尺、豹頭環眼《ひょうとうかんがん》、虎体猿臂《こたいえんぴ》の荒若武者、姓は趙雲《ちょううん》、字《あざな》は子龍《しりょう》――」

　両国広小路《りょうごくひろこうじ》の垢離場《こりば》の高座で、いま、立川談亭は、ぴしゃりと、読み台を張扇《はりおうぎ》でたたいて、三国志《さんごくし》の講釈の最中であった。

「そもっ――趙雲子龍が使命なる、守護する糜《び》夫人いまや亡し、主君劉玄徳公におかせられては敗走また敗走、一点の骨血いずくにやある。惨たり、偉丈夫趙子龍、幼君阿斗《あと》を小脇にかかえ、敵の重囲を突き崩し、血路を開いてのがれんと、三尖《さんせん》両刃の刀をば、一天高しとふりかざし、いでや、物見よ、これを見よ――紅光走って困龍飛び、征馬は衝くぞ長坂坡《ちょうはんぱ》、神威をここに虎将軍、一声吼《ほ》えてまっしぐら、飛び込んだるは千里の藪《やぶ》、ざわざわざわっとおめきたったる敵の陣——」

「うめえぞっ！」

　客の中から銅銭が、ぱらぱらっと投げられた。

「銅銭、通せん、行かせんと、千とかぞえる旌旗《せいき》の波、さかまきたって、どどっとばかりにうちかかりければ、血ぶるいしたる趙子龍、なんの虫けら、いなごにばった、ばったばったと斬りまくり、膾《なます》に叩いて鮓漬《すしづ》けにしようか、それとも交ぜ鮓、ちらし鮓、五目ににぎりに、毛抜きに笹巻《ささまき》、風味がいいのが与兵衛鮓、のどを鳴らして、生つばのんで、我慢じゃ高いぞ、ひとつが五匁《もんめ》、投げ銭ぐらいじゃ食べられぬ」

「そうだ、与兵衛鮓は高《たけ》えぞ。食ってやがるのは、札差《ふださし》から賄賂《わいろ》を貰《もら》ってやがる役人ばかりだぞっ」

「談亭先生、ひとつ、賄賂役人をやっつけてくれっ」

「賄賂と懐炉《かいろ》は、ふところが、暖まるものでな。うっかり手を出しゃ火傷《やけど》する。うまくやったら焼けぶとり——」

「面《つら》を焼いたら、美濃部筑前守の化娘だあ」

　どっと、皆が笑った。三人の色男をひきずり込んで、祝言《しゅうげん》のまねごとをし、送るとみせかけて、薙刀《なぎなた》で斬り殺した今様吉田《よしだ》御殿の化娘の噂《うわさ》は、江戸中にひろまっていた。

「その化娘のおん皮を、ペリリと剝《は》いだ人ぞこれ、姓は眠で、名は狂四郎、剣を把《と》ったら日本一、描く円月、虹の橋、かけてうれしい緋鹿《ひが》の子《こ》の、手絡《てがら》の娘がさわぐのも、ええむりはない、むりもない。お江戸名物がまたひとつふえやした」

「おうおう、談亭先生、趙雲子龍の方はどうしたい？」

「おっと忘れた猫の飯、めし捕れ生捉《いけど》れあの荒武者を、と、景山の頂きから梟雄曹操《きようゆうそうそう》が叫べども、血風巻いて趙雲に、子龍が乗ったすさまじさ、あれよあれよという間《ひま》に、大旗二本を斬り倒し、三条まで槊《ほこ》を奪い取り、曹営の名将五十余人を突き伏せて、雲をかすみと逃げのびたり。後人《こうじん》詩あり、血は征袍《せいほう》を染めて甲《かぶと》を透して紅なり、当陽誰か敢《あ》えてともに鋒《ほこ》を争わん、古来陣を衝いて危主を扶《たす》く、只有り常山の趙子龍。はい、おたいくつさま」

談亭は、台へつけた額をあげたとたん、客席の片隅に、苦笑を泛《うか》べている眠狂四郎の顔を見出した。

——慍《おこ》っているかな、眠さん。

談亭は、読本作家としては食えないので、この講釈場へ出ていたが、役人や金持を諷刺《ふうし》するので人気があった。今様吉田御殿の事件以来、素浪人眠狂四郎が敢然として強権に反逆するさまを、三国志講釈に読みこんで、喝采《かつさい》をあびていたのである。

談亭が高座を降りて、中入りになると、五六十人の客は茶を飲んだり、菓子をつまんだり、寝そべったり、——そのざわめきの中に、眠狂四郎という名がしきりに噂された。

「眠狂四郎って可笑《おか》しな名だの」

「偉《えれ》え人物は、本名をちゃんとふところにしまっていらあ。いざとなった時、なにを隠そう、それがしは一天万乗の皇位を継ぐべき身分にて――」

「おいらがそうだ。大工留五郎は仮の名で、えへん、そも、麿《まろ》こそは――」

「亭主関白越中 褌《ふんどしのかみ》 守鼻の下長だろう」

「おきゃあがれ。ところで、眠狂四郎って、そんなに強いのか？」

「強いかってもんじゃねえや。千代田《ちよだ》の大奥へ、のんのんずいずい乗り込んで、公方《くぼう》老中若年寄の前でな、ぱっとけつをまくって、大あぐら、やいてめえら、しいたけ髱《たぼ》ばかり齧《かじ》ってやがらずと、ちったあ、街へ出てみやがれ、職人の手間賃がどんなに安いか、裏店《うらだな》の連中がなぜ店賃《たなちん》をためているか、朝から晩まで身を粉《こ》にして働いて手間がたったの三百文、これで一分の初鰹《はつがつお》が食えるか食えねえか、夜鷹《よたか》だって、ちょんの間百文かせがあ」

「だから、嬶《かかあ》の臍《へそ》をなめて我慢するよりしかたがねえか。それとも、なめるかわりに臍くりをまきあげるか」

「臍くりで思い出したがの、おいらの店の、村井源十郎《むらいげんじゅうろう》という傘貼《かさは》り浪人の嬶が、どこでどうしやがったか、大層小金をためやがって、倅《せがれ》には、人形を買ってやるわ、てめえは目の縁へ紅などさしやがって、ぴらぴら物をつけやがるわ。急に、むかしの屋敷言葉をつかやがって、薄気味わるいったらねえ。亭主だけは、相変らず、渋紙面《しぶかみづら》で、傘を貼ってやがるがの

――」

「そいつは、一方、夜鷹をやってやがるんだろう。一合取っても武士の妻、なんて当節はやらねえや。いよいよ、夜鷹にも、やんごとなきおん身の御女中が出るようになった。肥溜臭《こえだめくせ》え小娘が成上った入山形《いりやまがた》に二つの星の華魁《おいらん》に、無理して一両一分を出すよりも、はずかし乍《なが》らお買い遊ばせ、と袖《そで》を引いてくれる武家女房を百つなぎの銅銭で買った方が、こりゃ、よっぽど、乙なもんだ」

「賤妓《せんぎ》は名妓を駆逐する――これを、グレシャムの法則といってな」

話がとんだ方向へ逸れた時、誰かが、

「もし、旦那《だんな》――、失礼でござんすが、貴方様《あなた》は、もしや眠狂四郎の旦那じゃございませんか」

と、呼びかけた――その声に、場内は、一瞬、水を打ったようにしいんとなった。

一斉に、好奇と畏敬の視線を集中された狂四郎は、むっつりとした面持《おももち》で、立ち上ると、黙って、すっと、出て行ってしまった。

その後姿へ、

「世直し大明神！」

と、大声がかけられ、わっと客席が湧いた。

二

――くだらんことだ！

並び茶屋のひとつ「東屋《あずまや》」に入って、盃《さかずき》を口にはこび乍ら、狂四郎は、なんともいい様のないおぞましい気分だった。

いつの間にか、江戸の人気者にされているのだ。町人たちは、まるで、自分たちの代表者であるかのごとく受取ってしまっているではないか。迷惑なはなしである。

町人たちは、本能的に、幕府の命数の尽きたのをさとっている。威儀三千外観行装の美に対しては、もはや目をうばわれなくなっている。今はただ、傾いた大廈《たいか》が、いつ地ひびきたてて横倒しになるか――その時に興味をかけているのだ。そして、自ら進んで、その傾斜をさらに揺がせようとする勇敢な反逆者の出現を待っている。

他の何者が、その任を買って出ようと、勝手である。ただ、自分が、それと看做《みな》されるのは、狂四郎としては、まっぴら御免だった。

――おれは、ただ、頭上にふりかかる火の粉をはらっただけだ。

狂四郎は大声で叫びたかった。

——町人どもめ、桜が咲いたといってはうかれ、祭りが来たといってはさわぎ、暑くなったからといっては花火をうちあげ、寒くなったからといっては顔見世《かおみせ》狂言にうつつをぬかす。……このおれが桜や祭りや花火や役者同様に、野次馬どもの浮気のえじきになってたまるか！

こみあげる不快を、しかし、すてるすべもなく、盃の数をかさねているところへ、ひょっこり、姿を見せたのは、金八であった。

「先生、どうも、あっしゃ面白くねえや。湯屋へ行っても、髪床へ行っても、先生の名前をきかねえこたあねえんだ。べらぼうめ、左甚五郎《ひだりじんごろう》の猫じゃあるめえし、ねむりねむりっと心安くぬかしゃがるない、と啖呵《たんか》きっても追いつきませんや」

「どうだ、金八、ひとつ、守田座《もりたざ》でも借りきって、眠狂四郎の円月殺法お目見得といくか。河原崎座《かわらざきざ》の、団十郎《だんじゅうろう》の『暫《しばらく》』のツラネのむこうぐらい張れるかも知れんぞ。しこたま儲《もう》けて、吉原《よしわら》で、紀文《きぶん》、奈良茂《ならも》気どりの上を下への大散財は悪くなかろう」

「置いてもらいましょうよ。金儲けなら、そんな手間をかけないでも、手っとり早い口がありますぜ。先生の人気を見込んで、用心棒代百両出そう、という途方もない大莫迦《ばか》野郎があらわれやがったんでさ。参考のために、ここまでひっぱって来やしたぜ」

「百両出す！」

流石《さすが》に、狂四郎も、聊《いささ》か呆れた表情になった。一両で、米が二斗買える世の中であった。

「どこの臆病者だ？」

「そいつが、どうも、選《よ》りに選ったイヤな野郎でさ。佃町《つくだちよう》の駿河屋《するがや》って廻米問屋《かいまいどんや》でさ」

「廻米問屋！」

瞬間、狂四郎の胸に、ぴんとひびく直感があった。狂四郎の強敵備前屋《びぜんや》は廻米問屋である。

――もしや？　ひょっとすると、金のすて場所に困った商人の酔狂とは、ちとちがう話かも知れぬぞ！

「駿河屋というのは、そんなに分限者《ぶげんしや》か？」

「持っているのなんのって、土蔵で、鼠《ねずみ》が大判小判をお手玉にして遊んでいるって――評判でさあ。親爺《おやじ》の弥八《やはち》ってえのが、今年、本卦還《ほんけがえ》り（還暦）のくせしやがって――おまけに、子無しの貰い娘が一人しかいねえのに、業《ごう》つくばりのこんこんちきで、一目見ただけで反吐《へど》の出そうな狒々《ひひ》じじいと来てやがる」

「むかし、首が飛ぶような悪事でもやって儲けたか――」

「図星、一文無しの棒手振《ぼてふ》りから成り上りやがって、船饅頭《ふなまんじゆう》の親方までやりやがったといいますぜ。その罰《ばち》があたって、今じゃ、片手片足が、ぐんにゃり萎《な》えた中気疾《や》み――。そろそろ、年貢の納め時だろう、千両箱をひとつ寄越せ、と脅迫状が舞い込んだ、というわけでさ」

「そんな紙っきれをまるめるのなら、出入りの仕事師（鳶頭《とびがしら》）でたくさんだろう」

「どっこい。相手が悪いや。拙者こそは、由比正雪《ゆいしょうせつ》が末裔《まつえい》にして、徳川将軍をでんぐりけえし、天子様をば千代田城へ迎え奉《たてまつ》らんと企てはべる志士にして、軍用金をもらいてえ——と来やがったぜ」

「おもてに待たせている依頼人を、ここへ呼べ」

「ほい来た」

入って来たのは、終日暖簾《のれん》掛けの薄暗い店の中で、十露盤《そろばん》をはじいたり、客にお世辞追従《ついしょう》を云っている生活が、そっくり蒼白い顔に滲《にじ》み出ているような二十七八の男であった。

「駿河屋の番頭藤七《とうしち》でございます。このたびは厄介《やっかい》なお役目をおたのみ申しまして——何卒《なにとぞ》、曲げて、お引受け賜《たまわ》りますようお願い申上げます」

「お前さん、若いが、大番頭さんか？」

「いえ、大番頭は、ほかに居りますのでございます。ではございますが、私は、店の仕事よりも主人の身のまわりの世話を一切いたして居るものでございますから——」

中風で動けない弥八の、いわば手足になっているうちに、いつか、大番頭も一目置く実権を握ったというわけであろう。

「脅迫状は、天下覆滅の陰謀の軍用金を寄越せ、ということだそうだな？」

「左様でございます。最初に舞い込みましたのは、先月のはじめでございましたが、その時は、誰かのいたずらだろう、と笑いすてておきましたが、それから、十日毎《ごと》に、必ず送って

参りまして――なんとなく気味わるくなっているところへ、とうとう、一昨日《おととい》、来《きた》る五日
――つまり、明日より三日間のうちに、必ず受取りに参上するから、主人の居間に、千両箱を用意しておけと……」

「主人の居間に？　それは可笑しいな。どこかへ持って来い、というのではないのか？」

「私どもも、まことに妙な気がいたしまして……それだけに、急に、不安になって参ったわけでございます。忍び込んで来る日を予告する賊がいるなどとは、普通では考えられませぬ。金八さんからおきき及びと存じますが、主人弥八は、一代で莫大な身上《しんしょう》をつくりあげた男でございますだけに、こんな途方もない莫迦げた脅迫状など、びくともいたすものではございません。私が、いくら、訴所へ届け出て、詮議方のお役人の御出張をねがおうとすすめても、頭から受けつけようとはいたしません。それで、思いあまりまして……恰度《ちょうど》、評判の高い貴方様のことを、主人にきかせましたところ、そこは、主人も、きもの太い男でございまして、それなら、その御浪人が、賊めをつかまえてくれるなら、百両出そう、とりにがしたら、一文も出さぬ、と申しましたので、まあ、兎《と》も角《かく》一応、先生にあたってくだけよう、と金八さんに、お願いした――と、こういう次第でございます」

「よし、引受けた」

　狂四郎は、あっさり承諾した。

「やりやすか、先生、志士野郎を」

と、金八が、ぽんと手をうった。

「志士の十六、番茶も出花、切らざあなるめえ、煉羊羹《ねりようかん》とくらあ」

三

翌夕刻——狂四郎は、ぶらりと佃町へ出かけて行った。

四間間口《よんけんまぐち》の、堂々たる構えの駿河屋の店さきを素通りして、横手の路地へ入って、裏口へまわった。

二十坪以上ある広い台所に、ぬっと入って、番頭藤七を、女中に呼ばせた。すぐ走り出て来た藤七に、狂四郎は、

「屋敷内を一廻りさせてもらおうか」

と、云った。

「かしこまりました。御案内申上げます」

藤七は、先に立って、縁伝いに奥に入り乍ら、説明した。

「ここは、もと吉原の松葉楼《まつばろう》の仮宅でございまして、ごらんのように粗末な建てかたをそのままのこしご居ります」

仮宅とは、吉原が火事で焼けるたびに、公儀の指定した仮営業地に、とりあえず建てた廓《くるわ》であった。したがって、建物の粗末さは当然のことであった。おそらく、弥八は、すて値で買い取ったものに相違ない。

そうきけば、妙に、この家には、小部屋が多く、廊下がぐるぐるまわり、とんでもないところに厠《かわや》がついていたりした。

主人弥八の寝所は、渡り廊下でつなぐ離れがあてられていた。猫の額程の小庭に面していて、南は、白漆喰《しっくい》の川岸土蔵、東は、文庫蔵でふさがれ、西は、隣家とのさかいの忍び返しの高塀である。庭から母屋《おもや》へ出る木戸には、錠がおろしてあった。

「この廊下を守れば、離れは絶対に安全なのでございます」

そう告げてから、藤七は、狂四郎を小庭へいざなった。離れの障子は、あけはなたれて、高く積み重ねた蒲団《ふとん》に凭《よ》りかかっている鬚《ひげ》だらけの男のだらしない姿が覗き見られた。

「主人は、最近ひどく人ぎらいになって居りますので――」

挨拶《あいさつ》を遠慮するが悪く思わないでほしい、とことわって、藤七は、そうっと、指さして、

「主人のうしろの床の間に、千両箱を置いてございます、但し、万一のことを考えまして、石を詰めまして、うわべだけ小判をならべてあるしろものでございます」

と、ささやいた。

狂四郎は、無言で、霜除《しもよ》けの芭蕉《ばしょう》の陰から、しばらく弥八を、じっと瞶《みつ》めた。障子のかげ

になって見えないが、女が、弥八の足を、揉《も》んでいた。弥八は、その揉みかたが気に入らぬらしく、自由な方の手を振って、こうしろああしろ、と苛立《いらだ》たしげに命じていた。狂四郎は、因業《いんごう》な性格をむき出したその表情から、肉体は不具になっても、まだ頭脳の働きはたしかだな、と読みとった。

「あの女は？」

「養い子のお八重《やえ》でございます」

「離れへ自由に出入しているのは、お前さんとあの娘だけだな？」

「左様でございます」

母屋へひきかえして、大番頭以下十数名の傭人《やといにん》にひきあわされた狂四郎は、自分の鋭く磨《と》ぎすまされた神経にふれるような怪しい者が一人もいないことをたしかめた。

養女のお八重は、夕餉《ゆうげ》の席で瞥見《べっけん》したが、これはまだ二十歳にもならぬ、内気そうな娘であった。もう幾年も陽にあたらないような、蒼白い皮膚が、その運命的な淋《さび》しさを、しめしているようであった。

狂四郎は、離れとつなぐ渡り廊下がつきあたった小部屋に陣どることになった。出された酒も肴《さかな》も、深川通《ふかがわどおり》のかよい料亭「平清《ひらせい》」からとり寄せたもので、ひどくおごったものであった。

第一夜は、何事もなく明けた。

ただ、狂四郎だけは、ちょっとした、ひとつの発見をした。

更《ふ》けて、九つをまわった頃であったろう、疲れ果てて離れから戻って来た養女のお八重が、寝衣《ねまき》にきかえて、行灯《あんどん》のあかりを消そうとしたところへ、狂四郎は、音もなく、ぬっと入ったのである。

仰天するのを、手で制して、端坐《たんざ》した。狂四郎は、きびしい口調で、

「わたしの目を見てもらおう。見たら、はなすな！」

と、命じた。

お八重は、素直な気質であったし、また狂四郎の態度は、拒絶をゆるさぬ魔力をもっていた。

お八重のつぶらな双眸《そうぼう》が、次第に、怯えの色を消して、一種恍惚《こうこつ》とした遠い色を湛《たた》えるのを、待って、狂四郎は問うた。

「最近、この家に、見も知らぬ怪しい人間が来た筈《はず》だ。どんな男だ？」

お八重は、かすかに、かぶりをふった。

「誰も来ないというのだな？」

お八重は、頷《うなず》いた。

「では、お前の目にはべつに怪しいとは映らなかったろうが……さむらいの訪問者はなかったか？」

「ひとり——ありました」

「ふむ」

「藤七さんが、見廻り役をおねがいしようとしておつれしたお方です」

「浪人者だな？」

「はい」

「ことわったのか、ことわられたのか？」

「おことわりしたのだと思います」

「どんな男であった？」

「貧しい身なりをした……村井源十郎と仰言《おつしや》るお方でした」

「村井源十郎？」

きいたことがある、と小首をかしげた。

思い出したのは、自分の部屋へ戻ってからであった。講釈場で、職人のひとりのお喋《しやべ》りの中に出て来た浪人者の名前であった。当人は、毎日傘貼りの内職をしているが、その女房が最近景気よく金をつかいはじめたという話であった。

村井源十郎が、この駿河屋の用心棒にやとわれたので、景気がよくなったというのならわかる。ことわられて、景気がよくなったというのは、どういう謎か？

狂四郎は、しばらく考えていたが、

「賽子《さいころ》は、ふってみなければ、わからん」

と、なげ出すように呟《つぶや》きすてたことだった。

四

惨劇は、第二夜に、もう暁まぢかな七つどきに演じられた。

針でつついても、ぴいんと亀裂《きれつ》の入りそうな冷たい寂寞《じやくまく》の夜気を、突如、けだものが圧《お》し潰されるような異様な絶叫がつらぬいた。

狂四郎が、風のように渡り廊下をかけ抜けたのは、それから数秒も過ぎていなかったろう。

離れの床に、弥八は、なま血にまみれて、俯伏《うつぶ》していた。行灯はつけっぱなしであった。

雨戸が一枚半開きになっていた。

浴衣《ゆかた》の背の切られざまを、ちらと一瞥しただけで、狂四郎は、斬手の凄腕をさとった。

この時——。

母屋で、

「曲者《くせもの》っ！」

と、怒号があがった。はっとなって身をひるがえそうとしかけた狂四郎は、咄嗟《とつさ》に、脳裡《のうり》に閃《ひらめ》くひとつの直感で光る眸子《ひとみ》を宙に据えた。

——そうか！

皮肉な微笑が、口もとにのぼった。

「曲者だっ！」

「眠さんっ！　早くっ！」

「曲者は、こっちだぞっ！」

凄《すさま》じい物音とともに、自分を呼ぶ必死の声がひびいて来るのを、狂四郎は冷然ときき流して、のっそりと弥八の屍骸《しがい》に寄って仰向かせていた。

番頭藤七は、お店者《たなもの》の外見に似ぬ度胸で、心張棒を摑《つか》んで、覆面の武士を追っていた。

武士は、千両箱をかるがると小脇にかかえ、抜身をさげて廊下をつッ走り、曲り角で、大番頭がひょいと恐怖の顔をのぞけるや、

「斬るぞっ！」

と、吼《ほ》えて、ふりかぶった。

仰天して臀《しり》もちをつく大番頭の脇を、武士が駆け抜けるや、追いせまった藤七が、

「腰抜けっ！」

と、大番頭を罵《ののし》りすてて、

「眠さんっ！　早くっ」

と、絶叫した。

武士は、いったん店の方へ出ようとしたが、急にくるっと踵《きびす》をまわすと、一間《けん》余まで追いせまった藤七へ、

「生命《いのち》が惜しくないかっ！」

と、威嚇《いかく》の太刀をひと振りして、藤七がたじたじとなった隙に、雨戸へ体当りして庭へとび出した。

「眠さんっ！　曲者が逃げるぞっ！」

藤七は、武士が、庭の北隅に据えられた石灯籠《いしどうろう》の笠の上へ、はねあがるのを眺めて、あらん限りの声をふりしぼった。しかし、狂四郎は、ついに姿をあらわさなかった。

武士はたちまち、高塀を越えた。

狂四郎が、ふらりと出て来たのは、店で、集まった奉公人一同を睨《ね》めつけて、藤七が、もの凄い勢いで、皆の腰抜けざまを罵倒《ばとう》している最中だった。

藤七の憤怒《ふんぬ》は、たちまち、狂四郎へ向けかえられた。

「眠さん！　貴方は、それでも剣客《けんかく》ですか！　主人は殺され、賊は悠々と逃げたじゃないか！　なぜ、せめて、賊をつかまえてはくれなかったんだ？」

「追っても、間にあわぬと、思ったのでな」

「そ、そんな――卑怯《ひきょう》な逃口上は、ききませんぞ！　すぐ、かけつけてくれれば、充分間に

あったんだ！　なんという見さげ果てたお人だ！　そ、それで、いま江戸一番の人気者とは、嗤《わら》わせるわ！」

「どうも、申訳ない」

狂四郎は、きわめて神妙な面持で、大番頭の横に坐り込むと、腕を組んだ。

藤七は、いまいましげに舌打ちすると、

「おい、茂《も》一《いち》、早く、番屋へ報《しら》せて来い！」

と、怒鳴りつけた。

すると、何を思ったか、狂四郎が、

「あいや――。番屋へ報せるのは、もうしばらく待っていただこう」

と、とどめた。

「なにっ？　それは、どういう意味です。眠さん！」

藤七が、食いつきそうに睨みつけた。

「長く待てとはいわぬ。ほんの半刻《はんとき》――」

「だ、だから、なぜ待たなければならんのだ」

「待っていればわかる」

狂四郎は、とぼけ顔で、威《い》丈高《たけだか》につめよる藤七の相手にならなかった。

それから……半刻も待つ必要はなかった。

表戸が、烈《はげ》しく打ちたたかれ、小僧が急いで開けると、とび込んで来たのは、金八であった。

「へい、お待たせいたしやした。盗まれた千両箱は、この通り、村井源十郎からとり戻して参りましたぜ」

金八は、人を食った顔つきで、藤七の前へ、それを、ひょいと置いた。

藤七の表情が、一変した。驚愕のためであったことには相違なかったが、奇怪なことに、かえって、無表情にちかい不気味な、沈んだ色に変ったのであった。

狂四郎が、ゆっくりと立ち上った。

「藤七さん、そろそろ狂言も、はねる時刻《い》が来たようだな」

瞬間、藤七の全身から殺気がほとばしったが、狂四郎は、うす笑いを泛《うか》べて、

「この若い男は、わたしの乾分《こぶん》でな、御苦労にも、二夜、この家のそとに辛抱《しんぼう》強くしゃがんでいたのだ。無駄にはならなかった。お前さんに追いかけられた村井源十郎が、塀を越えて逃げ出すや、あとを追いかけて行った。この男の商売は、掏摸《すり》だから、千両箱をかっぱらうのは、大いにやり甲斐《がい》があったといいたいが――」

と、云いざま千両箱をけとばした。からん、と音をたてて土間へころげ落ちた千両箱の中は、からっぽだった。

「眠！　おれを、ただの番頭ではないと見破ったのは、いつだ？」

藤七は、落着きはらった声音で訊ねた。ついさっきまでの、逆上し、血相変えて怒鳴り散らした町人が、この男であったか、と目をうたがわせる変貌ぶりだった。

「はじめて会った時からだよ、藤七さん。いかにうまく化けても、余人は知らず、この眠狂四郎の目は晦《くら》ませぬ。尤《もっと》も、その時は、お前さんが備前屋のまわし者とばかり考えていた。村井源十郎という傘貼り浪人をつれて来たと、昨夜《ゆうべ》、お八重さんの口からきき出して、どうやらそうではない、と考え直した。備前屋なら、わざわざ痩《やせ》浪人などやといはせぬ。……あててみようか、貴様の正体を。御《お》勝手掛《かってがかり》若年寄《わかどしより》林肥後守の命をうけた隠密——どうだ！」

「よくぞ見ぬいた！」

「貴様は、この駿河屋の莫大な財産を合法的に手に入れることを命じられた。つまり、公儀が、泥棒を働こうというのだ。そこで、貴様は、うまく化けて住み込み、弥八殺しの謀計は成った。ついでに、目下ばかげた人気を博している眠狂四郎を用心棒にやとい入れて、まるっきり用心棒の役に立たなかったことを証明して、一転、こんどは世間の嗤い者にしてやろう、と一石二鳥のこんたんを抱いた。いい度胸だった。……ふっふっふ、おれは、弥八を殺すのは貴様だということをちゃんと知っていたぜ。くたばってもいいやつを殺すことは、これは結構だ。おれは、べつにとめる積りはなかったぜ。で、——貴様は、弥八を斬り殺しておいて、空《から》の千両箱をかかえて、小庭へ抜け出た。おれが、きいた断末魔の声は、貴様の口から発したにせものだった。貴様が母屋へ逃げる方が、おれのかけつけるのより迅《はや》かったのは、そのわけだ。貴様は、千両箱と血刀を小部屋にひそんでいた村井源十郎に渡して、さて、なれあいの追っかけっこをはじめた。貴様が、いくらおれを呼んでも、のこのこ出て行かねばならん義理はなかったというわけだ。第一、出て行っても、貴様が、おれに源十郎をつかまえさせる筈がなかった」

「庭へ出ろ！　眠！」

「いうにやおよぶ！」

しらじら明けの庭で、狂四郎の白刃が、長い息づまる沈黙の後に、ゆるやかにまわされていた。

その隠密もまた、狂四郎をして完全な円月を描き終らしめる敵ではなかった。

切腹心中

一

季節は、めぐって、暑月が来ていた。

江戸の絵本に云う。

「炎官《えんかん》、政《まつりごと》をつかさどり、火傘、空を張るこの月を、みな月というは、雨降りがたく、水なし月ということとかや。されば、古人も苦熱の吟、少なからず。避暑の計をもっぱらとす。しかるに、大王祭《しんのうさい》、山王祭《さんのうさい》は、かかる炎熱をして却《かえつ》て恐れしめしは、江戸っ子の威勢というべし」

その天王祭、山王祭も終った頃の一夜――。

街は、更《ふ》りわたって、人影を絶ち、両側の商家の屋根が高くなり、間口も道路の幅も、こんなに広かったかとおぼえる程、がらんとした静寂にかえっていた。

当時、江戸市中夜半すぎの通行に、四害ありといわれていた。第一が武家の辻斬《つじぎり》、第二が物取りの賊、第三が酔漢、そして第四が吠《ほ》えつく犬――。

その犬の声が、けたたましく、寂寞《じゃくまく》の夜気をつきやぶった時、大通りへ、一個の影が、たちあらわれた。

旅装束の武士であった。月明りにも、菅笠《すげがさ》につもった旅塵《りょじん》が重げな、疲れはてた気色をみせていた。その足どりを、怪しんで、いっぴきの大きな白犬が、前後をかけめぐって、吠えついたのである。

「叱《し》っ――」

武士は、小うるさげに、二三度追いはらおうとしたが、狂気じみた執拗《しつよう》なその吠えぶりに、一瞬、むかっとなった。この一疋《ぴき》の声にこたえて、遠く、近く、数疋が吠えはじめたのも、武士の神経を荒立てた。

「一年ぶりに帰って来たこの小堀藤之進《こぼりふじのしん》を歓迎してくれるのが、うぬか！」

武士の左手が、刀の栗形《くりかた》をつかむや――その殺気をあびて、犬は、さらに猛《たけ》り立って、凄《すさま》じく吠えついていた。

瞬間、白い稲妻が走って、犬の首は、数尺宙へはね飛んでいた。

刀身をぬぐって腰に納めると、何かひくく、自嘲的な独語をもらした武士は、ふと、この大通りに、ただ一軒だけ障子を明るくしている居酒屋を見出して、それへ足を向けた。

縄暖簾《なわのれん》はおろしてあり、架行灯《かけあんどん》も消してあるのだが、おそい客がまだいるとみえた。

障子をあけると、土間の隅の細長い台へよりかかって、店の女が、ぽつねんとあご杖をついていたが、

「あ――すみません。もう、おしまいなんです……」

あご杖をついたままで、女は、とろんとした目つきで、子供がいやいやをするように、かぶりをふってみせた。かなり酔っている。こんなうすよごれた居酒屋の酌婦《しゃくふ》にしては、ちょっと小股《こまた》のきれあがった佳《い》い女だった。

藤之進は、女のむこうの長床几《しょうぎ》に、寝そべっている黒の着流しの浪人者らしい姿を、ちらっと見やってから、

「冷酒でよい」

「おあいにく……酒樽《さかだる》の中は、ひとしずくもなくなりましたのさ」

不貞腐《ふてくさ》れたように、胴をくねらせて、片足をずるっと引くと、膝《ひざ》が割れて、水色の湯文字のあいだから、白い太股《ふともも》が、奥まであらわになった。

この時、寝そべっている男が、

「お仙《せん》、客を粗略《そりゃく》にするな」

と、声をかけた。

この声をきいた藤之進は、反射的に首をのばして、台かどの下にある浪人者の横顔へ、つよい視線を送った。

――眠狂四郎ではないか！

「ふん、きいたふうな口をきいて……お前さんがあたしを粗略にしないとでもお云いかい。こんなに惚れさせやがって――人の手前は手管《てくだ》とみせて、実は惚れたで胸の癪《しゃく》、ってんだ。女が酔って、口説くなんて――はずかしいやら憎いやら、主《ぬし》は、性悪、田毎《たごと》の月よ、ええ、ま、どこへ誠が映るやら――」

お仙は、藤之進の目もかまわずに、狂四郎の胸へ、身をなげかけた。

それを、ひょいと押しのけて、身を起した狂四郎は、のっそり立って、料理場に入ると、かたこと音をたてていたが、やがて、徳利《とっくり》を持ってあらわれた。

黙って、藤之進の前へ、酒を置いて、狂四郎が、自分の場所へひきかえそうとすると、

「眠狂四郎殿とお見受けする」

と、声がかかった。

じろりとふりかえって、

「お手前は？」

「公儀庭番、小堀藤之進と申す。昨年春、一時、貴公を尾《つ》け狙ったことがあるのです」

「これは……隠密《おんみつ》の方から、名乗って頂いたのは恐縮です。一献《いっこん》を酌《く》む誼《よし》みはありますな」

狂四郎は、微笑して、台をへだてて、腰かけ樽に就いた。

「やい、あたしは、どうなるのさ」

お仙が、さけんだ。

「お前は、そこで、うたたねでもして居れ」

「ばか、ぼけなす、かぼちゃ。西瓜《すいか》だって、割ったら赤いのに、お前さんなんざ、切ったって、ひとったらしの血も出るもんかい、薄情者——」

二

奇妙な酒盛りであった。

半刻《はんとき》あまりの献酬のあいだ、狂四郎と藤之進が交した会話といえば、

「静かですな」

「左様——」

たったそれだけであった。

お仙は、奥の居間に、ひっこんでいた。

しかし、その沈黙も、おもてを、番太郎が、拍子木を打ち乍《なが》ら、「九つでございい」と時を知らせて通りすぎた時、ふいに、藤之進の口から破られた。

「眠殿は、切腹の作法をご存じか？」

「切腹?」

狂四郎は、藤之進のおもてが、険しくひきしまっているのを怪訝《けげん》なものに眺めた。

「知る必要がおありなのか?」

「作法通りの切腹など、拙者などのような表沙汰の職務をすてた者には必要とせぬ、と存じて居ったが……武士というやつは、ひと通り心得ておかねばならぬことが、わかったのです」

その押えたひくい声音が、かえって、心中の苦悩の深さを滲《にじ》ませているようであった。

狂四郎は、ちょっと考えていたが、「ずっと以前、道金流介錯聞書《かいしゃくききがき》という本で読んだうろおぼえですが――」と、ことわって、その作法を教えた。

切腹の装束は、時服《じふく》を用いるが、着物、下着とも白、帯も白である。裃《かみしも》は無地あさぎ、紋は白く抜いたもの。刀は所持しない。介錯人は、切腹人の方で、何某がよいと指定する。

切腹の場所は、正式ならば、仮屋が作られる。二間《けん》四方に柱を立て、板屋根をふき、白砂をまいて、白縁の畳を敷き、その上へ、四尺四方のあさぎ布を張る。

切腹人が、座に就くと、介添人が末期《まつご》の水を盛った茶碗を三方にのせてさし出す。そのつぎに、僧侶があらわれ、末期の教化を下す。おわって、目付役人が、切腹の小脇差《こわきざし》を四方(三方《さんぽう》と同じもの)にのせて、切腹人にむかって切先を右に、刃を内にむけて置く。

小脇差は、鍔なしにして柄《つか》をつけ、切先五分ばかり出して、杉原紙二枚を逆に巻き、ひだをひとつ付けて、こよりで三カ所くくっておく。

介錯人は、切腹人の左うしろ四尺に、膝をつき、つま立ちしてひかえる。

検使から、

「介錯、静かに――」

と、声がかかるや、介錯人は、両手をつき、無言で目礼する。そして、切腹人の前へ、小脇差が置かれた時、帯刀を静かに抜いて、左膝を立て、右脚を折り敷いて、陰《いん》の構えをとる。

切腹人は、小脇差を取り戴いて、両手を懸け、左の脇腹へ、突き立てる。

この時、立った介錯人は、おのれのふみ出した右足のつま先と、切腹人の左耳朶《じだ》とを見測し、これを曲尺《まがりじゃく》のごとく考え、刀をふりかぶっている。

切腹人が、左手で、腹の皮を左へひき寄せておいて、ぎりぎりと右脇腹までひき切るや、介錯人は、項《うなじ》の髪の生際《はえぎわ》を、打落す。上より下へ打ち、横へ薙いではならない。そして、気皮を掛けて打落さなければならない。気皮を掛けるとは、皮一枚を残して切るの意である。すなわち、抱き首といって、切腹人は、おのれの首を隠すようにして、前へ倒れなければ見苦しいことになる。

介錯人が、頸皮《くびかわ》一枚のこさずに斬りはなしてしまうと、首は、六七尺も、むこうへ飛んでしまうのである。

抱き首に打落したならば、介錯人は、刀を下に置いて、脇差を抜いて逆手に持ち、首をかき落す。それから、三角に折った白紙二十枚を、懐中よりとり出して、右のてのひらにのせ、左手で、首の髪を摑《つか》んで持ちあげ、切口を白紙に据えて、死顔を、検使に見せるのである。検使が終ったならば、死骸は柄杓《ひしやく》の柄《え》で首をつながれ、敷ぶとんに包まれて、桶に入れられる――。

終始、俯《うつむ》向いて、じっと耳をかたむけていた小堀藤之進は、狂四郎の説明が終ると、ひくく、

「かたじけない」

と礼をのべた。ぞっとするような陰気な声音であった。

――死神にとり憑かれているようだな。

狂四郎は、眉をひそめたが、しかし、何も云わなかった。

藤之進は、最後の酒を空けて、立ちあがると、

「では――」

目礼して、影のように深夜の通りへ出て行った。

狂四郎は、台の上へのこされた酒代としては多すぎる金を、眺めるともなく眺め乍ら、ほんのしばし、動かずにいたが、ふと自分をからかうように苦笑して、

「ふん……たまには、こちらが尾ける番にまわってもよかろう」

と、呟《つぶや》くや、のそりと立ち上っていた。

三

遠くで、時の鐘が、鳴った。しらじら明けの七つ半であった。

大川の川面は、さして来る汐に乗って、魚が上って来たか、時折、はげしい音をたててはねていた。霧が、視界をとざしている。一日のはじまる前の、ひとときの静寂の空気は、魚のはねる音にみだされるほかは、すべてをおしつつんで、しんとはりつめていた。

空には、都鳥が、雲から湧いたように、ゆるやかに、舞っていた。

と――。

掘割から、櫓《ろ》の音もひそかに、一艘《そう》の猪牙《ちょき》が、下って来た。こいでいるのは小堀藤之進であった。

右側は、宏壮《こうそう》な大名屋敷の石垣が、水にあらわれていた。

この屋敷は、つい三年前までは、本丸老中水野出羽守忠成の中屋敷であったが、忠成が、川の向うへ、水戸《みと》侯邸の後楽園《こうらくえん》や紀州《きしゅう》侯邸の赤坂《あかさか》の西苑《せいえん》にも劣らぬ豪華な別邸を構えてからは、若年寄《わかどしより》林肥後守の所有となっていた。

北条高時《ほうじょうたかとき》が九献九種の奢《おごり》をきいて、楠正成《くすのきまさしげ》は、鎌倉《かまくら》滅亡を明察したというが……、御勝手《おかって》掛《がかり》たる林肥後守のこの屋敷の門前に昼夜、群れ集う贈賄《ぞうわい》の輩《やから》の 夥《おびただ》しい数を眺めたならば、正成程の賢者でなくとも、幕政の終末を見通すのは易々たるものがあったろう。権門《けんもん》の徒が影を消すのは、わずかに、この夜あけのひとときだけであった、といって過言ではないのである。

この時刻をねらって、藤之進は、猪牙を、石垣へ、ぴたりと吸いつけた。

石垣の上は、高い海鼠塀《なまこべい》であった。

藤之進は、懐中から、手鉤《てかぎ》のついた細引をとり出すと、塀越しの松めがけてひょーっと投げた。

隠密である藤之進にとって、音もなく高塀をのりこえるぐらい、いとも簡単であったし、邸内の地図にもくわしかった。曾《かつ》て、庭番というものは、その名称のごとく、江戸城大奥と中奥の中間にある御籠台《ろうだい》下で、竹箒《たけぼうき》を執ったまま、密命を拝したのであるが、今では、若年寄の邸内で、任務を受けているのである。

ひらりと、庭内へ跳び降りた藤之進は、植込みを抜け、小径《こみち》を避けて、池畔《ちはん》を遠まわりして、寝所へ近づいて行った。普通の急使ならば、まず、宿直《とのい》部屋を通すのだが、隠密の場合は、じかに連絡がゆるされていた。

楓樹《ふうじゅ》の陰にうずくまって、小石を三個、間を置いて、雨戸へ投げた。これが隠密の合図であった。

雨戸がひらかれて、老女中が、こちらをすかし見た。

藤之進は、楓樹の前へ出て、平伏して、左手をあげた。

しばらくして、若年寄の寝衣《ねまき》姿が、縁側にあらわれた。

藤之進が、つつつつと二間前まで進み寄って、顔を擡《もた》げるや、林肥後守は、なぜか、ぎくっとなって、眉間に険しい色を刷いた。

「小堀藤之進、帰参叶わざる儀なれども、必死のお願いの為、拝謁《はいえつ》つかまつります」

「たわけ！」

肥後守はむなくそわるげに、吐きすてた。

「庭番ともあろう者が、密書を紛失いたすとは何事かっ！　よくも、今日まで、おめおめと生きのびおったな！」

「面目次第もございませぬ。あれから半歳、不眠不休にて捜索いたしましたなれど――」

「庭番に、弁疏《べんそ》は許されて居らんぞ――」

「はっ――」

小堀藤之進は、備前《びぜん》のある小藩をとりつぶす目的をもって二年前から忍び入っている隠密から、その調書を受取りに派遣されていたのである。その小藩は、広大な塩田をひらき、富有を誇っていた。幕府は、財政難をきりぬけるために、その小藩がひそかに瀬戸内海《せとないかい》に巣食う海賊を利用して、塩の輸出をしている罪状を挙げて、改易にし、塩田を天領にしようと企てたのである。

ところが、藤之進は、その調書を、持ち帰る途中で、紛失してしまったのである。藤之進にとって不運であったのは、その小藩に忍び入っていた隠密が、藤之進に調書を渡す時には、重病の牀《とこ》にあり、藤之進が江戸へ発《た》って数日後、世を去っていたことである。

副書のないそれを、捜しもとめて、この半年、藤之進は、どんなに苦悩し、焦躁《しょうそう》し、絶望し、狂奔したことか！

「殿！　藤之進、お願いと申すは、ほかでもございませぬ。せめて、正式の切腹の儀、仰《おお》せつけられますよう――」

「黙れ！　貴様は、おのれの職掌を忘れたか！　生命を断つなら、人知れず行うのが、掟だぞ。なぜ、山中に果てるか、海の藻《も》屑《くず》と消えうせなかったか、うつけ者め！　……貴様が、いさぎよく生命を断てば、公儀においては、小堀家が三河《みかわ》以来の旗本たるを惜しんで、舎弟に家督相続せしめ、甲府《こうふ》勝手を命ずる用意があるのだぞ」

「殿！　おなさけを持ちまして、何卒《なにとぞ》、手前に、正式の切腹の儀を――」

「ならぬ！　下れっ！」

一喝されるや、藤之進は、急に、決然として、首をまっすぐに立てた。

「では、おうかがい申上げます。手前が調書を紛失いたしましたにも拘《かかわ》らず、先月にいたって、評定所におかせられて、浜田《はまだ》藩の罪状明白の廉《かど》により、改易決定いたしましたとおききおよびましたが、いかなるわけでございましょうや？　手前が紛失いたしました調書が、殿のお手もとへ、何者かによって届けられたのでございましょうや？　おきかせねがいとう存じまする！」

奇怪なことであった。いつの間にか、調書は、若年寄がとりかえしていたのである。藤之進が、恥をしのんで江戸へ帰って来たのは、この疑問を、是非とも解きたかったからである。

「莫迦《ばか》者！　貴様が紛失したままで、黙って腕をこまねいて、捜す手段《てだて》を知らぬわしと思うか！　その手段を、今になって、きいてなんとするのだ。見下げ果てた横道者めが――」

四

ぴったりと閉ざされた雨戸を、茫然と見やったなり、藤之進は、まだその場へ坐《すわ》ったままだった。

――わしは、卑怯《ひきょう》で、今日まで生きのびたのではない！　調書をなんとかしてとりもどそうとして、生恥をさらして来たのだ。その調書が、評定所に届いているときいて、わしは、驚愕《きょうがく》して、戻って来たのだ。家へも帰らず、妻にも会わずここへやって来たのではないか！　叱咤《しった》されるのは、いくらされてもよい。しかし、せめて正式の切腹の儀が、どうしてゆるしてもらえぬのだ！　わしは、直参ではないか！　切腹を仰せつけられるぐらいの慈悲を受けてもよいではないか。乞食のような、のたれ死をしなければならぬ程、わしのたったひとつの落度が、小堀家三百年の忠勤をけがすというのか！

——やむを得ぬ！　ここで、腹を切るか！

そう思った時、藤之進は、突然、鍛えた神経に、殺気がつたわるのをさとって、はっと、首をめぐらした。

五名の武士が、露をふくんだ芝生を踏んで、しずかに近づいて来た。

いずれも、藤之進とは、面識のある腕の立つ御庭番たちであった。

無言のまま、半円形をとって、藤之進をおしつつんだ。

「わしを、斬るのか？」

「君命だ」

一人が、表情のない低音でこたえた。

「いやだっ！」

憤然と、はらわたが煮えた藤之進が、すっくと、つッ立ちあがるや、五人は、一斉に、刀を抜きつれた。

すると——。

「そうだ、斬られるこたあ、ないぜ、小堀さん」

その声が、意外な近い距離から飛んで来た。犬走りの脇の、五輪塔の陰からであった。

ぬっと出て、無造作な足どりで、すたすたとあゆみ寄った眠狂四郎は、

「ひとまず、逃げることだな、小堀さん。友人たちと斬り合うのは、気が乗らないだろう。ここは、わたしが、引受けた。……どうやら、あんたを消そうというには、陰にカラクリがあるようだ。そいつをつきとめてから、切腹しても、おそくはないようだ。つきとめ役も、わたしが引受ける。……明晩、あの居酒屋で会うことにしよう。酌婦は、色きちがいだが、酒はまずくはない。第一、明晩は、お互いに共通の話題ができている筈《はず》だ」

きらりと抜きはなって、地摺《じず》りに構えた狂四郎の凄然《せいぜん》たる静止相は、一散に走り去る藤之進の後を、一人だに追わせはしなかった。

「お手前がたに、言わでものことを申上げておこう。小堀藤之進は、どうやら、若年寄の私欲の犠牲にされて居るらしい。すなわち、お手前がたも、一歩あやまれば、いつでも、小堀藤之進と同じ悲運に置かれるということだな。そういう奸佞《かんねい》非情の主人に使われているあじけなさを、ちょっと反省してみるのも、まんざら無駄ではあるまい」

「貴様っ、眠狂四郎だな！」

「無頼者のこのおれから、忠告を受けるおのれ自身が、侘《わび》しいと感じられたら、刀を引くことだ」

「思いあがるなっ！　僭上《せんじょう》の邪剣を誇示する貴様の性根こそ、笑止だぞっ！」

「その邪剣の下に伏す者は、もっと笑止だというのだ」

にやりと、せせら笑いつつ、無想正宗《むそうまさむね》は、正面の敵の青眼《せいがん》の切先を中点にして、ゆっくりと、円月を描きはじめた。

「ええいっ！」

気合すさまじく、大気を搏《う》った刀が、水平で、ぴたっと停止した刹那《せつな》、狂四郎の姿は、すでに、その胴を薙いで、次の敵へ正対し、もとの下段の構えをとっていた。

とうてい肉眼に映し得ぬ五体と剣との一如《いちにょ》のうごきであった。

あまりの迅業《はやわざ》に、あっと息をのんで、恐怖本能で半歩を引いた第二の敵が、次の瞬間、斬られたと知らずに、むなしく一刀を空に舞わせて、崩れ落ちた時、狂四郎は、はやくも、三番目の獲物にむかって、円月殺法による地獄行を予告していた。

「しゃあっ！」

右端の者が、猛獣の跳躍をみせて、紫電を放つや——第三の敵を金縛りにしていた無想正宗は、一瀉《いっしゃ》の水流に似た白い閃《ひらめ》きをみせて、猛獣の頸《くび》を、すぱっと払って、真紅の飛沫《しぶき》をほとばしらせた。

——この隙！

一秒間の何十分の一かの直感を信じて、第三の敵が、

「やあっ！」

と、剝《む》いた眼球と口に、むざんな最後の闘魂をあふらせて、拝み打ちに、空気を唸《うな》らせた。

だが、その眼球と口は、たちまちにして、苦痛で、ひき歪《ゆが》んだ。

と、同時に――。

狂四郎は、もうすでに、半身の構えで、最後に残った敵へ、妖気の燃える視線を送っていたのである。

五

それから、三日後の小雨の降る夕刻――。

すみだ川畔の並び茶屋「東屋《あずまや》」で、狂四郎は、巾着切《きんちやくきり》の金八がやって来るのを待っていた。

ほどなく、おもてで、

「おうっ、姐《ねえ》ちゃん、なにをまごまごしてやがんだ。とんで来た来た、来たこらさだ、首尾は上首尾、しめこの兎《うさぎ》、駕籠《かご》からぴょんと跳んで出りゃ、主《ぬし》さん来たかとすがりつき――って知らねえか、まぬけめ。茶屋の女なら女らしく、もっとイキのいい声で出迎えろい」

と、威勢のいい声がきこえた。早駕籠をのりつけたらしい。

「おや、金八《きんぱつ》つぁん、どこからとんでおいでだえ？」

「駿河《するが》の国は、茶畑から、ちゃっきりちゃっきり、巾着切が、茶汲女《ちゃくみ》に会いたさ見たさ、茶々無茶苦茶に、駕籠をとばして、ただいま、いちゃつき、とくらあ。どうだ、こう、ちゃんと着かえた旅姿は――へへ、これを、えぎりす語で、チャーミングと云わあ。翻訳したら、ちゃきちゃきの江戸っ子、ってんだ」

「一名、こちゃ、ちゃらっぽこ、とも申します」

「置きゃがれ――」

ざれ口とばし乍ら、奥へ入って来た旅姿の金八は、

「先生、わかりやしたぜ」

「そうか、ご苦労――」

狂四郎は、御庭番五名を斬り伏せた翌夜、例の居酒屋で、小堀藤之進に会って、調書を紛失した時のことをくわしくきき出したのであった。紛失に気づいた場所は、三島《みしま》であったという。前夜の泊りは、沼津《ぬまづ》を避けて、原の旅宿であったが、千本松原《せんぼんまつばら》でたしかめた時は、たしかに懐中にあったという。

沼津から三島までの一里半の道程で、紛失したのだが、すりとられたと思いあたる記憶は、毛頭なかったのである。

狂四郎は、翌朝、金八を呼んで、江戸で腕きき揃いの掏摸《すり》組黒元結連《くろもとゆいれん》をさぐれと命じた。

すると、黒元結連の頭目は、二年前から、久離御帳外《きゅうりおちょうはずれ》(江戸追放)となって、沼津に住み

ついていることが判明し、金八は、ただちに、箱根《はこね》をとび越えて行ったのである。

「たしかに、黒元結の親分は、半年前に、小堀藤之進って御庭番のふところをすった、と泥を吐いてくれましたぜ」

「誰にたのまれたか、きいたろうな」

「そこに抜かりはねえや。先生、わらわせるじゃござんせんか、黒元結の親分をつかったのは、なんと、林肥後守の用人でさあ」

「ふむ！」

狂四郎は、きらっと目を光らせたが、すぐ、にやりとした。

意外にも、林肥後守自身が、掏摸をつかって、小堀藤之進から調書をまきあげていたのである。

「そうか、なにやら、そんな予感もしていた……。そうとわかれば、謎解きは、下手な恋歌に首をひねるのよりも簡単だというものだな」

六

四万六千日には、市中の観世音のにぎわいは勿論《もちろん》だが、江戸城はじめ、各大名屋敷でも、庭園へ観音像を飾って、広縁に模擬店を出し、奥女中たちが大騒ぎするのが、ならわしだった。

その騒ぎも、ようやくおさまり、火の番が、廊下の灯《ひ》をひとつひとつ消してしまうと、ひろい屋敷内は、森《しん》と物音ひとつなくしずまりかえった。

奥の寝所では、水浅黄の蚊帳《かや》の中で、林肥後守が、愛妾《あいしょう》八重《やえ》と、たわむれていた。

八重は、緋縮緬《ひぢりめん》の寝衣をはだけ、脛《はぎ》も膝も股も、漆黒の恥毛もあらわな肢態《したい》をくねらせ乍ら、肥後守の執拗な愛撫にわざと小さな悲鳴をあげたり、笑い声をたてたり、ぶったりしていた。きわだった美貌だし、雪をあざむく白いゆたかな膚《はだ》の女であったが、目もと口もとのあたりが、一種痴呆的な淫蕩《いんとう》の色に彩《いろど》られて、いやしげな不潔な印象であった。尤《もっと》も、肥後守には、それが、魅力であるのかも知れないが……。

「ふふふ、八重、どうやら、そなたは、藤之進に嫁ぐ前から、男を幾人も知って居ったろうな」

「また、その様ないじわるを……存じませぬ。もう今宵《こよい》は、おいとまさせて下されませ」

すねて、くるりとむこう向きに寝がえった女の、むっくりとむき出され、盛りあがった臀《でん》部《ぶ》の柔襞《やわひだ》へ、肥後守の五指が、昆虫の触手のように這い寄ったとたん――。

突然、有明行灯《ありあけあんどん》のあかりがまたたき、黒い巨大な影が、蚊帳へ投射された。

「何奴っ！」

はね起きた肥後守が、蚊帳をあおって、床の間の刀へ腕をのばそうとすると、黒影は、一瞬はやく、風のように走って、その前に立ちはだかっていた。

「おっ！　藤之進っ！」

はねとばされたように、のけぞる肥後守へ、八重は、ひっと恐怖の声をしぼって、しがみついた。

「八重っ！　姦婦《かんぷ》め！」

小堀藤之進の形相は、幽霊がこの世にあるものなら、まさしくそれであったろう。

八重は、藤之進の妻であったのだ。肥後守は、八重を手に入れるために、藤之進から調書を奪いとったのである。

藤之進が、さっと白刃を右手にかざすや、八重は、あらん限りの声で、救いをもとめた。

廊下に、どどっと跫音《あしおと》がみだれた。しかし、寝所には、誰一人、姿をあらわさなかった。

眠狂四郎が、廊下のまん中に、うっそりと佇立《ちょりつ》して、おっ取り刀の連中の行手を、さえぎったからである。

「無頼浪人、眠狂四郎、小堀藤之進が不義の妻を、成敗するのに、助勢いたす。手向う者は、ことごとく、斬りすてるぞっ！」

凜乎《りんこ》たる大声をあびせられて、人々の四肢は、棒のようにこわばった。

熟達した、御庭番五名を仆《たお》した狂四郎の凄腕ぶりは、あまりにも耳目に新しかった。

やがて、八重の断末魔の悲鳴がつらぬくのをきき終えてから、狂四郎は、のそりと、寝所にふみ込んでみて、あっとなった。

白縮緬二布《ふたの》の蒲団を血海にして俯伏している妻の屍骸《しがい》を前にして、藤之進は、脇差を、左腹につきたてていた。

肥後守は、床の間の壁へ、家守《やもり》のように吸いついて、殆《ほとん》ど虚脱していた。

「小堀さん！　はやまったぞ！」

藤之進は、かすかにかぶりをふって、

「ご介錯を――」

と、云った。

「よし！」

狂四郎は、すらりと無想正宗を鞘走らせると、

「おい！　肥後守、腐りはてた旗本数万騎のなかにあって、真に、武士らしい魂を持ったものの最期を、よっく、見ておけ！」

と叱咤してから、藤之進の背後に立ち、ぴたっと陰の構えをとった。

一閃《いっせん》！

藤之進の首は、頸皮一枚のこして、がくりと、抱き首に落ちていた。

皇后悪夢像

一

「やあ、お行列だ!」

少年が、小手をかざして、叫んだ。

樹枝のあわいから、彼方《かなた》の街道を、供回りの行粧美々しい大名道中が、豆人形のつらなりのように、動くともなく通って行くのが見えた。在府年限満ちて国許《くにもと》へ帰城するのである。

暮春——。

ここは、摂津《せっつ》武庫《むこ》郡甲山《ぐんかぶとやま》の中腹である。

神呪寺《しんじゅじ》という観音堂の境内のはずれの、崩れかかった築地《ついじ》の上に、少年は立っていた。眼下には、青々とのびた麦と黄金の菜の花がちらばり、街道のむこうには、武庫の海がかすんでいる。

「小父《おじ》さん——ねむっているの?」

少年は、ふりかえって、草の上に仰臥《ぎようが》して、目蓋《まぶた》をとじている黒の着流しの浪人者へ声をかけた。

「いや……花の香を愉しんでいるのだ」

つい二間《けん》あまりはなれたところに、丈高い木蓮《もくれん》の樹が、この風もない静かな真昼の明るさにふさわしい、温雅で豊麗な純白の花びらをひらいて、ほのかに匂っているのである。

「先生、起きて、お行列を見てごらんなさい。きれいです」

すすめる少年の大きな澄んだ眸子《ひとみ》には、この浪人者と、こうしているよろこびの色があふれていた。

尾張鳴海《おわりなるみ》神社の曲賽《きよくさい》造りの神官五味義寛《ごみよしひろ》の子庄作《しようさく》であった。西宮《にしのみや》の夷《えびす》神社の宮司が、亡母の実兄にあたって居り、孤児となった庄作はそこにひきとられていたのである。今朝、眠狂四郎が、ふらりと、庄作の様子を見にやって来て、つれ出して、この甲山へのぼったのである。

庄作は、行き過ぎる大名行列へむかって、声いっぱいに、「おーい!」と呼びかけてから、なんとなく、にこっとして、狂四郎のそばへ戻った。

「先生。甲山って、ここに、甲でも埋めてあったのですか?」

「ああ、そういういいつたえだな。……むかし神功《じんぐう》皇后が、新羅《しらぎ》の国へ遠征して、凱旋《がいせん》された時、三万八千人の兵隊の甲冑《かつちゆう》や弓箭《きゆうせん》や剣や衣服や、新羅の国から奪って来た金銀宝珠を、この山のどこかに埋められたのだ」

「へえ。それで、その宝ものは、どうなったのですか?」

「わからぬな。誰も掘り出した者はいない。神功皇后は、千人の人夫をつかって、この山のどこかに匿《かく》されたのだが、そのあとで、千人を皆殺しにしてしまったのだから、皇后が亡くなられてしまうと、匿し場所は永久にわからなくなってしまった」

「ふうん——。もったいないなあ。神功皇后って、意地悪ですね」

そう云いすてて、庄作は、立ちあがって、ひょっとするとそのあたりに、宝が匿してあるのではないかという表情をつくって、境内をあるきまわりはじめた。

狂四郎は、やおら、身を起した。築地の崩れ目から遠く、海を望むその眼眸《まなざし》が、ふっと、曇った。

自分が、無慈悲にも、小舟へ乗せて大海原の果てへむけて流した異国の美女るいしやの俤《おもかげ》が、甦《よみがえ》ったのである。

あの残虐の行為を敢《あ》えてしなければならなかったおのれの気持を悔いるのではなかった。

その時以来、脳裡《のうり》につきまとって離れぬるいしやの眼眸が——同じ血族にめぐり会《お》うた親しさを罩《こ》めた青い瞳が、狂四郎に、名状しがたい苦痛をおぼえさせるのであった。

「やあ——これが、神功皇后だな」

突然、庄作が、むこうで大声をあげた。

本堂の脇に建てられた、まだ木の色も新しい小さな祠《ほこら》を、覗き込んでいるのであった。

「意地悪な皇后様だから、こんな顔をしているんだな」

その言葉を、ふとききとがめた狂四郎は、ゆっくりと近づいて行った。

祠の中を覗いて、等身大の木彫の立像を、じっと眺めているうちに、狂四郎は、次第に険しい眼光になった。

一瞥《いちべつ》したかぎりでは、具《よろい》をつけ、鐔物《つわもの》の太刀をはき、強弩《きょうど》をもち、髪を男同様に美豆良《みずら》に結った神功皇后が、女人である証拠を、玉蘰《たまかつら》、瓔珞《くびたま》、肩巾《ひれ》裙帯《くんたい》とともに、如来か菩薩《ぼさつ》のように、ふっくらとした相好にみせて彳《たたず》んでいたのである。

あるいは、庄作の独語をきいていなかったならば、狂四郎は、ちょっと覗いたとしても、

――仏像のような皇后だな。

と、思うにとどめたかも知れなかった。

凝視をつづけるうちに、狂四郎は、異常な感銘に、四肢がこわばるのをおぼえたのである。

仏像というものは、仏独特の相好として、三十二相八十種好《しゅごう》というものを具備している。これを具備するものは家に在っては転輪聖王《てんりんじょうおう》となり、出家しては無上正覚《むじょうしょうがく》を開いて仏となる、といわれ、仏像師は、その表現に精魂をうちこんだのである。

成程、この皇后像は、眉目、手、足のかたちは、仏の相好に似ている。しかし、まるっきり別の表情なのである。むしろ奇怪とさえ云い得る激しいものが、眦《まなじり》に、唇の端に、指先

にしめされて、妖しい気配をただよわせているのだ。

「庄作、お前にも、この神功皇后が意地悪に見えるのだな？」

「見えます。なんだか、見ているといやになる」

少年の純粋な瞳は、この像がもつ強烈な圧迫感を吸いとったのである。

二

その夜、夷神社の社務所の一室で、狂四郎は、庄作の伯父の宮司に、甲山神呪寺境内に、最近祀《まつ》られた神功皇后像について知るところはないか、と訊ねた。あいにく、宮司は、祀られたことさえきいていなかった。大酒家《たいしゅか》で、世間のことには、とんと疎かったのである。

狂四郎は、しばらく考えていてから、

「それでは、こんなことをおききしても、貴方《あなた》は耳にされなかったかも知れませんが、近頃この地で、もしや、若い美女が殺された事件はありませんでしたか？」

「そりゃア、ある！　大ありです！」

多分、横にかぶりをふるだろうと思っていたのに、宮司は、反対に、ひどく真剣な顔つきで、大きく頷《うなず》いてみせたものだった。

「一人だけか、三人までも——しかも、大阪から兵庫へかけて、選《よ》りすぐった飛びきりの美人が、無慚《むざん》や、ばたばたと非業《ひごう》の最期をとげましたのじゃ。そればかりか、どうやら殺された原因が、当社の恵比須《えびす》まつりにあるとしたら、いくらわしが大酒くらいの暢気者《のんきもの》でも、少々あわをくらうのは、道理ではござらぬか——」

宮司は、話しはじめた。

夷神が福徳の神とされて以来、この神社は、商売繁昌《はんじょう》の守り本尊として、遠地からも参詣《さんけい》人《にん》を集めている。西宮の清酒醸造は、きわめて精良の名誉を揚げていたので、その酒造家連が、恵比須大明神を派手に盛大に祀ろうとしたのは当然である。で——近来、正月の十日恵比須は、江戸の初卯《はつう》と大阪のそれにまさるといわれる程の賑《にぎわ》いだった。

——十日えびすの売ものは、はせ袋に、鳥觜《ちょうし》、銭がます、小判にかね箱、立烏帽子《たてえぼし》、ゆで桝《ます》、さい槌《づち》、たばね熨斗《のし》、お笹をかついで千鳥足。

それにくわえるに、西宮の恵比須まつりには、もうひとつ、「神子《みこ》えらび」という景物があった。灘《なだ》の新酒を、恵比須大明神に捧げる清浄無垢《むく》の処女を、この近郷から選出する行事であった。すなわち、今日《こんにち》のミス・コンクールである。これが、非常な人気を呼び、神子に選ばれたくて、大阪から西宮へ住居を移して来る娘もいたくらいであった。

今年、祭もあと三日で終るという日、「神子えらび」に三人の娘が残った。この三人のうちから、一人だけ、夷神子にえらばれるのであった。

酒問屋大国屋《だいこくや》（西宮市中）お　幸《こう》
酒問屋福原屋《ふくはらや》（今《いま》　津《づ》）おのぶ
料亭「一福《いっぷく》」（西宮市中）お　糸《いと》

で、この三人娘のうち——。

第一の犠牲者は、お幸であった。

事件の起る前日、よろこびにごったがえす大国屋に、小さないさかいが起った。

内儀のお志賀《しが》が、主人宗兵衛《そうべえ》に、そっと、

「旦さん、やっぱし、お幸は、佐吉《さきち》と相惚れやさかい……」

と、ささやきかけた。

お幸が、もし神子に選ばれたら、うちの息子の嫁に、と大阪随一の回船問屋天満屋《てんまや》から申込まれていたのである。天満屋は、千石以上の菱垣《ひがき》回船と樽船《たるぶね》を十艘《そう》も持っていて、灘《なだ》の酒をはじめ、大阪二十四組の商家の諸品の半ばを、江戸へ運搬していたのである。また、一方では、金貸もやっていて、大国屋も多額の借りがあった。

天満屋から、息子の嫁に、とのぞまれて、有頂天にならぬ家はなかった。文字通り、渡りに舟であった。ところが、母親のお志賀は、お幸が、手代の佐吉と心を許しあっている様子を、かねてからうすうす感づいていたのである。

「阿呆《あほう》！　なに云うてけつかる。お前が、気儘《きまま》八百に育てて、芝居ばかり見せとるから、お幸のやつ、お染《そめ》気どりになり居って、丁稚《でっち》に迷うんじゃ。いまどき、歌祭文《うたざいもん》など流行《はや》らんわい」

「しかしなあ、旦さん……お幸の昨日今日の様子を見とると――」

「うるさい！　親の云い条をきけんような娘を、お前は、なんで生みよった！」

怒鳴りつけておいて、宗兵衛は、店へ出て、結界の中へ坐《すわ》った。

宗兵衛も、思いあたるふしがあった。神子候補になった時は、あんなにはしゃいでいたお幸が、三人残ったときかされた頃から、妙に固い表情になって、居間にとじこもるようになったのである。娘心というもので、神子になれるかなれないかの瀬戸際になると、ひどう緊張するものだ、ぐらいに考えていた宗兵衛であった。そうではなかったのである。三人残ったおり、恰度《ちょうど》、天満屋からの申込みがあったのである。

「おい、佐吉――」

宗兵衛は、広土間で、小僧たちを指図して、新酒樽につける青葉竹竿を揃えさせている佐吉を、呼んだ。

結界の前へかしこまった佐吉へ、宗兵衛は、唐突に、

「お前、京都へ行って来てくれ」

と、云って、掛売帳をなげ渡した。

佐吉は俯向《うつむ》いて、ちょっと返辞をしなかった。主人のこんたんが読めたからである。京都

で得意先を回れば、すくなくて七日は費さねばならぬ。そのあいだに、お幸は、「神子えらび」に出て、もし選ばれたならば、否応《いやおう》なしに、天満屋の結納品を受けることになろう。

佐吉は、ここ数日、お幸と顔を合わせるたびに、その潤《うる》んだ眸子《ひとみ》が、

「わたしをつれて逃げておくれ」

と、哀願しているのに対して、はらわたがひきちぎられる思いで、そ知らぬ顔をしなければならなかったのである。

佐吉は、二十七になっていた。十歳の時から、この家に奉公して、息子同様の扱いを受けて来た。二十になったら暖簾《のれん》を分けてやると約束されていた。いつからとなく、お幸と心が通じ合うようになったが、しかし、それは、はじめから苦悩のつきまとうた恋であった。佐吉は、主家を裏切る気持は、すこしもなかったのである。

だが——抜打ちの冷酷さで、主人から、お前は姿を消せ、と云われて、流石《さすが》に、佐吉は、むかっとなった。事訳によってはあきらめもする覚悟でいたのだ。

「なに、ぼやぼやしとる、はよ支度せんかい」

「旦那《だんな》はん！」

「なんや？」

「すんまへんが……我儘申してかんにんしておくれやす。この使いは、誰かほかの者に代えてもらえまへんやろか？」

「なにっ！　お前、行きとうない云うのか？」

「へえ。どうも、朝から頭《つむり》がひどう痛みまして――」

「うそぬかせ！　朝からシャンシャン働いとったやないか。……おい、佐吉、お前は、二十年もわが子同様に目をかけてやったわしに、煮湯のませようちゅう肚《はら》やな？」

「とんでもない！　旦那はん、私はただ、旦那はんのお気持が恨めしいのですねん――」

「なんやと！」

かっとなった宗兵衛の右手が、結界の上を躍《おど》って、佐吉の頬を鳴らした。

佐吉は、俯向いて、微動もしなかった。その姿が、宗兵衛の目には、世にも憎々しいものに映った。

「出て行けっ！　わしはまだ、飼犬に手を嚙まれる程耄碌《もうろく》はしとらんわい！」

その叫びをききつけて、お志賀が、奥から走り出て来て、けんめいになだめたが、宗兵衛は、騎虎《きこ》の勢いで、あとへひかなかった。

やむなく、お志賀は、佐吉に、旦那の立腹がとけるまで、二、三日、近所の旅籠《はたご》にいてほしい、と因果をふくめた。

佐吉が、荷をまとめて、しおしおと出て行ったあと、お志賀が、お幸の居間に入ってみると、すでに知ってしまった蒼白な面持《おももち》で、じいっと、畳の一点を瞶《みつ》めていた、という。

気やすめにすぎぬなぐさめ言葉をかけてみたが、返辞はもとよりなかった。

その夜、万一のことがあってはと、お志賀は、お幸と枕をならべて寝たのであったが、明けがた、とろとろと睡《ねむ》ったすきに、隣りの床は、蛻《もぬけ》の殻となっていたのである。

大国屋は、たちまち上を下への大騒ぎになった。当然、第一に嫌疑のかかったのは、佐吉である。手代たちのなかには、ゆうべ更《ふ》けて店の前をうろうろしていた怪しい影があったが、あれが佐吉にちがいない、などとまことしやかな顔つきで云い出す者もあった。

代官所から、出役指揮によって、目明しが、八方へ散り、尼崎《あまがさき》から西宮へかけての旅籠という旅籠をしらみつぶしに当って、その日の午《ひる》まえに、鍋屋町《なべやちょう》の旅籠の二階にかくれている佐吉を捕えた。しかし、佐吉は、一人でじっとしていただけで、お幸のことはすこしも知らぬと云いはった。

だが、彼にとって不利であったのは、旅籠の亭主が、この客は夕食後出かけて子《ね》の下刻すぎに戻って来たと証言したことであった。目明しの厳しい吟味に、佐吉は、ついに、お幸恋しさに、大国屋の周囲をうろついた、と白状した。しかし、お幸の出奔については、神仏に誓って知らぬことだ、と主張してみたが、もはやとりあげられなかった。

お幸の屍体《したい》が発見されたのは、その日の黄昏《たそがれ》どきであった。夷神社から南に数町、松の疎《そ》林《りん》を抜けた浜辺の砂に埋められていたのを、遊んでいた子供たちが、ちらりとこぼれ出ている緋縮緬《ひぢりめん》の長襦袢《ながじゅばん》の裾《すそ》を見つけて、ひっぱってみたところ、まっ白な片足がぬっとあらわれ、きゃっと魂《たま》消《げ》る悲鳴をあげたのであった。

お幸は、左乳の下を、鋭利な刃物でひと刺しされていた。

佐吉は、お幸と心中しそこねて、ひとり旅籠へ逃げ戻ったものと解釈された。

三

その次の夜のことであった。

寒月が耿々《こうこう》として冴えた四更《しこう》——。

甲山中腹神呪寺の、雪でも降り敷いたように白い境内を、ひとつの異形の影が、そろそろと歩いていた。

白衣をつけ、頭上に蠟燭《ろうそく》を立て、焰《ほのお》をゆらめかせていた。女である。手に握っているのは、松葉であった。

凍てついた地べたを、ひたひたと跣《はだし》で踏みしめ乍《なが》ら、口のうちで、ぶつぶつととなえているのは、呪文であった。

「たまとたか、よみちわれ行く、おほちたら。まちたらたら金ちりちり……かたしはや、えかくせにくりに、ためるさけ、てえひあしえひ、われしひにけり……」

境内の北端に立てた（たぶん、この女が持参したのであろう）卒塔婆《そとば》をまわって、本堂にひきかえして行く。

内陣には、宝灯が、ひとつ、赤い灯《ひ》を、ぼうっと闇に滲《にじ》ませていた。

女は、階段をのぼると、円柱に寄った。その円柱には、小さな藁《わら》人形が、釘でうちつけられてあった。

女は、すこし声を高くして、

「南無……金剛忿怒尊《ふんぬそん》、赤身大力明王、穢跡《えしやく》忿怒明王……ねがわくば、物怪《もののけ》を現じ、凶光をはなち、福原屋おのぶの生命《いのち》をちぢめさせたまえ……」

と、祈りつつ、手にした松葉の一本を、藁人形へ、ぷすりと突きたてた。

そしてまた、階段を降りて、卒塔婆へむかって歩み出す——。

この一心不乱の呪詛《じゆそ》祈願を、それから小半刻《こはんとき》もつづけたろうか。女が、本堂へのぼろうとすると、不意に、

「おりんさん——」

と、声がかかった。

女の受けた衝撃の大きさは、全身の痙攣《けいれん》で頭上の蠟燭の焔をはげしくゆさぶったのであきらかであった。

のそっと、円柱の陰からあらわれたのは、総髪、たっつけ袴《ばかま》の男であった。目蓋が垂れ、青ぶくれた平べったい顔で、ひどい兎唇だった。

「まあ！　平賀《ひらが》先生……」

「ふふふ……わしは、あんたが来る前から、この柱のむこう側で、結跏趺坐《けっかふざ》していたのさ」

「……………」

おりんは、咄嗟《とっさ》の驚愕《きょうがく》と狼狽《ろうばい》で、ただ白い息をせわしく吐くだけだった。

「大国屋のお幸は、片づけた。こんどは、福原屋のおのぶを片づけようというわけかな、おりんさん――」

「ち、ちがいます！　あ、あたしは、お幸は、こ、ころしませんよ！」

「同じことだろう。お幸が死んだことは、お前さんにとって、こんなうれしいことはないんだからね。これで、おのぶを呪い殺してしまえば、あとにのこるのは、料亭一福のお糸――つまり、お前さんの娘一人だけなんだから――」

「あ、あたしは……」

喘《あえ》いだおりんは、次の瞬間、狂気のごとく男にすがりついた。

「おねがいです！　見のがして下さい！　な、なんでもききます！　どんなことでもします！　おねがいです！　先生、どうか、見のがして――」

まだたっぷりと色香の匂う艶肌をもった大年増の必死の面貌《めんぼう》を、冷やかに見据えていた男は、

「ふふふふ……呪いの神さまに祈願するには、もっと面白いやりかたがあるぜ」

と云いはなつや、おりんをかかえて、内陣に入った。

宝灯の光を撥ね散らして、氷のような板敷の上で行われた、野獣の組みうちにも似た男女の営みは、まさしく呪詛祈願にふさわしい光景といえた。

やがて――。

のろのろと身を起したおりんは、はだけた前を合わせて、黙って立ちあがり、出て行きかけたが、ふと気づいて、干《かわ》いた声音で、

「先生、あんたは、また、どうして、今時分、いたんです?」

と、訊ねた。

「おれか。……おれも願いごとがあったのさ――」

男は、もっそりとこたえたことだった。平賀唯心《ゆいしん》というこの男は、麓《ふもと》に住む独身の浪人者であった。寺子屋をひらいていたが、変り者で通っていた。

四

「おりんと平賀唯心との一埒《いちらつ》は、おりんが捕った時、自暴自棄で白状したことでござったが、おりんも同情すべき点はあったのでござる。おりんが、今津の福原屋のおのぶを、呪い殺そ

うとしたのは、自分の娘を神子にしたい母親の虚栄の一心に相違はなかったとは申せ、ひとつには、復讐の執念にとり憑かれていたのでもござったな。と申すのは、おりんの家も、もとは、今津で、福原屋と覇を競う酒問屋でしてな、それが、七年前、亭主の頓死《とんし》とともに、得意先を、福原屋に悉《ことごと》く奪いとられてしまって、店を閉じるはめにいたり、この西宮に移って料亭を開いた、という因縁がござった。たまたま福原屋の娘と、自分の娘が同時に、神子えらびに残ったとなると、おりんが、狂気のごとく丑《うし》の刻参りをやったのも、道理でござったろう。それはともかくも、奇っ怪であったのは、おりんの一念が金剛忿怒尊に通じたか、次の夜、福原屋が、突如、怪火を出して、あわれや、娘のおのぶが焼け死んだことでござった。しかも、おのぶ一人だけが自分の居間で黒焦げになっていたと申す。ほかの者たちは、寝衣《ねまき》いちまい乍らも、充分に逃げ出す余裕はあったにも拘《かかわ》らず、なぜに、おのぶ一人だけが、居間から一歩も出ずにいたか――そのことが、なんとも不審に堪えなかった次第でござったのじゃ。……神子えらびの候補者が二人までも非業の最期をとげたことは、西宮中を、蜂の巣をつついた如《ごと》く、手のつけようのない騒擾《そうじょう》の渦にまき込んだことは申すまでもござるまい。……お幸を殺したのは手代佐吉と確認されて居るが、おのぶを殺した下手人については、お役人も、ちょっと途方にくれた態《てい》でござった。が、これは、目明しの一人が、偶然、福原屋の焼跡から、釘をうち込まれた藁人形の半焼けを見つけたことで、たちまち、――成程そうだったか、とお役人を頷かせることと相成った。……お幸が不慮の死をとげた。のこるは二人だ。おのぶも死ねば否応《いやおう》なしに、お糸が神子にえらばれる。福原屋には深い怨《うら》みがある。とばかり、一福の女将《おかみ》おりんが、お幸の死を奇貨おくべしとして、おのぶを呪い殺そうと企て、そして、成功した。とお役人が推理したのは、当然と申すものでござった。で——ただちに、おりんは捕えられ、手酷い拷問を受けて、呪詛の件を白状いたした。しかし、火つけは露知らぬことだと哭《な》き叫んだそうだが、いたずらに、お役人の嘲罵《ちょうば》をあびたにとどまったのは、これは、やむを得ぬ仕儀でござったろう。おかげで、神子えらびはお流れになったのみか、かかる行事を催す故《ゆえ》に乱心者もあらわれるというお咎《とが》めを受けて、此後禁止と布令されたのは、とんだとばっちりでござった。……火つけの罪は、火刑と定《き》まっていることは申すまでもないが、あわれなのは、お糸でござった。母親が修羅《しゅら》の妄執を燃やしたばっかりに、まきぞえをくらって、罪もない身が、火あぶりにされたのでござる。……母とともに、白衣をきせられ、裸馬にのせられ、紙幟《かみのぼり》、捨札《すてふだ》、抜身槍を持った非人にとりまかれて、市中引回しをされた時の、すでに生きた色もなく項垂《うなだ》れた顔は、いたましや、まだこの目の底にのこって居りますわい。いや、それよりも、方二十間《けん》にめぐらした竹矢来の中で、十字の柱にくくりつけられて、腰まで積みあげられた薪《まき》に松明《たいまつ》の火が移され、濛《もう》とあがった黒煙の下から、真紅の火焔《かえん》が、ぱあっと迸《ほとばし》った刹那《せつな》の白い姿は、蝟集《いしゅう》の者どもの目に、永劫《えいごう》にのこるむごたらしい見ものでござった。……おりんの方は、引回しの馬上から、狂乱のていで、下手人はわたしではない、と絶叫しつづけて、かえってそれは、見物衆の蔑視《べっし》を買《こ》うて、いよいよ、紅蓮《ぐれん》の舌になめられる段になってもまだ、神も仏もないかと喚《わめ》くざまは、あさましいものとしか眺められなかったのでござる。……吹きあがり、渦巻きかえり、煽《あお》られ靡《なび》く黒煙と火焰の中で、凄《すさま》じく身悶《みもだ》えしつつ、おりんは、断末魔の悲鳴をあげる一瞬前まで、自分は無実の罪じゃと、声をふりしぼりつづけ申したな。……あまりのむごたらしさに、もはやこれ以上見るに堪え難くなって、身をまわそうとしかけた手前は、ふと、脇で、食い入るように、眼光をぎらぎらと怪しく輝かせている浪人者に気づきましたのじゃ。それは、おりんを神呪寺の内陣で犯した平賀唯心でござったわ。身の毛もよだつ地獄の光景を凝視し乍ら、なんと、平賀の面相には、莞爾《かんじ》として、さも愉しげな色が刷かれていたではござらぬか。瞬間、手前は、背筋に、なんともいえぬ悪寒がつたうのをおぼえて、大急ぎで、人渦をかきわけて、逃がれ出たことでござった……」

五

今日も、いい日和《ひより》である。木蓮も昨日と同じく匂っている。眠狂四郎は、神功皇后像の祠の前の供物石に、腰を下していた。

腕を組み、例のごとく冷たい無表情を、春光になぶらせて、微動もしないのである。そして、今の時間でものの十分もすごしたろうか。

境内の端に、のっそりとあらわれたのは、青ぶくれの、兎唇の顔をもった浪人者であった。腐りかけた魚の目玉のように濁った双眸を、じっとこちらへあてたが、しずかな足どりで近づいて来た。

「拙者が、平賀唯心だが、なんの御用だ！」

嗄《しゃが》れ声で、訊ねた。狂四郎は、庄作に手紙を持たせて、この男を、ここへ呼んだのである。

狂四郎は、それにこたえず、

「この神功皇后像は、お手前が刻まれたのだな？」

「左様――」

「見事な出来映えだとおほめ申上げておこう」

「それだけの御用件か？」

「うかがいたいことがある。この像の面には、おそろしい苦悶《くもん》の気色がただようて居る。見れば見る程、惻々《そくそく》として迫る、業苦にさいなまれるものの悲痛をはなって居る。いまにも呻《うめ》きをたてんばかりだ。……お手前は、何故に、皇后の面を刻むに、このいたましい相をもってなされた？」

訊かれて、唯心は、にやりとした。

「意外にも早く、拙者の鑿《のみ》さきに罩《こ》めた力が評価されて、よろこびこの上はない。……拙者は、五年前、神功皇后が、地獄の業火に焼かれて、もだえのたうつ姿を、三夜つづけて夢に見た。皇后は、この甲山に、財宝を匿《かく》すにあたって、その使った人夫千人を悉《ことごと》く斬戮《ざんりく》した。その苦報を受けたのだ。拙者は、その時、その苦悶を、彫像に写し出そうと決意したのだ」

「そうして、ついに、それをなしとげられた」

「いかにも！」

「お手前のなすべきことは終った。お手前は、この像の前で、いさぎよく、屠腹《とふく》されることを、おすすめする。それが、わたしの用向きです」

「何を云うか！　拙者は、このさき長くこの像の守をする所存だぞ。屠腹などと、たわけた——」

「おそい！」

「なに！」

狂四郎は、黙って、すっと立ち上った。刹那——。

抜く手も見せず腰から噴かせた無想正宗を、祠の中へ、一閃させた。

像は、まっ二つになって、倒れた。

「き、きさまっ！」

ぱっと跳び退《の》くや、唯心は、鞘をはらって、ぴたっと青眼《せいがん》に構えた。憤怒をほとばしらせた青ぶくれの顔を、狂四郎は、けがらわしいものに見やりつつ、

「おい、平賀唯心！　おれは、おぬしが、神子えらびに残った二人の娘を殺し、もう一人の娘とその母親を火あぶりにして、その苦悶のさまをぬすみとった罪を責めて居るのではないぜ。その悪逆を犯してまでも、この像を刻まなければならなかったについては、おぬし一身の運命の上に、どんな悲惨な懊悩《おうのう》があったか――その理由如何《いかん》によっては、おれは、黙って、ひきさがる積りだった。……神功皇后が地獄でのたうつ夢を見たと。嗤《わら》わせるな！　まことしやかな嘘八百の伝説に性根をうばわれて、疫病《えやみ》のように夢にうなされた――たったそれだけの理由で、こんなおもちゃを作ったときいては、我慢がならぬのだ。あの世へ行って、まこと神功皇后が業火に焼かれているかどうか、性根を据えてたしかめて来い！」

太刀は、一合と交わらなかった。

白い土を鮮血に染めて俯伏した平賀唯心が、そのわずかなもがきをも止めた時、狂四郎の姿は、もう数間さきにあった。

湯殿の謎

一

上巳雛祭《じょうしひなまつり》が終ってから程なく、水野越前守の上屋敷内で、わずか十三、四日ばかりの間に、奥女中が三人も急死する事件が起った。しかも、いずれも、湯殿で、冷たくなったのである。

最初に仆《たお》れたのは、お手付中老のお綾《あや》という美女であった。これは、浴槽に凭《よ》りかかって、首だけ湯の中へ突っ込んでいた。お手付になったのはすでに数年前で、その後、忠邦の好みにあわず、ずうっとすてておかれた女であった。

部屋子が、浴衣《ゆかた》をもって行き、

「お背中をお流し申上げましょうか?」

と、玻璃戸《ギヤマン》ごしにたずね、しいんとして返辞がないのを不審に思い、隙間をつくってそっと覗いてみて、あっとなったのである。

二番目に果てたのは、奥女中総取締りの老女琴瀬《ことせ》であった。三日後、これは、八畳敷のお板敷（流し場）の中央に、仰のけにながながと横たわっていた。五十半ばに達した文字通りのお年寄であったが、生涯を長局《ながつぼね》の中ですごしたからだは、二十代の豊満な肌をもっていた。

琴瀬は、脱衣する高麗縁《こうらいべり》の八畳敷の板戸へ内から必ず錠をおろす習慣があったので、部屋子は、廊下で待っていなければならなかった。琴瀬の入浴時間はいつも長かった。しかし、その日はそれにしてもあまりに長すぎたし、先日のお綾のこともあるので、部屋子は、急に不安に駆られて、板戸をたたいてみた。はたして、なんの応答もなかった。部屋子は、七つ口へ走って、宿直《とのい》の士を呼んで、板戸を破ってもらった。

琴瀬の絶命ぶりは、公表をはばかるものがあった。彼女は、孤栖幽貞《こせいゆうてい》を保つ婦人がひそかに翫《もてあそ》ぶ水牛製の具を挿入したなりに仰臥《ぎょうが》していたのである。必ず、板戸に錠をおろしていたのは、この秘密の愉しみのためであった。尤《もっと》も、この行為は、当時にあっては、殊更《ことさら》に怪しむには足らぬことだった。

天明寛政《てんめいかんせい》の頃に書かれた「黒甜瑣語《こくてんさご》」という随筆に、

「今、東都に角《かく》先生、蝎師父《かつしふ》を作り、大いに舗《みせ》を開き……貴顕侯家《きけんこうけ》の寡女孀婦《そうふ》、あらそいて購《あがな》い、亡八《あげや》に依託して、想う男に引逢う……」と記されている。明和《めいわ》版本「今様和談色」には、オランダから逸品を輸入したと出ているくらいである。

それは、ともかく、奇妙であったのは、お綾も琴瀬も、ほんのわずかな苦悶《くもん》の表情もとどめていなかったことである。睡《ねむ》るがごとく、静かな死顔であった。もとより、裸身に、なんらの危害を加えられた痕跡《こんせき》はなかった。

以前にも述べたことがあるが、当時、大名屋敷の湯殿は、浴槽の下を焚《た》いて沸かすのではなく、湯と水を、大きな玄蕃《げんば》（桶）で運んで、加減を整えたのである。したがって、大層凝った造りが可能であったし、殊に長局のそれは、琴瀬の死にざまがしめすごとく、鬱積《うっせき》の情熱を噴かせる場所となっていたので、贅《ぜい》をつくしてあった。

お年寄、中老たちは、午《ひる》に入浴するしきたりであったので、今日の温室《フレーム》のごとく屋根の片側を瑠璃色《るりいろ》の玻璃《はり》で張り、燦々《さんさん》たる陽光を採ってあった。そうした、何ものにもかえがたい愉しみの場所で、二人までも、死に絶えるとは――彼女たちの受けた衝撃が、どんなに激しかったか――他の世界の者の想像以上のものがあったろう。

ともあれ、不吉のその浴室は、閉じられ、忠邦夫人の好意で、夫人専用の浴室の使用がゆるされた。

ところで、大名屋敷奉公には、上った時の誓詞の中に、同浴同衾《どうきん》の禁制があった。いまわしい習慣をもたない若い女中たちは、たとえ新しい浴室とはいえ、一人で入るのを、なんとなく怕《こわ》がったが、やむを得ぬ仕儀だった。

しかし、およそ十日過ぎても何事もないので、このところ長湯を避けていたお年寄、中老たちが、そろそろ物具恋しい気持を起しはじめた。

そのみだら心へ冷水をあびせるように――第三の犠牲者が出た。琴瀬と同じ老女だったが、これはまだ三十になったばかりの染村《そめむら》という勝気な女であった。武芸にもすぐれていたし若い女中たちの恐怖を嗤《わら》っていた矢先であった。

この時は、脱衣場には、部屋子が控えていたし、染村は、ゆっくりと入浴をすませて、玻璃戸を開けてあがって来て、白羽二重《しろはぶたえ》の腰のものをまとうて、鏡台の前に坐《すわ》ったのである。

とたんに、ぐらりと前へのめり込んだのであった。

二

たちまち――長局中、騒然となった。

駆けつけた宿直の士が、死人を袿《うちかけ》で掩《おお》うて運び出そうとした時、廊下にむらがっていた奥女中たちが、急に左右に退いて道をあけた。すっと、戸口に姿をあらわしたのは、黒の着流しの眠狂四郎であった。

「お側頭役《そばがしらやく》の依頼によって、死因をしらべさせて頂く」

と、ことわって、屍体《したい》を置かせ、袿をとりはらった。

まず、仰臥の裸身を、顔から足先までずうっとひとわたり調べてから、ついでごろりと俯《う》つ伏《ぶ》させて、背肌へくまなく視線を移した。

固唾《かたず》をのんだ人々は、狂四郎の眉宇《びう》に、かすかな困惑の色が刷かれるのを見てとって、暗然となった。この蒼白い異相の浪人者の鋭く冴えた頭脳と水際立った腕前に対して、水野家の人々は、絶対的な信頼をおいていたのである。その男が、困惑したのである。これは、さらに一層の、ただならぬ恐怖感を、すべての胸中に湧かせる影響があった。

狂四郎は、つと立って、湯殿へ足をふみ入れた。

湯殿は、悲惨な死の翳《かげ》のただよう余地のない、麗《うら》らかな春光が、玻璃屋根からいっぱいにさしこんでいた。のみならずえも云われぬ芳香が、むせかえるほど強く罩《こも》っていたのである。

狂四郎は、自身の大きな影法師を移して、板敷、板壁、玻璃屋根のすみずみまで見わたした。窓は、はるかな高処《たかみ》に二尺四方のがひとつだけ切られてあるが、中央は水沢瀉《みずおもだか》紋を透彫《すかしぼ》りにしたこまかな菱格子《ひしごうし》で、小鼠《こねずみ》いっぴきくぐるのも不可能である。

浴槽をのぞき、真鍮《しんちゆう》の金盥《かなだらい》で湯をすくいとってみた。ついで、白木の台にのせられた糠《ぬか》袋《ぶくろ》をつまみとった。白い真岡《もおか》であった。しかし、ただの真岡ではなく、芳香はこれから発していたのである。幾種類もの花の香をまぜてあるとみた。ほんのわずかでも麻薬の匂いでも含んでいれば、狂四郎は敏感にかぎわけた筈《はず》である。

念のために、狂四郎は、女中の一人へ、

「この糠袋は、いつ頃から使用されているのだ？」

と、訊ね、筋目の通った御用達《ごようたし》商人の手によって三年も前から納められている品だときかされた。疑うべくもないのである。

――麻薬であって欲しいところだが、……そうでないとすると、これは、どうなる？

あらためて、馥郁《ふくいく》として花の香の満ちた湯殿をぐるりと眺めやって、狂四郎は、かすかな苛立《いらだ》たしさに駆られた。

他殺と推測すべき何ものもないのである。屍体には、一点の傷もつかず、湯殿に毒気はなかった。下手人が絶対に出入り出来ぬ密室において、三人の裸女が、春光と花の香につつまれて苦悶もみせず、息絶えたのである。

――負けたな。

狂四郎は、兜《かぶと》を脱いで、苦笑した。

黙って、数百の凍った視線に送られて長局の廊下を遠ざかった狂四郎は、武部仙十郎家の書院に戻ると、

「わたしには、与《よ》力同心《りきどうしん》の眼力も嗅覚もないようだ」

と、云った。

仙十郎の皺面《しわづら》には、流石《さすが》にいつもの微笑はなかった。

「殺されたことに相違はあるまい」

「下手人のない他殺ということに相成る」

「弱ったの」

「危険へ身を運ぶのは一向にいとわぬが、それをたぐって行く糸口が全く見つからぬのだから、話にならぬのです。ご老人、あなたに、解いてもらうよりほかはない」

「長局に怨《うら》みを抱く女を、先程から考えていたのだが――」

「………」

狂四郎は、腕を組んで、じっと仙十郎を瞶《みつ》めた。

「一昨年《おととし》の秋に、殿のお手付になろうとして小ざかしく陰にまわっていろいろ細工を弄《ろう》した女がいての。どうも、本丸側の廻し者くさいので、追いはらってやったが……波江《なみえ》と申したな、大久保《おおくぼ》の百人組の組頭菅谷康右衛門《くみがしらすがややすえもん》の娘だ。さしあたって、長局へ意趣返しをたくらむ者がいるとすれば、あれぐらいしか思いつかぬが――」

「かりに、その女が下手人だとしても、どんな手段で、三人までも、見事に殺したか――幽霊になって忍び入ったとすると、これは、わたしの剣より坊主のお経の方が役に立つ」

「ま、ま、そうさっさと匙《さじ》を投げんでくれい」

仙十郎は、懐中から、蒔絵《まきえ》の小函《こばこ》をとり出して、狂四郎の膝《ひざ》の前に置いた。

「ご機嫌とりじゃ。おぬしへかえしておく」

狂四郎が、蓋《ふた》を取ってみると、男雛《おびな》女雛《めびな》の首であった。

「桂宮《かつらのみや》様が、おぬしに渡しておいてくれと預けて行かれた」

桂宮明子《さやこ》は、目下、西丸《にしのまる》大奥に移っていたのである。

「いずれ、おぬしから、美保代に渡してやるがよい」

「ご老人は、美保代の居処を教えて下さらぬではないか」

「おぬしが、一年余もすてておいた罰じゃ。時節到来までは、ひとりにしておいてやることだ。男女の仲というものが浮草に似ているのは、お主《ぬし》の方が先刻承知じゃろう。流れのままに行くが宿運――。岩に裂かれたり、瀬渦にまきこまれたり、滝を落ちたりするが、やがて落ちあうさだめがあれば、静かな清淵《せいえん》が行手に待ちうけて居ろうわい」

「そのお言葉、すなおに、頂戴《ちょうだい》しておこう」

狂四郎は、小函を袂《たもと》にすると、一礼して立ちあがっていた。

三

麻布《あざぶ》六本木《ろっぽんぎ》の荒れ果てた茅場《かやば》家は、左馬右近《さまうこん》の姿が永久に消え去って以来、空屋《あき》敷のように、ひっそりとしていたが、今日は珍しく、三名の来客があった。

奥座敷で、その武士たちを迎えた静香は、終始面《おもて》を伏せたままであった。

武士たちは、公儀庭番衆――。亡兄修理之介《しゅりのすけ》の朋輩《ほうばい》であった。用件は、自分たちと一緒に京へ行ってもらいたい、というたのみであった。亡兄のあとを継いで、隠密《おんみつ》の役を勤めなければならぬ身の静香に、これは当然覚悟しなければならぬことだった。

「そなたの清楚《せいそ》な気品こそ、御所の女官たるにうってつけなのだ。羽林《うりん》家の猶子《ゆうし》として、た羽林《うりん》家の猶子《ゆうし》として、ただちに、主上御側付《おそばづき》の今参《いままいり》——すなわち典侍《すけ》として上る」

宮廷の女官の位は、典侍が最高であった。その下に、掌侍《ないし》、命婦《みょうぶ》、女蔵人《にょくろうど》、御差《おさし》があった。このうち、天皇と直接口をきく資格があるのは、掌侍までで、命婦以下は、お言葉があっても、黙って承《うけたまわ》り、返辞は典侍、掌侍に申上げておくことになっていた。天皇がお食事の場合、命婦けお末から御膳《ごぜん》をうけ取って御側近くまで運ぶが、御陪膳《ごばいぜん》は、典侍、掌侍がしたのである。

もとより、かかる高位の女官に、静香を一躍据えようとするには、公儀の深い謀計があるに相違ない。

「わたくしに、何をせよとの仰《おお》せでございますか？」

静香は、俯向いたまま、訊ねた。

しばらく、武士たちは、口をつぐんでこたえなかった。

「おきかせ下さらねば、おひきうけいたしかねまする」

「きいた以上、断ることは許されぬぞ！」

一人が、厳しい口調で云った。

「覚悟はいたして居ります」

「そなたに、天皇御璽《ぎょじ》を盗んでもらう——」

次の一人が、ずばりと云ってのけた。

「えっ？」

愕然《がくぜん》として、静香は、顔を擡《もた》げた。

静香は、宮廷へひそかに出入する尊皇思想の士の名でも記しとめておくか、あるいは公卿《くぎょう》のあいだにそうした動きがあるかどうかをさぐるのであろう、と想像していたのである。

御璽を盗め！

あまりにも意外な、おそろしい命令ではないか！

「わずか一両日の間だけ、紛失すればよいのだ。すぐに返す。そなたは、他人に見つからぬかぎり、なんの罪にもならぬ。その役目がすんだならば、それからは、まことの典侍となって、宮廷ぐらしをするがいい。われわれとも無縁となる——これは、かたく約束出来る。

……兄が殺され、左馬右近のごとき狂徒を良人《おっと》にもち、そなたもつぶさに不幸をあじわった。このあたりで、そなたの生涯の道をきわめてもよかろう」

「どうせ隠密として他家へもぐり込むのなら、典侍の栄誉を得るのは、女として冥利《みょうり》につきる。それに、ただそれだけの役目をはたせば、そなたは、自由の身になる。われわれからみれば、羨望《せんぼう》に堪えぬというものだ」

「静香殿、たのむ！」

三名は、頭を下げた。

そのとたんであった。

「ことわった方がいい、静《しず》さん――」

その声が、庭さきから送り込まれたのである。

「何っ！」

庭番たちは、一斉に、刀を摑《つか》んで、立った。

袖垣の陰から、ふらりとあらわれた眠狂四郎は、ふところ手で、無造作に、矮鶏檜葉《ちゃぼひば》をまわって、縁側に近づいた。

「静さん、天皇御璽を盗む理由を、この御仁たちにかわって、わたしが教えようか。御璽を盗んで、将軍宛の贋《にせ》勅状を作成する。桂宮明子内親王を、将軍にくれてやる、というしろものをだ。どうだ、おのおの方、わたしの勘は、こういう場合、自分で感心するくらいのものだ。土方縫殿助《ひじかたぬいのすけ》の仕組んだ狂言だろう。西丸老中邸で、生雛《いきびな》を見せつけられた縫殿助が、なんとかして越前守の鼻をあかしてやろうと思いついた――」

狂四郎が、明快にあばいてみせる間に、すでに、三名の庭番は、庭へ趨《はし》って、白刃を抜きつれていた。

午さがりの眩《まぶ》しい陽ざしを、狂四郎へまともに射かける有利の地歩を占めて、三本の切尖《きっさき》は、一貫の脈絡をたもって、一如一挙の勝利を挙げるべく、じりじりっと、闘志の環《わ》をちぢめて来た。

狂四郎は、平然として、総身に春光と殺気をあびて、まだ悠々と両手をふところに置いていたが、

「静さん——」

と背後へ呼びかけた。

「左馬右近への手向けに、この勝負には、わたしの目を使うまい。右近にかわって、見とどけてもらおう」

静香は、大きく目を瞠《みひら》いて、息をのんだ。

四

「如法闇夜《にょほうあんや》の円月殺法だ。来いっ！」

叫ぶや、狂四郎は、一足引いて、目にもとまらぬ迅《はや》さで無想正宗を地摺《じず》り下段にかまえていた。

双眼をぴったりとふさいだ虚無の貌《かお》は、やや前へ傾けられていた。

敵たちは、その場へ縫いつけられたように、きれいに影法師を揃えて、微動もしなかった。

狂四郎の瞑目《めいもく》は、かえってその静止相を凄絶《せいぜつ》なものにしたのである。

と——。

無想正宗の鋩子《ぼうし》が、晃《きら》っと陽光を刎《は》ねて、秘妙の殺法の緒についた。

その妖気こもる白刃の運行を、敵たちは、見まい——とした。

しかし、見まいとする意識が、戦慄《せんりつ》を誘い、その戦慄を弾きかえす思念が、描かれる円月を凝視させずにはおかなかった。そして、その凝視に堪え得なくなった刹那《せつな》が、闘魂の爆発であった。

「やあっ！」

正面の者が、ぱっと大上段にふりかぶった。無想正宗が、その凄《すさま》じい気合を、刀背《みね》に吸いとって、ぴたりと、空間に停止した。

すると、正面の者は、充血した双眼をいっぱいにひき剝《む》いたまま、おのれの姿勢の破綻《はたん》した恐怖に襲われて、固着した。

「来ぬか！」

暗黒の世界の中で、狂四郎は、ひくく、鋭く、贄《にえ》を求めて、切尖《きつさき》を、蜻蛉《とんぼ》が空中をすべるがごとく、すうっと二寸あまり移行させた。

「ええいっ！」

右方の敵は、めりめりと亀裂《ひび》が入らんばかりに力をみなぎらせた総身の筋肉から、全生命力を沸騰《ふっとう》させて、斬り込んだ。

　びゅっ！

　二条の閃光《せんこう》が、練絹のような明るい白昼の空気に、灼熱《しゃくねつ》の刃金の匂いを撒きつつ、交叉した。

　攻撃者は、血煙りと絶鳴をあげて、どどっと蟹這《かにば》いに横の味方へ泳ぎ、この世の見おさめに、空の潤《うる》んだ青さをなつかしむかのごとく、かんまんに、顎《あご》をあげて、せわしく、まぶたを、またたかせた。

　それから、撞《ど》っと地ひびきたてた。

「次は、どちらだ？」

　狂四郎は、もとの下段の構えへもどり、盲目を、二人の敵の中間に置いた。

　――魔神にひとしい！

　朋輩を、一颯《いっさつ》で仆《たお》された者たちの胸には、あり得ない奇跡をそこに目撃した自失感があった。

　彼らは、狂四郎が、猛撃をどう躱《かわ》したか――いや、躱しもせずに、袈裟《けさ》がけに斬りはらった迅業《はやわざ》を、いかなる流派にもない奇怪なものにみとめたし、静止にかえったその姿から濛《もう》としてゆらめき昇る剣気を、別の世界から来た化生《けしょう》の者がもつ妖しさとおぼえずにはいられなかったのである。

「どうした？」

狂四郎が、再び促した。

「こちらは間合をすてた盲だぜ。目あきの時の円月殺法とはちがっているのだ。……柳生流《やぎゅう》のお手前がたは、どうやら、青は藍より取って藍よりも青いということを知らぬようだな。教えてやろう。おれの盲目殺法は、じつに、お前がたの柳生流をぬすんでいる。すなわち猿《さる》飛《とび》と燕廻《つばめまわ》しの応用だ。わかったか！」

と、あびせられて、両名は、竦然《しょうぜん》として、脈搏《みゃくはく》を凍らせた。

もとより、柳生流免許の彼らが、それをわがものとしていない筈はなかった。いや、おのが流派の極意であるからこそ、かえって、対手《あいて》にその秘術をぬすまれているなどとは、夢にも想像しなかったのである。

いわば、盲目の狂四郎よりも、彼らの方がもっと盲にされていたのだ。

猿飛とは——。

文字通り、猿猴《えんこう》の身軽さをもちいる業である。青眼《せいがん》の切尖と切尖が三尺へだてていても、この間には千丈の谷があると心得る。間合が詰まり、その一刹那が来る。その時、敵が、太刀をまいて、もし小手へ打ち込んで来るや、小手をはずして斬りかえすのであるが、業を急がず、遅速ともに、敵の動きにのっとり、その白刃の上に身を置く柔軟さをもって、石火の跳躍をみせる。あくまで、敵の攻撃にあわせてもちいる駆引の秘術である。

燕廻しとは――。

つばめ巡るともいう。猛鳥が一文字に来てつかみかかる一拍子に、飛びちがえてやりすごす燕の身ごなしは、またたくよりも迅い。この呼吸で、猿飛から燕廻しに移って、まっ向に斬る。敵が、太刀を横にさげ、鎬《しのぎ》に左手を添えて十文字に取搦《とりから》もうとせんか、間髪《かんはつ》に筋違えて、勢いをすてる。すなわち、敵に、太刀をとりなおす隙を与えて、こちらは、霞《かすみ》の構えになる。敵が猛然と斬りつけて来るや、霞をかえして、うけ流すとみせて、その胴を薙ぎはらうのである。いかに、飛燕《ひえん》の素迅さ、かろやかさで、刃と五体を巡らすかである。

まさしく、狂四郎は、このふたつの秘術を応用したのである。

――おのれっ！

――くそっ！

意表を衝かれ、嘲《ののし》られたふたりの庭番は、くわっとまなこをひらきなおして、吐く息をふいごのように炎の波に乗せた。狂四郎は、さっと、左右にひらいた敵の動きを、柳生流乱剣を使うとはかって、にやりとした。

これは、当然の処置であり、序破急三拍子の正しい攻守の時は去ったのである。

縁側に彳《たたず》む静香の遠いひとみに、次の瞬間からまきおこった疾風の斬りあいが、なにかふしぎな光と影の目まぐるしく躍《おど》り狂う自然現象のように、映った。そして、眩暈《めまい》とともに、視力も薄れ……ただ、耳の底に、虚空《こくう》をつんざく気合と刃風と、人肉の断たれる音と、断末魔の唸《うな》りが、とび込んだ。

はっと、意識をふるいもどした時、静香は、庭上に立ち残っているのが、狂四郎ただ一人であるのを見出して、崩れるように坐った。

狂四郎は、だらんと衂《ちぬ》られた無想正宗を提《さ》げて、まだ、くら闇の中にいた。

ようやく――なごり惜しげに、まぶたをひらいた瞬間、まず、狂四郎の目に映ったのは、荒廃の庭園に、生茂った雑草にかこまれて、一輪ぽっかりと咲いた白い薔薇《ばら》の、鮮烈な美しさであった。

その花弁の一片《ひとひら》が舞いたったようにいっぴきの蝶が、その上で、ゆるやかに双翅《そうし》を上下させていた。

とたん――。

――おっ！　そうか！

霊感に似た推理の働きが、狂四郎の脳裡に起ったのである。

――読めたぞ！　湯殿の女中たちの死因が――。

ひとり莞爾《かんじ》として合点した狂四郎は、やおら、むきなおって、静香を見た。

静香の血の気のない寂寥《せきりょう》の面貌《めんぼう》は、一種の痴呆の色を漂わせていた。

「挨拶《あいさつ》は略させて頂く――。静さん、右近を斬ったのはわたしではない。そのことをことわりに来た」

静香は、かすかにうなずいた。狂気からも見はなされた者の、あまりにもいたましい静けさが、そのほっそりとしたすがたをつつんでいた。

「ついでにききたいことがある。右近は、美保代から雛の首を奪った時、あの女を犯したか、どうかということだ。……知らぬか？」

訊ねてみて、しかし、静香の表情がそのまま木彫のように動かぬのを眺めた狂四郎は、その放心のあわれさに、心をかすかに痛めつつ、かさねて、

「右近は、美保代を犯したのか？　知っているのなら、教えてもらいたい」

と、たのんだ。静香の眉宇が、なぜか、くるしげにひそめられた。それから、くちびるが、わなないた。しかし、狂四郎が返答を得るまでは、またすこし時間を置かねばならなかった。

「あのひとは、けだものでした」

その言葉に、狂四郎は、奈落につき落される悪寒をおぼえた。

「そうか――」

狂四郎は、一礼して、踵《きびす》をめぐらした。

静香が、突如、名状しがたい苦悶《くもん》の相と化して、

「ああ！」と、うめいたのは、それから数分後であった。

「わたくしは、嘘をついた！　狂四郎様をだました！」

つきとばされたように庭へ降りて、はだしのまま、表へ走った。しかし、往還には、狂四

郎の姿はすでになかった。

五

次の日の朝、狂四郎の姿は、大久保の百人組の組頭萱谷康右衛門家に見出された。

「ご当家に、波江殿と申される御息女がおいでですな？」

挨拶をすませて、すぐきり出すと、主人は、憮然《ぶぜん》たる面持《おももち》で、

「故《ゆえ》あって、勘当いたした」

と、こたえた。一徹な、かたくるしい気性らしかった。

「只今は、どちらにお住いか、ご存じよりであれば、うかがわせて頂けますまいか？」

「はっきりとは存じ申さぬ。半年ばかり前に、若党が、どこからきいて参ったか、巣鴨《すがも》の百花園《ひやつかえん》にいるらしい、と申して居ったが、きき捨てておいて、たしかめもいたさぬ」

百花園は、本丸西丸大奥に飾る花をつくる公儀直営の花園であった。主としては、花壇菊の培養に力をそそがれていたが、およそ、当時としては、ここで見出せない四季の花はないといわれていた。

狂四郎は、満足の微笑をうかべて、礼をのべて立ちあがっていた。

「ご老人、奥女中たちに、今日から安心して、ゆっくりと長湯を愉しむがよい、とおつたえ願おう」

ふらりと、武部仙十郎家へあらわれた狂四郎の最初の言葉が、それであった。二日置いての宵《よい》のことである。

「ほう――片づいたか」

仙十郎は、満足げに、にこにこした。

「どうやって謎を解いたな？」

「御当家の湯殿には、およそ百坪以上の花園に咲きみだれた花がはなつにひとしい芳香がたちこめて居る。玻璃屋根から日光は降りそそぎ、時刻も恰度《ちょうど》真昼、となると、蜜をもとめて、小さなやつが、天窓から舞い込むにはまさしくこの上ない条件がそろって居る――」

「成程、下手人は蜜蜂めであったか」

「長局を追放された女が、復讐を企図して三年間、蜜蜂の飼育に精をこめた。十年前、わたしは、瀬戸内海《せとないかい》の島に在った時、蜜蜂のふしぎな習性を丹念に眺めたことがあります。女王蜂を中心に数百匹の雄蜂と数万匹の働蜂のいとなむ巣脾《そうひ》の造営、食物の採集運搬貯蔵、蜜の醸造、蠟《ろう》の分泌《ぶんぴつ》、外敵の防御――すべて、これは、人間もおよばぬ整然たる生活です。一国の経営――まさしくそれでした。ところで、働蜂の中に、花をもとめて単独に飛ぶ偵察蜂が居ります。これを捕えておいて、ひとつの目的のために訓育する」

「ほほう、どういう訓育じゃな？」

狂四郎は、微妙な皮肉な苦笑を泛《うか》べつつ、

「女体の幽谷《ゆうこく》に、花粉があると信じ込ませる訓育です。この訓育を辛抱《しんぼう》づよくほどこした偵察蜂を、御当家の邸前で飛ばす。蜂は、花の香の満ちた湯殿へ舞い込む。そして、当然、花粉を欲して、幽谷ふかく侵入しようとする……」

「待った。女どもが、それに気づいて追いはらおうとするのではないか」

「心しずかに湯浴みしている女ならば、あるいは然《しか》らん。蜂を追いはらった女中も幾人かいたに相違ない。しかし、長局の湯殿がいかなる愉悦の場所であるか、ご老人の方が先刻承知の筈ではないか」

「うむ！」

「意識を忘我の境に置いた女体は、蜂の侵入をやすやすと許す。……蜂の臀《しり》には、刺針があり、これは一度敵を刺すと、蜂もまた死ぬので滅多に使わぬが……。殺された三名は、蜂に侵入されてはじめてわれにかえって狼狽《ろうばい》したか、あるいは、その蠢動《しゅんどう》に更なる快楽をおぼえたか、いずれにせよ、蜂の怒りを買う振舞いを犯した。憤然となった蜂は、針を刺しつらぬいておいて、そのまま、女体内に果てた。……ご老人、飼育者が、その蜂の臀へ、あらかじめ猛毒を塗っておいたとしたら、いかがだ？」

仙十郎は、狂四郎の途方もない推理に、ただ唖然として、目を瞠《みは》っていたが、はっと気がついて、

「で——おぬし、波江をどうした？」

しかし、その問いにこたえようとはしない狂四郎の脳裡には、むごたらしいひとつの光景が甦《よみがえ》っていた。

昨日、夕陽の頃、巣鴨百花園の一隅《いちぐう》において、無想正宗の切尖は、左様——二年前、西丸大奥の後苑《こうえん》において、女間者の衣裳をさいごの一枚までも剝ぎとったことがあるが、その残虐の光景を再現したのである。そして、一糸まとわぬ柔肌へ、奪いとった蜂蜜をあびせかけておいて、十数個の巣箱を蹴破ったのである。

わああんと空中いっぱいに舞い立った数十万匹の蜂は、べっとりと蜜に濡れた裸身へ、飛矢のように集中した。

撩乱《りょうらん》として咲きほこる百花の中を蜂の大群にまっ黒にまぶれて、のたうちまわる女の最期のさまを、狂四郎は、氷のように冷やかな眼眸《まなざし》で、見とどけて来たのである。

疑惑の棺《ひつぎ》

一

根岸《ねぎし》の里。

上野《うえの》山下《さんか》から一里たらずのこの里は、文化《ぶんか》年間に入ってから、なぜとなく、文人墨客《ぶんじんぼっかく》たちが、都塵《とじん》をはなれて、幽棲《ゆうせい》の地とさだめていた。

『遊歴雑記』に、

「このあたりに住居する徒は、多く隠者のみにして、市中に遠く、山水を楽しむには可なり、よろずの便は不可なりというべし」

と記してある。尤《もっと》も、前年春、神田佐久間町河岸《かんださくまちょうがし》から出火し、日本橋《にほんばし》、京橋《きょうばし》、芝《しば》までの長さ一里、幅二十町を延焼した大火で、焼出された者が、続々と、この里に入り込んで、だいぶ賑《にぎ》やかにはなっていた。

といっても、嵯峨《さが》天皇が御所を置いて以来、貴人の山荘が多くかまえられたという京の嵯峨にも似て、祇王祇女《ぎおうぎによ》の結んだ庵《いおり》をしのぶようなたたずまいや、また小督《こごう》の局《つぼね》が隠れ住んで弾く琴の音かとうたがわれる優しいひびきもれて来る風雅な景色は、すこしもそこなわれずに、田園と川と林の中に描かれていたのである。

御行《おぎよう》の松は、この里の中央を流れる音無川《おとなしがわ》に沿うた御隠殿通《ごいんでんどお》り、時雨《しぐれ》の岡にあった。

幹の太さおよそ一丈余、高さ十余丈、頂上は雲中に入る古樹であった。

樹下に、不動堂が建っている。

眠狂四郎が、掏摸《すり》の金八をつれて、ぶらりと、御行の松へやって来たのは、両国《りようごく》の川びらきも終った頃の、晴れて暑いある日の午後であった。

すたすたと不動堂の裏手にまわって、ずうっと、地面へ視線を移した。

「先生、いってえ、なにをおさがしになるんです?」

べつに、どんな目的で、ここへやって来たのか、きかされていない金八は、怪訝《けげん》そうに、狂四郎の様子を見まもった。

「石地蔵を掘るのだ」

「冗談じゃねえや。不動仏が、石櫃《いしびつ》に入れられて、そこの根元に埋めてあったのは、この不動堂の建つ前の話でさあ。それがもったいねえ、てんで、いまは、格子《こうし》の中に、鎮座ましましているじゃござんせんか。

忍ぶ恋路のさてはかなさは

格子細目にひきあけて
ちらと匂うた薄化粧
まねくその手の菩薩《ぼさつ》ぶり
石の地蔵とみせかけて
抱いてみやんせ、床の中
からんで、吸うて、いのちとり
てな、ねずみ鳴きして呼んでまさあ」
金八が、しゃがみこんで、のんきにうたっているあいだに、狂四郎は、棒きれをひろって、あちこち、とんとんと突いていたが、
「ここだな」
と、呟《つぶや》いて、掘りはじめた。
「おっと、そいつは、あっしの役目だ」
あわてて、金八が、棒きれを受けとって、土をはねちらした。
「おっ！　なるほど ヶ谷《や》は、武蔵《むさし》と相模《さがみ》の国ざかい、と来た」
一尺と掘らないうちに、こぶし大の地蔵の頭がのぞいたのである。
「もうよい。埋めろ」
狂四郎に命じられて、金八は、きょとんとした。

っ《*》たのである。

※

「なんです？」

「金六十貫の埋蔵は、たしかだとわかった」

「えっ？　金――が六十貫！　金八は、十四貫」

金八は、目玉をくるくるっとまわした。

勘定所勝手方組頭《かんじようしよかつてがたくみがしら》・兵堂掃部《ひようどうかもん》が、松平信明《のぶあきら》に命じられて輸入金を隠匿《いんとく》した場所は、ここだったのである。

「ほんとですかい、先生？」

「お天道《てんと》さまの下で掘り出したら、眩《まぶ》しくてお前の目がつぶれるといかん。夜の仕事だな」

狂四郎は、たしかめておきさえすれば、掘り出すのを急ぐ気持は毛頭なかった。

金八は、しかし、もう胸がわくわくして、早く、山吹色がおがみたくてしかたがないらしく、のぞいた地蔵の頭をなで乍《なが》ら、

「石の地蔵に願かけすれば、か――堅い約束したさの心、知らぬが仏と云わせはせぬぞ、とくらあ。なんまいだなんまいだ」

「はやく、埋めろ」

促されて、あわてて、土をかけた金八は、

「おどろきやした。先生、いつ、花咲爺《はなさかじじい》におなりです」

「さしずめ、お前は、隣りのよくばり爺だ。どうよくばってみたところで、とどのつまりは、

六道銭だけあれば、三途《さんず》の川は渡れる」

そう云って、狂四郎が、視線を投げた音無川のむこう岸に沿うて、いましも、しずしずと葬列が進んで来ていたのである。

「ちょっ！　縁起でもねえ」

金八は、むなくそわるげに、首をふった。

二

それは、大層立派な葬列であった。

白張無紋の高張提灯《たかはりぢょうちん》を先頭に、迎僧数人、次に竜頭《りゅうず》の六角灯籠《どうろう》、幡《はた》（紙製）、そして棺《ひつぎ》。その棺も豪華な引戸駕籠《かご》である。白布を巻き、懸無垢《かけむく》（衣）を被《おお》い、天蓋《てんがい》をかざしてある。

棺につづいて、位牌《いはい》をもったのは、三十前後の、大店《おおだな》の御新造《ごしんぞう》らしい、おっとりした、美しい面立《おもだち》の女であった。そのあとに、香炉や上り物を持った近親者たちが、いずれも、そろいの編笠《あみがさ》、麻裃《あさがみしも》、素足藁草履《わらぞうり》で、延々としてつらなっていた。

「ありゃァ、江戸で指折りの商人でござんすぜ。……もったいねえや、あの色年増をあのまんま、すてておくのは――。つらで惚れるは未通女《おぼこ》のうちよ、三十過ぎれば臥床《ねや》のよしあし

——丁度、いい頃合なんだ、ねえ、先生」

と云いかけた金八は、狂四郎の横顔を見て、はっとなった。怪しいものに対して鋭く神経を働かせる時の、冷たく冴えた表情が、そこにあったのである。

——きたぞ！

金八は、ぞくっと武者ぶるいした。

狂四郎の眼光は、棺を射ていた。

「先生、何かありやすか？」

金八にささやきかけられると、狂四郎は、ふっと、口辺をゆるめて、

「仏が棺の中に寝ていない葬式があるとは、さすがは、風流の根岸の里だな」

「え？　ほんとですかい、先生？」

金八は、目をまるくして、あらためて、棺を睨《にら》んだ。

「どうして、死人が入っていないとわかりやす？」

「担《にな》いかたを見ればわかる。あれは、空《から》っぽの軽さだ」

「へへえ。こいつは、面白え。……一丁、尾《つ》けて行ってあばいてやりやすか？　先生、ちょいと、待っておくんなさい」

「うっかり、岡っ引の真似などすると、とんだ恥をかかぬでもないぞ」

「なあに、きっと、古のれんのことだから、陰々滅々のいわくがあるにちがいありやせんぜ。

奇っ怪奇天烈てつくてんだ、こん畜生！　ふざけてやがる。――仏のいねえとむらいなんか出しやがって、ようし、どいつもこいつもひとつ、墓場で、かんかんのうでも踊らせてやるぞ」

金八は、そっと、尾けはじめた。

行列は、音無川に架けられた水鶏橋《くいなばし》を渡り、櫟林《くぬぎ》を抜けて行った。

樹枝で、佳い声で鶯《うぐいす》が啼《な》いていた。

春、その初音をききにやって来て、俳諧、茶の湯の会をひらく野が、このあたりであった。

　山の岸うぐいすまでが京の種

という古川柳《こせんりゅう》もある。

行列が入ったのは、紫藤で有名な円光寺《えんこうじ》の墓地であった。

その立派な葬列にふさわしく、そこにならんだ墓碑も、よほどの富家であることをしめしていた。碑石はいずれも台石上に五尺余もそびえ、石墻《いしがき》をめぐらし、灯籠も建てられていた。

金八は、花が散って、嫩葉《わかば》をしげらせている藤棚の下に入って、長たらしい誦経《ずきょう》を、辛抱《しんぼう》づよくきいた。

引導の声が、ひびいたとたん、

――よし！

臍《へそ》の下へ力をこめると、たたっと葬場へ奔《はし》った。

いきなり、白衣束髪の内儀の前へ、ぬっと立ちはだかって、

「失礼でござんすが、仏様の御新造さんでござんすね？」

「ええ——」

「あっしは、仏様の御生前に、ひとかたならぬお世話になった者でござんす。はるばる長崎から出て来て、お目にかかれるのを愉しみにして居りましたところ、——お亡くなりになったときいてびっくり仰天、ようやく、ここまで追いかけて参りましたんで、へい。おねがいでござんす。どうかひとつ、旦那《だんな》の死顔をおがませて頂きとうござんす」

まことしやかに、腰を踞《かが》められて、内儀のおもてにはみるみる当惑の色がうかんだ。

かたわらに立っていた番頭らしい男が、

「おいおい。おまえさん妙な云いがかりをつけにお出《い》でたのかい？」

と、つっけんどんに、きめつけた。

「云いがかり？　つまり、棺の中が、からっぽだと知って、おいらが、云いがかりをつけに来た、と仰言《おつしや》るんでござんしょう。へえ、その通りでござんす。云いがかりでござんす。番頭さん、ことわっておくが、おいら、ゆすりたかりじゃねえぜ。あんまり世間にきいたことのねえ真似をしなさるから、ちょいと、そのわけをおうかがいしてえだけの話でさあ」

「阿呆《あほ》らしい。仏様のいない棺など、わざわざ、ここまで担ってくるものか。仏様は、ちゃんといなさる！」

「じゃ、まちがいないところ、死顔拝見といこう」

「見も知らぬ赤の他人に、仏様をおがませるいわれはない」

「そうか。じゃ、たのまねえ。こっちは、こっちで、勝手におがむだけだ」

ずかずかと棺へつき進む金八を、あわてて、四、五人がさえぎった。

「なにをしゃがる！　はなせっ！　唐変木め！」

金八が、あばれまわろうとしたおり――。

掘られた墓穴の横に立っている石碑の陰から、すっとあらわれた狂四郎が、つかつかと棺へ近づくや、抜く手もみせず、煌《きら》っと、白光を閃《ひらめ》かせた。

天蓋が、宙にはねとんだ。

ついで、棺は、無想正宗の切尖《きっさき》をぶっつり突き立てられて、かるがると持ちあげられるや、内儀の前へ、二間《けん》を躍《おど》ってどさっと抛《ほう》りつけられた。

しーんと固唾《かたず》をのむ静寂が来た。

狂四郎は、白刃を腰におさめると、ころがった棺をへだてて、内儀とむかい立つや、

「どういうのだ。これは？」

と、訊ねかけた。

まっ青になった内儀は、俯向《うつむ》いて、かぼそい声音で、

「申しわけございませぬ」

と、あやまった。

「いらぬお節介だが、贋《にせ》葬式と見せかけた以上、その理由をはっきりさせておいた方が、こちらも、今夜の寝つきがいい」

「何卒《なにとぞ》、ご内聞におねがい申上げます。決して、てまえどもは、世間さまを誑《たぶら》かそうなどという了簡《りょうけん》は毛頭ないのでございます」

番頭が、内儀にかわって、説明した。

姿なき死人は、大伝馬町《おおでんまちょう》一丁目の太物《ふともの》問屋「伊勢屋《いせや》」の主人九左衛門《きゅうざえもん》であった。五年あまり前から、病み伏して、一時は絶望視されたものだが、昨年春頃からすこしずつもちなおして、今年になって、人の肩を借りてどうにか歩けるようになったのをしおに、根岸の別荘へ移ったのであった。

たまたま、この春、別荘に立寄った熊野《くまの》の優婆塞《うばそく》行者が、九左衛門のために、庭に炉を掘り、薪《まき》を積み、柴を覆い、火を点じて、護摩修法を行なったところ、符呪作法が出した解答は、「一度遐世《かせい》してのち、蘇生すべし」ということであった。

そこで、九左衛門は、生き乍らに、盛大な葬式をいとなんだというわけだったのである。

冷笑をうかべてきいていた狂四郎は、

「では、蘇生のしかたはどうする？　念のためにきいておこう」

「はい、それは……九左衛門は、もうこの世にないものといたしまして、さいわい、幼い頃に行方不明になった弟に、勘兵衛《かんべえ》と申したのが居りますので、勘兵衛が兄のあとを継いで当主になった――ということにいたすのでございます」

「成程、人間は生命が惜しいと、途方もないくだらぬ無駄知恵を働かせるものだな」

「旦那様、どうぞ、おねがいでございます。このことは、ご内聞になすって下さいまし。おたのみ申します」

べつに、他人に災難をかける事柄ではないとしても、贋葬式は、町奉行所にとりあげられれば、罪過として罰せられるのは目に見えている。見て見ぬふりをしてもらうために、番所に賄賂《まいない》ぐらいはしてあろうが、他人から文書をもって正式に訴えられたならば、糺明《きゅうめい》を避け得ないことになるのである。

狂四郎は、そっとさし出された金包みへ一瞥《いちべつ》もくれず、

「金八、岡っ引の真似は、これだから、止した方がいいと申したのだ」

と云いすてて、歩き出そうとした。

この時、不意に、ずっとうしろの方で、

「いいえ！　いいえ！　旦那さまは……ほんとうに、死んでおしまいになったのです！　そうです！　ほんとうです！」

と、金切声を噴きあげた若い女があった。

狂気のように走り出て来るや、泪《なみだ》だらけの歪《ゆが》んだ形相で、わななく指で、空棺をさし示し

て、何か、叫ぼうとした。

「これっ！　お千賀《ちが》！　しっかりせんかい。旦那様は、家にちゃんといなさるじゃないか。莫迦《ばか》なことを云うな！」

番頭が、きびしくたしなめた。

内儀も、寄ってやさしく肩をたたいて、

「気をしずめてな、お千賀。……あまり、旦那さまに可愛がられていたので、おまえ、葬式がほんとうのような気がして来たのではないかえ。心配おしでない。あとで、旦那さまから、おまえに、あやまって」

と、云いきかせた。

お千賀という女中は、色失せて唇をはげしく痙攣《けいれん》させていたが、崩折れるように、その場にうずくまると、袂《たもと》で顔を掩《おお》うて、わっと慟哭《どうこく》した。

狂四郎は、お千賀をじっと凝視して、歩み寄ろうとしかけたが、すぐ、他人事に容喙《ようかい》する莫迦らしさに、憮然《ぶぜん》として踵《きびす》をくるりとまわしていた。

金八は、いまいましげに、空棺をひと蹴りしておいて、狂四郎のあとにしたがった。

三

それから一刻《とき》あまりのち、狂四郎は、上野山下の小料理屋の二階で、ひとりで飲んでいた。水茶屋の並んだ一郭からはすこしはずれていて、軒につるされた風鈴が夜風に鳴る音に耳をかたむける静けさがあった。三味線の音や嬌声《きょうせい》が、潮騒《しおさい》のように、波になってつたわって来ていたが、この静けさを擾《みだ》すほどのことはなかった。

時たま、打揚げ花火の音がきこえている。手すりに凭《よ》りかかった狂四郎のうしろの夜空で、美しく散っているのである。

——白鳥主膳《しらとりしゅぜん》と、果し合いをしようか、すまいか？

ぼんやりと、考えているのは、そのことだった。

主膳の業前《わざまえ》を、おそれるのではなかった。ひさしぶりに、全身全霊を、生死の間髪《かんはつ》にさらして、あのおそるべき主膳の無形の構えに対する、円月殺法の不転の位《くらい》をもって、勝負を決してみたかった。

一刀流極意書に、

「威は節に臨みて、変ぜず。その備え正明にして事理に転ぜられざる全体を威という。動ぜずして、敵を制するは威なり。すでに動じて、敵を制するは勢なり。威は静にして千変を具す。勢は動じて万化に応ず」

とある。

威をもって敵を圧して、勢をもって、勝つ――これである。

狂四郎と主膳の決闘は、この威と勢との、おそるべき交流によってなされる。すなわち、狂四郎が、威の充足をみせて不転の位を持するや、主膳は、勢の奔騰《ほんとう》をもって転化の位を発揮することになろう。そして、一刹那《せつな》が去れば、両者の位は、全く入れかわっているに相違ない。

まさに、互いに毫末《ごうまつ》の隙もゆるされぬ好敵手であった。

いずれは、どちらかが仆《たお》れなければならぬ運命にあるのだ。

――ふん！　このおれとしたことが、生命を惜しむようになったのか。

微《かす》かな自嗤《じし》を、胸の中へ、酒とともに流した狂四郎は、盃《さかずき》を置くと、目をとじた。

この時、

「ごめんよ――」

根太い声とともに、襖《ふすま》がひらかれた。

入って来たのは、でっぷりと肥《ふと》った坊主であった。

女ものらしい紺地の絣縞《かすりじま》に、びろうどの襟《えり》を掛け、花色唐こはくの帯をしめたいでたちであった。顔の造りが大きく、女の肌のようにすべすべとした白さが、それら、ひとつひとつを浮きたたせていて、遠見でも目立つ男前であった。

「眠狂四郎さんと仰言る――」

にこやかに云いかけておいて、どっしりと坐ってから、語を継いだ。

「あたしは、そこの下谷《したや》練塀小路《ねりべいこうじ》に住んでいる御数寄屋《おすきや》坊主の河内山宗俊《こうちやまそうしゅん》という者だが――」

「噂はきいて居る」

「お互いさまに、悪名が通っていて、挨拶《あいさつ》がかんたんにすむのは、重宝だね」

「用むきも、かんたんにねがおう」

「かしこまった」

宗俊は、狂四郎の冷やかな態度を、一向に気にかけぬ大様さをみせて、

「あんたは、さっき、根岸で、伊勢屋の贋葬式をあばきなすったそうだが、あの店のあるじとは、あたしが、むかしからごく懇意にしているんでね。ひとつ、あたしの顔に免じて、見なかったことにしちゃ下さるまいか」と、たのんだ。

狂四郎は根岸からこの小料理屋までの道程を、ずっとあとを尾けて来た者があったのを、ちゃんと知っていた。その者の注進で、河内山宗俊の出馬となったのであろう。

「おれが、番所へ訴え出る人間にみえるのか?」

狂四郎は、うすら笑いを泛《うか》べて、河内山を見た。

「いや、そんな真似をする御仁とは、露さらに思ってはいないが、念のためということもある」

「それだけのことで、河内山ともあろう大物がたのみに来るのが——かえって、おれを疑わせる、としたら、これは、藪蛇《やぶへび》というものではないか」

すると、河内山もさるもの、ふいに、はっはっはっ、と高笑いして、懐中から切餅《きりもち》（二十五両）四個をとり出して、いったん、畳に置き、

「そうまで、疑いぶかいあんたに、この金をさしあげると云ったら、愈々《いよいよ》こっちは藪蛇になろう。……勿論《もちろん》、受取っちゃ、下さるまい」

狂四郎が、無言でいると、

「この金は、眠さん、あんたが時々行きなさる江戸町《えどちょう》二丁目の半籬《はんまがき》『中まんじ』に預けておくわさ。びた一文持たずに半年流連《いつづけ》てもいいようにな。——いや、こっちが、勝手にやることだ。お気に召さなけりゃ、『中まんじ』の敷居を二度とまたがぬがいい。坊主頭を、こういう役柄で売り込んだてまえ、出した金をひっ込めたとあっちゃ、こん後の商売にさしつかえるのでね。この金の落し場所を、ここへ来る途《みち》みち考えて来たんだと思って頂きたいのさ」

そう云ってからまた切餅をしまって、

「とんだ野暮な初対面で、気をわるくして下さるな。かねてから、一度、ゆっくり会ってみてえと思っていたんでね。歯切れのわるい仲裁役を承知で引受けて来たんだ。……今夜は、

早々に退散した方が、お互いに無難らしい。いずれ、後日あらためてご挨拶しよう」

金八が、息をはずませて、この二階へとびあがって来たのは、それから数分も経っていなかった。

「先生っ！　大変だ！　花咲爺の仕事はあとまわしになりやした」

金八は、闇にまぎれて、御行の松の根かたを掘って、金六十貫の有無をたしかめるべく、忍んで行ったのである。

「どうした？」

「えいやっ、とばかりふりあげた鍬《くわ》が、ぶっつかったのが、なんだと思いやす？　だらりと下った足でさあ。正直の話、あの格好は、あんまり、いただけるものじゃありませんぜ。抱きおろす時に、どさっと肩へ来た重みが、まだのこってやがる」

「若い女だったのか？」

「え！　どうしてわかりやす？」

「でなければ、お前がそんな親切心を出すわけがない」

「図星。……だが、その女が、誰だか、そこまでは、おわかりじゃござんすまい。……先生、それが、ほら——あの墓場で、旦那は死んじまったんだ、と泣き喚《わめ》いた、あの伊勢屋の女中だったんでさあ」

「なに？」

狂四郎の顔が、さっと緊張した。

「気がおかしくなりゃがって、とうとうくびを縊《くく》った――と思いてえところだったが、そこは、江戸一番の巾《きん》――八《ぱち》さんでさあ。どうもくせえ、とピンと来たんで――」

「伊勢屋をさぐったか？」

「ところが、いけやせん」

金八は、しかめっ面《つら》で、かぶりをふった。

伊勢屋が二十年来の取引先である本町《ほんちょう》の糸問屋の番頭を、むりやりつれ出して、人でごったがえしている伊勢屋へまぎれ込み、施主勘兵衛の首実検におよんだのである。

するとその番頭は、

「すっかり本復なされて、色艶がよくおなりだが、九左衛門さんに、相違ございません」

と太鼓判を捺《お》した、という。

「たしかに、仏が生きていやがったと、わかっても、どうも、この腕ンところがもやもやして、さっぱりおさまりがつきませんや。これからさきは、先生に料理して頂くよりほかはねえ」

それにこたえず、かなり長い沈黙をまもっていた狂四郎は、つと、刀を把《と》って、立ちあがっていた。

――どうやら、河内山宗俊のおかげで、『中まんじ』へは、鼬《いたち》の道切になりそうだな。

その独語は、胸のうちだった。

四

その夜更《よふ》けて――。

伊勢屋の奥の主人夫婦の寝間で、突如、闇の中に、ひくい、しかし、異常な悲鳴が起った。

内儀のお徳《とく》が、蘇生した亭主九左衛門と、五年ぶりに、同衾《どうきん》して、しばらく過ぎた頃合であった。

「ち、ちがう！　……お、おまえさまは――ち、ちがう！」

その恐怖の顫《ふる》え声に対して、お徳を抱いた九左衛門改め勘兵衛が、何か云うより早く、

「そのせりふを待っていた！」

と、冷やかな声が、べつの位置から発しられたのであった。

勘兵衛が、ぱっと夜具をはねのけて、起き上るのと、燧石《ひうちいし》がかちっと切られるのが、同時だった。

行灯《あんどん》から、ぼうっと、拡がった赤い明りに、浮かびあがったのは、いつの間にか、忍び入

っていた眠狂四郎の姿であった。

名状しがたい歪んだ形相へ、冷やかな微笑を湛《たた》えた眼眸《まなざし》をあてて、

「はやまったな、勘兵衛。九分九厘《りん》まで双児《ふたご》の兄の九左衛門になりすますことにこぎつけ乍ら、惜しいことをしたものだ。亭主しか知らぬ女のからだまでだますことは、ちと無理だったようだ。……じたばたするな！　とんだ贋葬式の大騒ぎで、みんな疲れはてて、ぐっすり睡《ねむ》っているのだ。これ以上騒がせるにはおよぶまい。何十年ぶりかで、江戸へ舞い戻った貴様が、双児の兄の九左衛門を、根岸の別荘で殺して、本人になりすましただけではあき足らず、贋葬式とみせかけて、実は本当の葬式を出し、天下晴れて、おのれの名で伊勢屋をのっ取ろうとしたのは、念が入りすぎてあくどすぎたようだ。……おい、勘兵衛、貴様、河内山の子分だろう。こんな悪知恵は、貴様の脳みそひとつだけでは働く筈がない。河内山が仕組みそうな芝居だ。……こんどこそ、死体の入った棺を、この家から出してやるから、悪党なら悪党らしく、覚悟をきめて、その、そっ首をさし出せ。斬り手が眠狂四郎だ。抱き首に落してやる！」

妖異碓氷峠《うすいとうげ》

一

秋風に送られて、眠狂四郎は、碓氷峠《うすいとうげ》を越えようとして、路にふみ迷った。

小雨をともなう濃霧の中に、ついに一歩も動けなくなり、古びた道祖神《さえのかみ》の祠《ほこら》の供物石に腰を下して、しばらく、茫然《ぼうぜん》としていた。

やがて、霧が散った時、ふと、狂四郎の目に映ったのは、前方の旗薄《はたすすき》の中に建てられた石塔であった。

法界万霊の文字の下に、偈《げ》が刻まれている。

浅間山下《あさまさんか》　渓水津々　若供一杓　便是至仁
——なんの供養か？

深山には、必ず、陰湿な怪異の伝説が生きたものとして信じられている。この供養塔も、妖怪変化の花客《かかく》となって仆《たお》れた人たちのために建てられたのであろうか……。

――人間の怯懦《きょうだ》と無能が、怪異の区域を定めて、妖魔をつくりあげ、そいつに畏怖慴伏《いふしょうふく》する。その愚かさが、人間を善良にするものなら、おれも、ひとつ、雀色時《たそがれどき》の幻覚を起してみたいものだ。

杣道《そまみち》の下方に、誰かが登ってくる跫音《あしおと》がしたので、狂四郎は、それを、化物であって欲しい、と期待した。

姿をみせたのは、なんの変哲もない、人の好《よ》さそうな貌《かお》つきをした初老の樵夫《きこり》であった。

対手《あいて》の方が、愕《ぎょ》っとなって、足をすくめて、目を据えた。

「爺さん、このあたりに出る化物は、どんな奴だ？」

そう訊ねられて、樵夫は、吻《ほっ》となって、しょぼしょぼと細目をまたたかせた。

「道に迷いなさったか、おさむらいさん？」

「うむ――」

「餓鬼《だり》にとり憑かれなさったのう」

「餓鬼？」

「へえ――、山を知りなさらぬお仁《ひと》にとり憑く悪神でしてのう」

深い山奥を歩いている者が、突如として、烈《はげ》しい飢渇《きかつ》疲労をおぼえて、一歩も進めなくなることがある。誰かが来合わせて救わねば、そのまま倒れて死ぬ。そして死んだ者がまた餓鬼となって、次の旅人にとり憑いて殺す、という。日本全土の山中に伝えられている怨念《おんねん》話である。

狂四郎は、樵夫の訥語《とつご》に、相変らずの迷信かと失望し乍《なが》ら、腰をあげた。

「ここを下れば、何処《どこ》の里へ出るのだ?」

「発地《ほっち》じゃが、安中《あんなか》の方へ行きなさるのなら、この入山越は、方角が反対じゃ。……したが、もう、こんな日暮では、どっちへ行きなさるのも、無理じゃわい」

自分の杣小屋に泊って行け、とすすめた。

温泉も湧いている、ということなので、狂四郎は、そのあとにしたがった。

杣小屋は、澗水《たにみず》の音が、どうどうとひびく山峡《やまかい》の、唐松の喬木《きょうぼく》が鬱蒼《うっそう》とこもった中にあった。

樵夫は、物兵衛《そうべえ》といい、家は、三里あまり下った沢間《さわあい》の村にあるのだが、宮木挽《ひ》きに、春から秋まで山にこもっている、という。

囲炉裏に薪《まき》をくべ、濁醪《どぶろく》をすすめ乍ら、山気に染んで重くなった口をひらいて、物兵衛は、話題を、妖怪のことへ移した。

渓流で河童《かっぱ》の打つ鼓の音のこと、深夜山中で人の来るのを待受けて、その頭上を跳び越える迎え犬のこと、沓掛宿《くつかけじゅく》で行われる黙市《だんまりいち》へ現われた七尺余もある山男のこと。それから、かずかずの山姥《やまうば》の昔語り。

狂四郎は、べつだん相槌《あいづち》もうたず、濁醪の美味に、いつか陶然となって、物兵衛が、さいごに、これだけは、よく心得ておいて欲しいとことわって告げた話も、ぼんやりときき流した。

その話というのは――。

この山峡には、湯の湧き出る岩間が二個所あるが、上流の屏風岩《びょうぶいわ》でかこまれた方には、絶対に入ってはいけない。入ると必ず四肢がしびれ、心気が朦朧《もうろう》とする。それを待ちうけていて、巨大な山神が出現して、禍《わざわ》いをくわえる。下流の河童岩の湯は、ぬるいが、ここへは、嶺むこうの一揆村《いっきむら》の妊婦たちが、わざわざ安産をねがって、入りに来るくらいだから、安全である。

狂四郎は、山神の話には一片の興味もおぼえなかったが、一揆村という名称をききとがめた。

「ずうっとむかしのことじゃが……」

惣兵衛は、記憶をたどり乍ら、その由来を語った。

天明《てんめい》三年、有名な飢饉《ききん》年であった。

当時、米の自給自足ができていたこの信州《しんしゅう》でも、松皮や藁《わら》などまぜた餅《もち》をつくったり、あらゆる木の葉を食った。それでも、上州《じょうしゅう》の畠《はたけ》の多い土地にくらべて、信州佐久《さく》方面の田地の多い地方は、まだ餓死者を出していなかった。秋に入って、上州碓氷郡方面の一揆が突如、横川《よこかわ》の関所を破って、信州へなだれ込んで来たのも、まだ食糧があると看做《みな》されたからであった。

暴徒は、怒濤《どとう》のごとく、岩村田《いわむらだ》から、志賀村《しがむら》、内山《うちやま》、平賀《ひらが》、中込《なかごみ》、野沢《のざわ》、三塚《みちづか》、桜井《さくらい》と、蹂躪《じゅうりん》して、ついに小諸《こもろ》城下を突破して、小県《ちいさがた》に侵入した。腑甲斐《ふがい》なくも、小諸藩は、見て見ぬふりをしたので、一揆団は、さらに、東山《ひがしやま》つづきで長村《おさむら》方面から、上田《うえだ》を襲撃する気勢をしめした。その総勢は、千八百人であった、という。

伊勢山《いせやま》（神科《かみしな》）の名主庄右衛門《しょうえもん》は、一刀流の達人としてきこえた郷士で、道場を持って、多くの弟子を擁していたが、暴徒が迫るや、二十余名をひきつれて、加賀川《かがわ》の橋詰に待ちうけた。

八本の梵天《ぼんてん》をかかげた千八百人が、鯨波《とき》をあげ乍ら、長村の曲尾組《まがりおぐみ》から川を渡って、伊勢山へ突入しようとするや、庄右衛門は、家宝の一刀をふるって、猛然と斬り込み、またたくうちに、数名を倒した。弟子たちも、死をおそれぬ働きをしめした。そこへ、上田藩の捕吏がかけつけて、浮足立った暴徒を片はしから捕縛したのであった。

岩村田、小諸、上田の各藩よりも、たかが一村の名主が、わずか二十余名を率いて、千八百人の暴徒を撃退した勇猛ぶりは、信州人の誇りとして、語り継がれている。

一揆村というのは、捕縛をまぬがれた暴徒が、いまさら、上州へも戻れず、この高原の狭間に、聚落《しゅうらく》をつくったために、そう呼びならされたのである。したがって、これは完全に孤立してしまっていて、いわば、平家の残党や八掬脛《やつかはぎ》や悪路王《あくろおう》の後裔《こうえい》と同様、里人とは、路で行き交うても、互いに顔をそむける無縁ぶりであった、という。

尤《もっと》も、近年は、怨恨《えんこん》も薄れて、黙市などで交易する者も出て来たし、里荒らしの不届者《ふとどきもの》も殆《ほと》んどなくなった。それというのも、数年前まで、一揆村の若者たちの中でも、最も凶暴な三人の兄弟がいて、あまりの里荒らしに業をにやした各村で、代表者をたてて、一揆村へ乗込み、目前で、兄弟を捕えて、両の眼球をえぐりとって、山中へ追放する処刑をなさしめたのが契機となって、籠《かご》や蓑《みの》を黙市で売る約束もできたのであった。

「……信州では、他国者の杣木地屋《そまきじや》が住みつくことはでけん土地柄でしてのう、一揆村も、久しいあいだつまはじきされて、苦労をしよりましたわい」

どうやら、樵夫自身も他国者らしく、感慨深げに、それを結句にしたことだった。

二

翌朝は、一片の雲もなく晴れわたって、周囲の嶺の稜線《りょうせん》が、くっきりと際立ち、濃淡あざやかな樹林を擁した山容は、清涼の霊気を湛《たた》えて、陽に映えていた。

狂四郎は、白い水泡《みなわ》を散らせて淙々《そうそう》と下る渓流に沿うて、断崖《きりぎし》を辿って行った。

川がらすが、ピーッと強い啼声《なきごえ》をたてて、足もとすれすれに岩を渡って行ったり、頭上の梢《こずえ》で、猿や栗鼠《りす》が躁《さわ》ぎたてたりするのが、狂四郎の孤独感を、のびやかなものに解き放った。

やがて――。

惣兵衛に教えられた河童岩（それが蹲《うずくま》った格好に似た巨岩）に降り立ってみると、三坪あまりの天然風呂から、ほのかな湯気がゆらめきたっている。

湧く湯は豊富で、岩の二方から溢れ落ちて、滝になり、数尺下の瀬では、湯苔《ゆごけ》に群れる鮠《はや》のすばやい動きが見出《みいだ》された。

狂四郎は、片足を、ぬるぬるの岩へ掛けると、手をのばして、つけてみて、がっかりした。

江戸っ子の狂四郎には、到底入る気になれぬ微温湯《ぬるまゆ》であった。

と――。

人声がきこえて来たので、狂四郎は、なんとはなしに、岩陰へ、身を寄せた。

孔雀歯朶《くじやくしだ》の繁茂した斜面をくだって来たのは、三人の若い女たちであった。訛《なま》りの強い方言で声高に喋《しやべ》りあい乍ら、瀬ぶちの畳岩へ降りると、一斉に、かかえ帯をくるくると解いて、草木染の布子を、するっと脱ぎすてた。いずれも、健康そのものの、四肢の逞《たくま》しく発達した堅肥《かたぶと》りの裸形であった。そして、その下腹は、どれも同じくらい、ぶっくりと脹《ふくら》んでいた。

お互いに、その脹みかたをはかり合って、きゃっきゃっと笑いさざめいたのち、巧みに、ぬるぬる岩を滑り越えて、ざぶんざぶんと、湯の中へつかった。

狂四郎には、彼女たちの会話は半ばは解き難かったが、それでも、しばらくきいているうちに、彼女たちの腹の子が、同一人の男のものであることがわかって来て、啞然となった。

どうやら、その男は、一揆村の長《おさ》らしかった。

——これは、山𤢖木客《さんしょうぼつかく》の営みと大差はないことだな。

彼女たちが、その忌《い》まわしい関係になんの懐疑も抱かずに、いかにも、女の自然な生理に嬉々としておのが裸身をいたわっているさまは、いっそ、素朴で微笑《ほほえ》ましいものであるのも、狂四郎にとって、驚くに足りた。

左様、彼女たちは、いささかも憚《はばか》ることなく、おのおの、その男との原始の営みを口にしあって、明るい笑い声をたてているのである。村の長は、まことに、公平に、官能の喜悦を、女たちに配分している模様である。

……娘の閨《ねや》へ、夜来て暁に帰って行く不思議な聟殿《むこどの》の正体が、山奥の洞穴《ほらあな》に棲《す》む大蛇と知った母親が、菖蒲《しょうぶ》と蓬《よもぎ》の葉で堕胎薬をつくって、嚥《の》ませて、盥《たらい》に何ばいかの蛇の子を生ませたとか、山姥が、神の使い（狼）とちぎって白髪童子を生み、さらに幾年かの後、逞しく育った白髪童子に挑まれて、愛撫されているうちに、妊娠して、生んだのが狼の子であったとか、雪女郎が杣人に馴れ昵《なじ》んで、五十人力の鬼童を生んだとか……素朴な妖魅譚《ようみたん》が信じられる深山にあっては、人間の営みも、それに近づくのであったろうか。

ここでもまた、狂四郎は、おのれの陰惨な出生を顧みて、急に、湯の中の裸女たちに烈しい嫌悪をおぼえると、のっそりと岩陰からあゆみ出た。

悲鳴をあげて、首まで沈んだ女たちは、次の瞬間、われがちに、ぶざまな格好で、飛沫《しぶき》をはねとばして、瀬ぶちへ滑り降りると、着物をひっかかえて、逃げ出して行った。

暗い眼眸《まなざし》を送った狂四郎は、

「けだものども！」

と、ひくく吐きすてた。

三

狂四郎が、ふと思いついて、惣兵衛にかたくとめられた上流の屏風岩の湯へ出かけて行ったのは、遠くから来た雨雲が、いちめんに山肌を濃霧で烟《けむ》らせた黄昏《たそがれ》どきであった。

狂四郎は、わざと、逢魔《おうま》が時をえらんだのである。

その天然風呂は、遠くからでも、それとみとめられる、濛々《もうもう》たる白い湯気をたち昇らせていた。

下流の微温湯とちがって、熱湯が、屏風岩の裂け目から、迸《ほとばし》り出ているのであった。

——瘴気《しょうき》があるな。

その臭気と、つけた指さきにぴりりっと来る刺激に、そう直感しつつも、狂四郎は、平然として、はだかになると、濛気の中へ入った。

底は浅く、胡座《あぐら》をかいて、胸まであった。そのまま、双眼をとじて、微動もせず……どれ程の時刻が移ったろう。

ふっと、目蓋《まぶた》をひらいた時、あたりは、宵闇《よいやみ》につつまれていた。

長い年月に積みかさなった疲労が、一時に発したような非常なけだるさがあったが、それは、一種の恍惚感《こうこつ》でもあった。

——この程度の瘴気か。

剣で鍛えたおのれの五体の強さを納得して、すっと立とうとした途端、愕然《がくぜん》としたことだった。

四肢は、巨大な力でおさえつけられたように、全く自由を奪われている。一指も動かぬのだ。

——くそ！

はじめて、狼狽《ろうばい》が起り、狂四郎は、切歯して、満身から気合を噴かせようとした。それが、かえって、狂四郎の心気に悪作用となった。くらくらと眩暈《めまい》が襲って来て、気合は、むなしい呻《うめ》きになって洩れた。

がくんと、後頭を、屏風岩へ凭《よ》りかけたなり、狂四郎は、すべての筋肉が麻痺《まひ》するにまかせた。視界が、朦朧《もうろう》として来て、樹木がぐうっとのしかかって来る錯覚の裡《うち》に、いっさいは、闇と霧と湯気の中に溶けこんでしまった。

蛍火のような、小さな青い光が、無数に、暗黒の中をとび交うような幻覚が起った。人間をとりこにした魍魎《もうりょう》の歓喜の舞いか、とおもわれた。

そのうち——。

狂四郎は、前方に、ぬっと出現した三個の、おそろしく丈高い怪物を発見した。七尺余もあろうか。胡桃《くるみ》大の目玉を、爛々《らんらん》と闇に煌《きらめ》かせている。しかも、その目玉は、くるっくるっと、狡猾《こうかつ》そうに、迅《はや》い動きをしめす——。

怪物たちが、それぞれ、その腕に、女をかかえているのをおぼろに見わけた狂四郎は、その女たちが、朝がた、河童岩の湯につかった妊婦たちだな、と直感し——直感するとともに、これもまた、衰えた五官がひきおこす、幻覚に相違ない、と思った。意識下に、女たちのことが、脳裡《のうり》にあったので、自ら幻覚の内へ招き寄せたのだ、と。

それにしても、怪物たちの行為は、残虐《ざんぎやく》であった。のたうちまわる女を、いきなり、頭から、ずぶりと、湯の中へ浸ける。ひきあげる、もがく、また浸ける……。死んだようにぐったりとなった女たちを小脇にかかえて、怪物たちは、闇の中へ消えた。

それきり、意識をうしなって、われにかえった時、狂四郎は、覗き込んでいる惣兵衛の不安そうな顔を見出した。

杣小屋の中に寝かされていた。

「気がつきなさったか」

あれ程忠告したにも拘《かかわ》らず、化湯に入った狂四郎を、しかし、咎《とが》めようともせず、

「御覧なさったじゃろ、大目玉の山神をの」

「うむ――」

起き上って、狂四郎は、両の手を握ってみた。力がまるっきりこもらなかった。

「毒気が、からだから消えるのには、四、五日かかりましょうわい。ゆっくりやすまれるがええ」

しかし、翌日には、すでに、狂四郎の体力は、ほぼ回復していた。

夕方、囲炉裏ばたに坐《すわ》った狂四郎は、心配する惣兵衛に、笑って、濁醪を所望した。

惣兵衛は、ぐいぐいと茶碗をかたむける狂四郎を見まもって、

「不死身じゃわい」

と、感嘆した。

「親爺さん。すまないが、用をたのまれてくれぬか」

ふと、思いついたように、狂四郎は、きり出した。

「なんじゃな？」

「一揆村へ行って、村の長の子をはらんだ女が三人、河童岩の湯から戻って来たかどうか、たしかめて来てもらいたい」

「山神が、さらって行ったのを見なさったのかい？」

「うむ――」

それがはたして幻覚であったか否《いな》か、狂四郎には、疑わしくなっていたのである。

次の朝早く、惣兵衛は、嶺を越えて行き、午《ひる》すぎ帰って来ると、

「騒いどりますわい」と、告げた。

「そうか、やっぱり、幻覚ではなかったな」

狂四郎は遽《にわか》に、闇に消え去った怪物たちに対して烈しい闘志の沸くのをおぼえて、しばらく黙考していたが、

「親爺さんも、あの化物を見たことがあるのだな？」

と、訊ねた。

「見ましたわい。里でも、見た者が二人ばかりあって、行者をまねいて、厄払いをしてもろうたそうじゃが――」

「近頃、神隠しに遭った女があるかね？」

「去年の春にのう、一人あったそうなが――」

娘を嫁に遣《や》るために、飾り馬に乗せて、門口に出て、そこで松明《たいまつ》へ火をつけようとしている間に、忽然《こつぜん》として、馬上から姿を消し去った、という。百方に覓《もと》めたが、ついに、行方は知れなかった。ところが、今年の春、日暮れて、母親が、納屋仕事を終えて、母屋《おもや》にもどろ

うとしかけると、門口に、幽霊のように彳《たたず》んでいる娘の姿を発見して、仰天して、走り寄ったが、あっと思う間に闇へ吸い込まれて跡かたもなかった。

　惣兵衛の村から山ひとつへだてた宿場の旅籠《はたご》の娘の話であった。

　それから、もう一人、旅の油売りの女房の方が、横川の関所のてまえで、不意に、いなくなった。尤も、これは、次の日、近くの山の熊笹《くまざさ》の中で、あられもない格好でしめ殺されているのを、杣人《そまびと》に発見された。

　狂四郎は、ききおわってから、こともなげな口調で、「ひとつ、化物退治をやるか」

と、云った。惣兵衛は、途方もないという表情で、かぶりをふった。

「親爺さんには、ご苦労だが、彼奴《かやつ》らのすみかまで、案内してもらおう」

「案内するちゅうて、わかってござってか？」

「この近くに、誰もおそれて近づかぬ山がある筈《はず》だ。むかしから、妖怪変化が巣食っているという山が――」

「そ、それは、あることはあるが――」

「そこには、古洞《ふるほら》や、枯木の林があろう。木菟《みみずく》のような夜鳥が棲む格好の場所があるに相違ない」

「ようご存じじゃ。たしかに、入らず山には、木菟めが、いっぱい棲みついとる枯木の林がござるわい」

「そこへ、案内たのむ」

「い、いいじゃな?」

「これからだ」

四

雲の海の中に、満月があり、その下を、薄い綿のような雲片が流れていた。

もとより――惣兵衛と狂四郎が灌木《かんぼく》をかきわけて登って行く杣道は、墨を流したような木下闇につつまれていて、惣兵衛の携げた小田原提灯《おだわらぢょうちん》が、樹木や草を異様なもののように赤く浮き出して行く。

先に立った惣兵衛の背には、竹あみの笈《おい》がのせられていた。中には、三升あまりの油をつめた壺が入っていた。

杣道は、尾根をめぐって、一上一下しつつ、入らず山の峰へむかって、うねっていた。といっても惣兵衛自身、いくどもふみ迷いかける程、道は草木に掩《おお》われていて、提灯の赤い灯が、生木の折れたのや、草のふみにじられたのや、何者かが通った痕跡をとらえるのをたよりにしなければならなかった。

そうして——およそ、一刻《いっとき》も、黙々として進んだろうか。

物兵衛が、曲った腰をのばして、ひと息ついて、ふりかえった。

「くたびれなさらんか？」

「夜道には馴れて居るが、冷えるな」

単衣《ひとえ》を着流した素肌を、刺すような冷気であった。

「山神を退治するちゅうて……でけるもんかのう」

ここまで来るあいだ、ずうっと考えていたらしく、物兵衛の声音は、重苦しかった。

「女たちをさらったのは、山神ではない」

「では、何者じゃな？」

「親爺さんは、数年前に、一揆村から、手に負えぬ悪党兄弟が、山奥へ追いはらわれたと話していたろう。そいつらが犯人だな」

「し、しかし、あの兄弟は、目玉をくりぬかれとるが——」

「ところが、親爺さんが見かけた奴らも、わたしが眺めた奴らも、大きな目玉が、光っていた……」

「そ、そうじゃ。あいつらが贋《にせ》山神とすると、目玉を、どうしたちゅうのじゃろ？」

「そこが、化物の化物たる所以《ゆえん》だろう」

狂四郎は、ひくく笑うにとどめた。

突如——。

惣兵衛が「おっ！」と唸《うな》って、棒立つや、狂四郎は、素迅く、その前へ出た。

闇中《あんちゅう》——、立枯れた樹の上に、爛々と煌くふたつの大目玉があった。

仰いだ視線を移せば——。

そこにも、ここにも、大目玉は、無数に、宙に、ちらばっている——。

「親爺さん、贋山神の目玉は、これだぜ」

「へえ？」

惣兵衛は、まだ合点がいかぬ様子だった。

「人間という奴は、片端になると、その不自由をおぎなう工夫をするものだ。目玉が無くなると、ほかの生きものの目玉を利用して、自分のもの同様にする。それが、犬の目であることもあれば、この木菟の目であったりする。辛抱《しんぼう》づよい訓練が要るが、自分の目玉をつくるのだ。必死になろうではないか。やってやれないことはない証拠を、わたしたちは、見せてもらったということになる」

狂四郎は、惣兵衛に、笈をおろさせると、油壺をとり出して、左手に携げ、

「親爺さんは、ここにいて、合図があったら、火をつけるのだぜ」

と命じておいて、すこしずつ地べたへ垂らし乍ら、進みはじめた。

ものの二間《けん》と歩まぬうちに、樹上から、青白い火玉が、翅音《はおと》もたてず、顔めがけて、一直

線に、翔《か》け降りて来た。

無想正宗が闇を截《き》る――。

ばさっ！

猛禽《もうきん》は足もとへ落ちた。

一間を行って一羽、五歩出て同時に二羽――といった具合に、鋭い嘴《くちばし》の襲撃があったが、狂四郎は、これらを苦もなく斬りすて乍ら、およそ一町あまり、枯木の林へ、ひとすじの油を撒きつつ、ついに、目ざす敵の栖《すみか》を、おぼろな月明の中に見出した。

がっしりと組まれた丸木小屋であった。

狂四郎は、すたすたと歩み寄るや、まだたっぷりとのこっている油壺を、板戸へ、がん、とたたきつけた。

これが合図で、林の入口で待ちかまえていた惣兵衛が、提灯の火を、地べたの油に移した。めらめらと燃えたった焔《ほのお》が、おそろしい迅さで、狂四郎の辿った跡を追い奔《はし》りはじめ、猛禽どもが奇怪な啼声をたてて、恐怖のはばたきをあげた時――。

小屋から、ぱっと躍《おど》り出て来たのは、狂四郎が、屛風岩の湯で、幻覚と信じた三個の怪物だった。

いまは、冷笑をもって、狂四郎は、その姿を眺める。

山男たちの頭上には、それぞれ、いっぴきずつ、木菟が、とまっていた。よく訓練した木菟を、おのれの目として、彼らは、夜の山野を、自由自在に、馳廻《はせまわ》っていたのである。

「うぬは、なんだっ？」

「一揆村の野郎めかっ！」

山刀をかざして、三方からじりじり肉薄して来る邀撃《ようげき》ぶりに目をくばって、狂四郎は、

——成程、これは大した訓練だ。

と、感服した。

炎々と燃えひろがる枯木の林の中のたたかいは、きわめてあっけなかった。

狂四郎が、無想正宗を一颯《いっさつ》、ひらと閃《ひらめ》かす毎《ごと》に、その頭上の目玉は、消えうせた。

もとの完全な盲目にもどった兄弟が、紛々たる火の粉をあびて滅茶々々《めちゃめちゃ》に狂舞する酸鼻の光景をしり目にかけて、狂四郎は、すでに紅蓮《ぐれん》舌になめられはじめた小屋の中に入ってみた。

そこには、双眼をえぐられた三人の妊婦が、息絶え絶えになって、横たわっていた。


夜がしらしらと明けそめた頃、狂四郎は、惣兵衛に送られて、入らず山からたちのぼる余燼《よじん》のうす煙を、はるかに望む碓氷峠の、例の供養塔のかたわらに立っていた。

「お世話になった。……親爺さんの化物話は、ときどき思い出して、なつかしもう」

と、笑うと、惣兵衛は、細目をしょぼつかせ乍ら、

「お前様のやんなさったことは、いずれ、里では、天狗《てんぐ》のしわざじゃった、という話になり

ましょうわい」
と、こたえたことだった。

家康騒動

一

「眠様ではございませぬか？」

不意に声をかけられて、振りかえった狂四郎は、

「田嶋屋《たじまや》か――」

と、微笑した。

ここ甲府《こうふ》――城勤番役所の長い築地塀《ついじべい》がつらなった錦町《にしきちよう》の往還であった。

背後に、甲府城の天守が、気遠くなる程澄みきった秋空を截《き》りぬいて、すっきりとそびえている。

「思いがけぬところで、お目にかかります」

「おぬしこそ、どうした？　山流しにされたお咎《とが》め寄合をなぐさめにでもやって来たのか？」

当時、旗本には、甲府勝手という追放処分があった。江戸で、落度があると、甲府城在番

を命じられる。島流しと同じで、まず生きて再び江戸へ帰れる望みはないのである。したがって支配頭から甲府勝手の命を受けると、一家は、悲嘆のどん底におちたものである。これが『山流し』と称せられていた。

「なんの……ちょいと、妙な、競《せり》がございましてね」

絽《ろ》の紋つき羽織に茶宇《ちゃう》絹平《きぬひら》の袴《はかま》をつけた正装の田嶋屋は、にやにやしてみせた。うしろにしたがえた手代が、大事そうにかかえている細長い風呂敷包みが、どうやら、その競でおとした品らしい。

自他ともに深川《ふかがわ》の十八大通《じゅうはちだいつう》をもってゆるしているこの木場の材木問屋とは、狂四郎は、大新地の揚屋五明楼《ごめいろう》で親しくなった。なんとなくウマが合って、そこで一緒になると、五日も六日も流連《いつづけ》の対手《あいて》をしてくれて、しかも一度も、こちらを不快にさせぬ粋人ぶりは、見事であった。

若い頃のこの男の逸事は、いまだに語り草になっている。ある日、粋人連が寄合った時、田嶋屋は、金の針金で髪を結ってあらわれた。仲間たちが、今日一日だけだろうと云ったので、意地になって後三年も、始終その針金を用いたという。——また、ある日、吉原《よしわら》の引手茶屋で遊んだ時、太鼓持や芸妓《げいぎ》が入って行くと、田嶋屋は、夏の暑いさなかにもかかわらず、火鉢をかかえていた。みんな今日は寒いから、火鉢にあたりな、とすすめたが、のこらず、しりごみした。おくれて入って来た年寄りの太鼓持が、心得て、近づいて、手をかざしてみると、灰と見えたは白砂糖で、熾《おこ》った炭は、小判であった。その太鼓持は、火鉢ごとそっくり貰《もら》って、大よろこびしたものだった。

本卦還《ほんけがえ》りをしてからは、そうした派手な莫迦《ばか》遊びをしたことなどおくびにも出さず、なるべく目立たぬように、枯淡な人柄をみせて、好んで狂四郎のような寄りつきにくい人物を友にえらんで、これをよろこばせる興趣に心を費やすのを自分のよろこびとするようになり、いわば、まことの粋人になりきっていた。

この男が、わざわざ、甲府まで出かけて来たのだから、よほどの珍しい垂涎《すいぜん》物が競売りされたのであろう。

狂四郎は、しかし、べつだん、その品を見たいとも云い出さず、田嶋屋と肩をならべて歩き出し乍《なが》ら、

「ひさしぶりに、五日ばかり、坐禅を組んで来たが、足がしびれただけだったな」

と、云った。信州《しんしゅう》からの帰途、ふと、この甲府の愛宕山下長禅寺《あたごさんかちょうぜんじ》の住職を思い出して、高崎《たかさき》からそれて、三峰山《みつみねやま》を越えて来たのであった。幾年か前、狂四郎は、名僧としてつとに知られたその住職と、偶然、東海道《とうかいどう》でみち連れになったことがあったのである。

田嶋屋は、愉しげに、狂四郎の横顔を見やり乍ら、

「てまえの宿へお寄り下さいませぬか」

と、さそった。

二

田嶋屋が、狂四郎をともなったのは、堂々たる構えの脇本陣で、ほかに泊っているのが身分のある人々であることは、玄関わきに寄せられた立派な駕籠《かご》でわかった。中には、総蠟色《ろいろ》に金紋散らしの唐草蒔絵《からくさまきえ》の豪奢《ごうしゃ》な女乗物も交っていた。おそらく、田嶋屋は、重要な用件で旅している御用達《ごようたし》商人の資格でもとって、泊っているのであったろう。

部屋も、築山造りの渓流を象《かたど》って、夜の岩橋を架けた凝った庭園に面した上等の間であった。

入浴後、しばらく、舌にとろりと甘い地酒の献酬があってから、田嶋屋は、思い出したように、

「ひとつ、お退屈しのぎに、ごらんに入れましょうかな」

と、云って、床に置いた風呂敷包みを解いて、古びた桐箱から、掛物をとり出し、そこの壁の山水をはずして、それを、するするとおろしてみせた。

何気なしに、視線をなげた狂四郎は、

――どういうのだ、これは？

と、眉をひそめずにはいられなかった。

神代の、あきらかに女人とおぼしい下ぶくれの優しい貌《かお》をもった武装者が、弓をふりしぼって、あわや、天へ、一矢《いっし》を射はなとうとしている墨一色の図が描かれてある。

狂四郎は、むかし読んだ神代紀を思い出した。

「田嶋屋、これは、武装した天照大御神《あまてらすおおみかみ》ではないのか？」

「さようでございます」

……髪を結びて髻《みずら》となし、裳《すそ》をしばって袴となし、八坂瓊《やさかに》の五百箇《いおつ》の御統《みすまる》をもって、その髻鬘《かずら》及び腕《たぶさ》にまとい、背《そびら》には千箭《のり》の靫《ゆぎ》、腹には五百箭《いおのり》の靫を負い、臂《ひじ》には稜威《みいず》の高鞆《たかとも》を著《つ》け、弓《ゆ》彇《はず》ふりたて、剣柄《たかび》をとりしぼり、堅庭を踏みて、向股《むかもも》にふみおとし、淡雪のごとく蹴散らかして、稜威の男《お》たけび、ふみ建《たけ》びて詰《まい》り玉えり。

とある神代紀の天照大御神のいでたちを、そっくり写しているのだが……。

一瞥《いちべつ》しただけで、これはあまりにも稚拙《ちせつ》であった。

それにひさかえ、記された一句は、見事な筆跡であった。

「何人三箭定天山」

これは、唐代の驍将《ぎょうしょう》薛仁貴《せつじんき》が、わずか三箭《せん》を放って三虜を斃《たお》し、ために虜軍が怖れて降伏したという故事をうたったものである。

武装の女神に、この名句をつけたところに、面白味があったが、それにしてもなんというまずい像であろう。

「失礼だが、田嶋屋、これをいくらでおとしたのだ？」

「千八百両でございます」

「これがか――」

啞然として、まじまじと瞶《みつ》めかえしたことだった。

「ははは、眠様、べつに田嶋屋は、耄碌《もうろく》いたしたわけではございませぬ。この絵が、巧みでございましたら、かえっておかしいのでございますよ」

田嶋屋は、有明行灯《ありあけあんどん》を、床の間へ寄せると、

「この落款《らっかん》をごらん下さいまし」

云われて、顔を近づけた狂四郎は、思わず、眸子《ひとみ》を鋭いものにした。

「家康」とある。印は、「静勝軒《せいしょうけん》二代」と読めた。

静勝軒とは、太田道灌《おおたどうかん》が、千代田城《ちよだじよう》紅葉山《もみじやま》にかまえた館のことである。文明《ぶんめい》八年秋、道灌が、ここで和歌の会をひらくとともに、名高い心敬僧都《しんけいそうず》を招いて、詩作せしめた時、建長寺の竺雲《じくうん》が左のような一詩をのこしている。


　静自勝時心自閑。鐘天下秀寸眸《すんぼう》間。

　滄波《そうは》倒《さかしま》浸士峰《しほう》雪。一朶《いちだ》芙蓉《ふよう》百億山。


天正《てんしょう》十八年八月一日、江戸入国した家康は、この静勝軒の古館へ、修理もせずに住まって、

まず、諸人名、旗本及び町屋の地域割当とその普請《ふしん》を先行せしめたのであった。江戸城普請の縄張を藤堂高虎《とうどうたかとら》に命じたのは、ずっと後、慶長《けいちょう》十一年春であった。新城経営成ったのは、十九年秋である。家康は、この時、紅葉山に建てた二の丸を、隠居所にすべく、静勝軒の名を、それにとどめておいた。しかし、駿府《すんぷ》を隠居所にすることに変更したため、静勝軒の号だけを、そちらへ移したのであった。

したがって、この一幅は、家康が、駿府に隠居してからの、つれづれの手遊《てすさ》びであろう。

成程、絵が稚拙であるのが当然である。千八百両も高いとはいえまい。東照権現《とうしょうごんげん》の直筆、しかも、天照大御神を描いたのであれば珍中の珍である。粋人田嶋屋が、わざわざこの甲府まで出かけて来るだけのねうちはある。

尤《もっと》も、これは、公然と売買はできぬ性質の秘宝である。もし、露見すれば、売った方も買った方も、捕えられて、遠島はまぬかれぬ。へたをすれば、獄門になる。

いや、それだからこそ、田嶋屋の十八大通魂をそそったに相違ない。

「ところで、眠様――。これが、真物《ほんもの》か贋物《にせもの》か、貴方様ならば、看破なさる目がおありになると存じます。いやしくも、東照権現様は、海道一の弓取りと称《うた》われたお方でございます。絵の技法は拙《つたな》くとも、真物ならば、天下御統一なされた気魄《きはく》が、この御像にも、おのずから、こもって居ろうかと存ぜられまするが――。われわれ下賤《げせん》の遊冶郎《ゆうやろう》には、そうした微妙のところは、わかりかねます。貴方様の直感をおきかせ下さいますまいか？」

「ふむ――」

狂四郎は、腕を組んで、あらためて、女神像を凝視した。

三

幾秒かを置いて、狂四郎は、視線を田嶋屋へまわすと、低く、投げ出すように、

「贋だ――と思う」

と、云った。

「そうでございますか」

妙なことに、田嶋屋は、さして落胆した様子もみせず、わずかに苦笑して、かぶりをふった。

いかに粋人とはいえ、千八百両をすてて、平然としているのは、不審だった。

「売手は、だれだ！」

「勤番御支配の松岡大内蔵《まつおかおおくら》様でございました」

享保《きようほう》中、柳沢吉里《やなぎさわよしさと》が郡山《こおりやま》に転封《てんぽう》して以来、甲府城は、勤番支配が守るようになっていた。

この衛士統領役は、四、五年で交替していた。

松岡大内蔵は、つい今年の春に、支配となって江戸から来たばかりだという。

「支配も、真贋の程はわからなかったのか？」

「お嗤《わら》い下さいまし。御支配様のところには、全く見わけのつかぬ同じ御品が、三点集まっていたのでございます」

田嶋屋は、穏やかな口調で語った。

松岡大内蔵の家に、徳川家烈祖が描いた天照大御神の武装像があると、騒人墨客《そうじんぼっかく》及び富豪連のあいだで噂《うわさ》されてから、すでに十余年になる。幾人かが、入れかわり立ちかわって、一見を乞うたが、大内蔵は、頑として、ゆるさなかった。

ところが、昨年の夏、山形の城主水野大監物《だいけんもつ》の江戸家老が、松岡家をおとずれて、最近、天守閣の修理をしたところ、家康「静勝軒二代」の落款のある天照大御神像があらわれたので、果して、御当家と同じ物かどうか、比べてもらいたい、と置いて行ったという事実がつたわって来て、さらに、好事家《こうずか》たちを、じりじりさせた。

松岡大内蔵が、水野家へ、自分の所蔵になるものと、寸分ちがわぬが、なおよく鑑定するために預っておく旨をつたえたと、ききこんだ好事家たちは、とうとう我慢しきれなくなって、大挙して、松岡邸を訪問して、せがんだのであったが、ついに、主人の首をたてにふらせることは不可能であった。そして、今春、松岡大内蔵は、甲府城支配となって、江戸をはなれてしまったのである。

ところが——。

つい、十日ばかり前、突然甲府から、江戸の富豪連にむかって、同じ内容の手紙が届いたのであった。

実は、先年来、たびたびの所望にも拘《かかわ》らず、一見をゆるさなかった烈祖直筆の天照大御神像を、思うところあって、競売しようと決意した。だが、この御像について、ここにまた新たなる事実を知らせなければならぬ。それは、さらに、もう一幅の、寸分ちがわぬ御像が発見されたことである。甲府勤番の宍戸《ししど》左近《さこん》という家から出たのである。宍戸家は、曾《かつ》て交替寄合五千石の大身《たいしん》であったが、先父が過失によってお咎《とがめ》小普請となり、甲府勝手を命じられていたものである。先月、隠居していた先父の逝去《せいきょ》によって、家内整理をしたところ、この御像の発見となった。すなわち、これでまったく同じ御像が三点揃ったわけである。この三点のうち、いずれが真なるか、贋なるか、全く、見当がつかず、当惑している。よって、競売するにあたって、三点ともに同じ値段でおとしてもらいたいこと、これが条件である。承知の通り、水野家も内証逼迫《ひっぱく》して、すこしでも多くの現金が欲しい状態である。宍戸家も然《しか》りである。両家が、これを手渡すことを、依頼して来ている以上、当家所蔵の御像だけを除いて、競売するわけにいかぬ。あるいは、当家所蔵の御像が真物であるかも知れぬからである。よって、三点揃えて、公平に、同じ価格で、これをもとめる人々にゆずりたい。すなわち、二点が疑いなく贋物であることを承知の上で、出向いて来てもらいたい。

「お手紙を頂きましたのは、九人でございましたが、一人も、棄権いたしませず、うちそろって、江戸を出て参りました。……まことにおどろいたことでございました。松岡様の書院の床の間にかけられた三つの御像は、どう目を皿にしても、一分一厘《りん》のちがいもござりませぬ。よくもまあ、これ程、丹念に写したものだと、ほとほと感服し、その努力に対しても、同じねだんを出していいと思われたことでございます。九人とも、その顔つきでございました。松岡様から、あらためてご説明があり、このうち、どれが当家、どれが水野家のものと教えることは、さしひかえ、右から、一号、二号、三号とつけておく故《ゆえ》、ねだんをつけてもらいたいとのお申出でございました。この時、てまえの心中に、三作ともに、自分がおとしたいという野望が起きたのでございます。同時に、ほかの人たちも、てまえと同じ野望を起したことを感じました。そのために、書院には、おそろしく緊張した空気がみなぎったのでございます。……まず、一号に、ずばりと千両の値をつけたのは、佐久間町《さくまちょう》の大地主和泉屋《いずみや》さんでございました。すかさず、てまえが、二号に、千二百両とつけました。つづけて、三号に、浅草平右衛門町《あさくさへいえもんちょう》の札差《ふださし》の浜名屋《はまなや》さんが、千三百両とつけました……。千五百両とせりあがった時、三人ばかりがひきさがりましたが、あとの者は、どれだけ騰《あが》ろうが、身代《しんだい》限りも辞せぬ肚《はら》ぐみを気構えといたして居りました。とうとう、千八百両の高値を呼んだ時、松岡様が、たまりかねて、もうよい、ここらあたりで手をうったらどうか、とおとどめになり、結局、籤《くじ》びきということになりました。面白いもので、籤にあたったのは、最初に値をつけた和泉屋さんとてまえと浜名屋さんでございました。……つまり、これは、二号の御像というわけでございますが、松岡様は、とうとう、さいごまで、どれがどちらの御所蔵物かはおあかしになりませんでした。……まあ、こちらが半きちがいになって、競落《せりおと》したのでございますから、贋とわかっても自業自得、あきらめるよりほかはございませぬ」

そう語って、田嶋屋は、平然と笑ってみせた。

「おぬしが、そう思っているのなら、それでもよかろう」

狂四郎は、ひややかにこたえた。

「あとの二作のうちに、どちらかが真物ということに相成りましょうが、浜名屋さんは、さしせまった用があるとかで、今日のうちに江戸へ帰って行きましたが、和泉屋さんの方は、ついむこうの宿に泊って居ります。なんでございましたら、ここへ持参いたさせて、くらべてごらんなさいますか?」

「いや、それには、およぶまい」

狂四郎は、興味もなさそうに首をふって、ごろりと仰向けに、寝そべってしまった。

四

突如――。

田嶋屋の部屋から、烈《はげ》しい物音と叫び声が起った瞬間、別室にやすんでいた狂四郎は、無想正宗を摑《つか》んで、風のように庭園に走り出ていた。

築山の蓊《ふあと》の木立の中に立った狂四郎は、田嶋屋の部屋から、女神像の包みを小脇にした覆面の曲者《くせもの》が、飛鳥のごとくとび出して来て、一気に岩橋上まで達するや、すっと音もなく、その前をふさいだ。

曲者は、武士だった。

すでに、四更《しこう》をまわっていたろう。月はなく、降るような満天の星明りであった。

狂四郎も無言、曲者も無言だった。

田嶋屋が、縁側へ出て来て、かけつけて来た人々を制している声がきこえた。

一瞬、曲者は、包みを宙へ投げあげると同時に、抜刀して、ぴたっと青眼《せいがん》にかまえた。

包みは、黒い弧を描いて、渓流の下の滝壺へ高い水音をたてた。

とたんに、

「読めたぜ、おい――同じ絵が三幅もそろった謎が――」

ずばりと、その言葉が、狂四郎の口から発しられた。

「やああっ！」

喉いっぱいの気合を虚空《こくう》につんざいて、斬り込んで来たのを、ひらっと数尺横へとびかわしてから、狂四郎は、嘲《あざけ》りの言葉を追いかぶせた。

「軽率だったな、お若いの。せっかく奪った品を、未練気もなくすてたのは、贋を承知で奪いに来たことを白状した証拠になるのだぜ。……貴様が、どうして、田嶋屋のおとしたのが贋だと知っていたかだ。それが問題だし、こちらをにやりとさせることになる」

曲者は、臓腑《ぞうふ》をねじり、ひきしぼるような唸《うな》りを、くいしばった歯の隙間から洩らすと、大きく右足を踏んで、大上段にふりかぶった。

その動作にあわせて、もう、狂四郎の一剣は、地摺《じず》り下段に——ひさしぶりに円月殺法の妖気が、その切先から、濛《もう》として漂い出していた。

……儚《はかな》い、濁った中音を、この世にのこして、曲者が、高野《こうや》槇《まき》の幹へ凭《よ》りかかり、ずるずると地べたへ崩れ込むや、狂四郎は、岩橋ぎわまで近づいて来た田嶋屋へ、

「和泉屋の泊っている宿へ、手代を様子を見に行かせてくれぬか。そっちへも、賊が忍び込んでいる筈《はず》だ」

と、云った。

その通りであった。

息せききって戻って来た手代は、和泉屋が、その品を奪われたのみか、道中差をひき抜いて抵抗したため、肩に重傷を受けている、と報告した。

さらに——。

朝食を摂っているところへ、番頭があわただしくかけ込んで来て、いま夜通しで江戸から戻って来た飛脚が、夜明けがた、笹子峠《ささごとうげ》にさしかかって、裕福な身なりの商人が殺されているのを発見した、と話しているが、もしや浜名屋というお方ではありますまいか、としらせた。

飛脚を呼び寄せて、人相服装をただしてみると、浜名屋にまぎれもなかった。

「こりゃア、いったいどういうことでございましょう?」

流石《さすが》の田嶋屋も、血の気の失せた、不安な当惑顔になって、狂四郎を見まもった。

「好事も、度がすぎると、こういう羽目にたちいたるのだな。田嶋屋、估券《こけん》を下げたな」

「仰言《おつしや》る通りでございます」

「飲んだ酒なら酔わずばなるまい」

狂四郎は、笑って、無想正宗を携げると、脇本陣を出て行った。

五

甲府城勤番支配松岡大内蔵は、支配屋敷の南端にある四阿《あずまや》の竹縁に腰をおろしていた。五十なかばを越えた、恰幅《かつぷく》のいい、いかにも旗本大身らしい風貌の人物であった。

吟味された樹木が、鬱蒼《うつそう》とまわりをつつんでいて、午後の陽が、葉むらを縫って、しーんとしずまりかえった空気を、明暗のまだらに染めわけている。

この四阿へ通ずる苑路《えんろ》のはしに、人影が動くのを見て、大内蔵は、急に、その立派な風貌に似つかわしくない淫靡《いんび》な微笑を口もとに刷いた。双眼だけは、血をにごらせて、けもののように光っていた。

あらわれたのは、これは、奇怪にも、王朝時代の壺装束《つぼそうぞく》をした女であった。

「源氏孟津抄《もうしんしょう》」に、

つぼ装束とは、きぬをつぼ折る心なり

とあって、当時の女子の外出姿である。

衣（袿《うちぎ》）を頭より被り、市女笠《いちめがさ》をいただき、腰帯をして衣の両褄《りょうづま》を折返しからげたいでたちである。唐綾の袿の泥絵が、いかにもそのむかしの風俗をしのばせる古めかしいあでやかさである。笠の赤い紐をむすんだあごの白さが、なまめく……。

太緒《ふとお》の草履《ぞうり》を小幅にきざんで、そろそろと歩む風情は、時代がひとどびに、その世界にかえったかと錯覚される。苑路をはさむ木立が、数百年を経た喬木《きょうぼく》であるのも、その風情をつつむにふさわしい幽邃《ゆうすい》の景趣といえた。

と——。

とある喬木の陰から、ぬっと出たのが、壺装束にあわせた、揉烏帽子《もみえぼし》をかぶり、水干《すいかん》をまとった牛飼童《わらわ》であった。十五、六歳の美しい顔立ちの少年である。毛抜形の括袖《くくりそで》や、小袴《こばかま》から出た腕や脚が、女のように白く、やさしい。

少年は、つかつかと、女に近づくと、両手をひろげて、矢庭に抱きついた。

市女笠が、はねとばされ、袿が舞い落ちると、細おもての綺麗な面差《おもざし》が、迫って来る少年の唇をさけて、仰のいた。

四阿の大内蔵は、いそいで、かたわらに置いてあった画仙紙《がせんし》と絵筆を把《と》りあげて、食い入るように、このみだらな光景を見まもった。

これは、大内蔵の外道趣味であった。

さまざまな風俗に扮装した小姓と侍女に、思うさまな秘戯を演じさせて、これを画仙紙に写しとるのである。

すでに、小姓と侍女は、演技に馴れた動作よろしく抱きあって、路上に倒れ、写しとられるための緩慢な嬌態《きょうたい》をしめした。

小姓の片手が、小袿、衵《あこめ》、大帷子《おおかたびら》などを、順々にめくりひろげ、ついに、ふくよかな白い肉つきの太腿《ふともも》をさらさせて、その密《ひそ》かな柔襞《やわひだ》の中へ顔をうずめてゆくや、侍女は下肢を徐々に拡《ひろ》げ乍ら、さもこの陶酔に堪えぬがごとく顔をのけぞらせ、両の腕をあらわに泳がせて、垂れ枝をつかんだ。

絵筆は、その秘戯をとらえて、画仙紙を、いそがしく走る……。

眠狂四郎が、不意に、四阿の陰から出現して、べつだん気配をひそめる程の忍び足もとらずに、背後へ寄って、画仙紙を覗き込んだにも拘らず、熱中した大内蔵は、それに気づかなかった。

「……天照大御神よりも、こっちの方が、ちっとましなできだな」

青天の霹靂《へきれき》とは、このことであったろう。はじかれたようにつっ立ちあがって、驚愕《きょうがく》と戦慄《せんりつ》をそのまま凍てつかせた醜い顔面へ、狂四郎は、にやりと皓歯《こうし》をみせた。

「眠狂四郎と申す。御納戸頭取の下にいた御仁らしいから、わたしの名ぐらいはご存じだろう。贋絵三枚の代金〆《し》めて五千四百両頂戴《ちょうだい》いたしたく罷《まか》り越した。と申上げるのは、挨拶《あいさつ》の順序で、すでに、金は、頂戴して、田嶋屋が運び出している」

「………………」

大内蔵は、わななく厚唇《こうしん》をひらいたが、口腔《こうこう》内がひからびて、声が作れなかった。

「ご念の入った詐欺だったなあ。大内蔵氏《うじ》。企ててから十余年間も、まことしやかな噂だけをふり撒いて来たことは、よほど辛抱《しんぼう》づよい御仁だ。……ひどく興奮されて、口がきけないようだから、お手前のやったしわざを、こちらから申上げよう。まちがっていないつもりだ。……お手前は、下手の横好で、若い頃からなにやらいかがわしいざれ絵をかくのを趣味とされていた。そのうち、この天賦《てんぷ》を利して、ひとつ、思いきった金儲けをやろうと思いついた。で——描きあげたのが、東照権現の落款入りの天照大御神像だ。そして、それが、あたかも先祖伝来の家宝であるかの如く、好事家たちの鼻さきで、匂わせた。お手前を、図にあたったと北叟笑《ほくそえ》ませたのは、好事家たちの方が、おっちょこちょいであったということだ。そうなると、一枚だけでは、儲け足りぬと、欲の袋に底なしの諺《ことわざ》通りに、もう二枚描きあげたのは、お手前の方が、おっちょこちょいであったということになる。お手前は、貧乏大名の江戸家老とお咎小普請を抱き込んで、焦らしに焦らした好事家たちのうち、千両箱をたんまり倉にたくわえた九人をえらんで、この甲府へ呼び寄せた。九人のうちには、東照権現が描いた像にしては、気魄がない、と看破《みやぶ》るだけの鑑識力を持った者がいなかったわけではなかろう。ところが、三枚ならべられると、九人ともに、三枚を一人占めしたい欲心にかられた。つまり、三枚ぜんぶが贋だと考えるだけの余裕をうしなった。人間の心というやつは不思議なものだ。競争者がそろって、所有欲をあおられると、買手の気持は、このうちどれが真物か、という焦燥で目晦《めくら》むのだな。そうして、三枚一人占めすれば、確実に、真物が手に入ると考える。それが叶わぬとなれば、どれをえらぼうかと血眼になる。つまり、さいごまで、三枚ともに贋ではないかという疑惑が起らなかった。……お手前は、うまうまと、五千四百両をふところにすることができた。そこまではよかった。好事家たちを送り出したあとで、ふと、臆病心を起した。それがいけなかった。三枚ともに奪いかえして、証拠を湮滅《いんめつ》しておかなければ、町人どもが、とくとくとして、そいつを四方に見せびらかすおそれがあり、どうかしたはずみで、公儀が、これを表沙汰にしないとも限らぬ。贋にもせよ、東照権現の落款のある品を売買したとあれば、ただではすまぬ。ころばぬさきの杖だ。いっそ、奪いかえしてしまえ。奴らは盗まれたからといって、どこへ訴え出ることも出来ぬしろものを手に入れたのだから。というわけで、お手前は、配下の腕ききに、それを命じた。……どうだ。わたしの推量に、まちがった点があるか？　あれば、訂正して、頂こう。飽くを知らぬ鷹は爪を裂くというぜ。お手前の趣味は、左様、せいぜい、小僧と小娘をいちゃつかせて、そいつを写しとる程度にとどめておけば、こういう骨折り損のくたびれ儲けをせずに済んだのだ。これからもあることだ。気をつけるがいい」

云いすてて、ゆっくりと歩き出したふところ手の後姿を、眼球がとび出さんばかりの憤怒《ふんぬ》と屈辱の形相で睨《にら》みつけた大内蔵は、思わず、本能的に脇差へ手をかけた。

とたんに、ひょいとふりかえって、狂四郎が冷笑とともにあびせた皮肉は、鮮やかであった。

「お手前は、剣をつかうのは、絵筆をつかうのよりも、もっと下手だろう」

毒と虚無僧《こむそう》

一

菊香晩節、梅は小春に応ず、また斗杓《とひょう》北を指して日影南に回る、などこの月を云いしなり。四方山《よもやま》の紅葉《もみじ》は唐紅《からくれない》を染出し、鹿は初音を鳴く。山路、会式桜《えしきざくら》の花やさしく咲く小春日和《びより》の麗《うらら》かさ、閑寂々《かんじやくじやく》たる茶室には、二、三客、口切の味淡泊にして、月末になるより初しぐれ催し、日脚短きをいぶかる。居職人の夜なべ追々さむさますにしたがい、昼夜火災の数のしげくなるは、江戸の名物というもおかしけれ。

……なんとなく、街々が、淡い晩秋の翳《かげ》につつまれて、お十夜《じゅうや》やら御命講《おめいこう》やら恵比須講《えびすこう》やら、へんに賑《にぎ》わいも抹香臭《まっこうくさ》くなる——四序のうちでも、いちばん静かな季節。

床屋や湯屋の二階や自身番などに、ひまつぶしの連中の集まりが絶えなくなる。

ここ——深川《ふかがわ》の仙台堀《せんだいぼり》に沿うた今川町《いまがわちょう》の、とある床屋の店先にも、四、五人の若い衆が、将棋盤をとりかこんで、さかんにへらず口をたたいていた。

さし手の一人は、金八であった。

あまり形勢はよろしくない。

「逢いはしなんだが、横町《よこちょう》の角《かく》で、縞《しま》の着物に菱《ひし》の紋――か。へへへ、王手うれしい二人の仲は、ときやした」

「その手でいきなりつまみ食い、とは、どっこい、歩《ふ》の餌食《えじき》だ」

「おっと、兄貴、二歩だぜ。貞女、二歩にまみえず、ってな、おれの嬶《かかあ》が口ぐせにしてらあ」

「そのかわり、亭主が生きているうちに、ちょいちょい、近所の若いもんをくわえこんでやがるだろ。あんまり亭主が歩甲斐《ふがい》ねえ、てんでな。角なり果つるも、身の因果たァ、どうだ?」

「ちょっ――そこに、飛車がいやがったか」

「毘沙門《びしゃもん》は、弁財天の防ぎなり」

「よおし！　……ここへ、こんどは、ピシャリと――金、金、金の金時が、熊をふまえて、まさかり持って、とくらあ。勝負じゃ勝負、花菖蒲《はなしょうぶ》、いとど色ます、紫の、恋という字に、身を堀切《ほりきり》の、水に任せているわいな。どうでも、しやあがれ、てんだ」

「ふうん！」

金八は、あごをなでていたが、桂馬《けいま》を、パチリと打って、

「桂馬をとめて、駒とめてだ、袖《そで》うち払う影もなき、佐野《さの》のわたりの雪ならで、と――アレ

櫺子にも六つの花、たとえにも云う銀世界。銀だぞ、銀が、こう降って来て──羽織をかくすも初手のうち、可愛いや、よっぽど、つまったか」

　このおり――。

　おもてを、酔っぱらった職人が、大声で唄い乍《なが》ら、ひょろひょろとやって来た。

「……あだな深川、いなせは神田《かんだ》、愚痴はぶつぶつ飯田町《いいだまち》、ときやがらあ。こん畜生っ！　なんでえ、べらんめえ――」

　一人が、油障子から、のぞいて、

「おう、政《まさ》の野郎、また飯田町の賭場《とば》で、まきあげられやがったらしい」

「てっへんだ、つかいはたして二歩のこりか」

「さしかかったる王手門《おうてもん》」

「こっちは、櫓《やぐら》をきずいて、籠城《ろうじょう》といくか」

「そうはさせじと、櫓落しの香車《やり》突きだあ」

　往来では、政がよろついたとたん、むこうからやって来た紋服の武士に、どんと、ぶつかっていた。

「とととっ――やいっ、なんでえ。どうしようってんでえ。家を出がけに嬶に云われて来たんだぞ。わしが亭主にゃ愛想がつきる。酒が過ぎると管《くだ》をまく、出ると喧嘩《けんか》か色狂い。やるか、やるか！」

くるっと尻をまくって、政は、すごんでみせた。

「政、よせ!」

二人ばかりが、とび出して行って、政を抱きとめた。

武士は、鋭い目つきで、政を睨《にら》みつけていたが、急に何を思ったか、破顔した。

「いいご機嫌だな。祝儀を出すから、そこで、かっぽれでもやってもらおうか。今日は、目《め》出度《でた》い日なのでな」

大様に、小銭を地べたへ投げおいて、連れを促すと、すれちがって行った。

連れは、これもまた黒羽《くろは》二重《ぶたえ》の紋付をつけた、当世風の、のっぺりとした若い男であった。

将棋の駒を握って、戸口まで出て来た金八が、その二人を見送って、

——はてな?

と、怪訝《けげん》そうに小首をかしげた。

「あの野郎、たしか牛込《うしごめ》の無量寺《むりようじ》門前で、ぼろ道場を開いていやがった増子《ますこ》市之丞《いちのじよう》じゃねえか?」

三年ばかり前のことである。

金八が加わっていた掏摸《すり》組黒元《くろもと》結連《ゆいれん》の腕ききの一人が、両国《りようごく》の川開きで、裕福そうな町人の懐中をすりとったとたん、一人の武士に発見され、有無を云わせず、手首をへし折られたことがあった。

とびかかって行った仲間は、あっけなく、隅田川《すみだがわ》へ、抛《ほう》り込まれていた。

それが、牛込無量寺門前で、町道場をひらいている増子市之丞という浪人とわかって、黒元結連は、復讐をあきらめたのであった。

腕は立つが、おそろしく短気で、稽古《けいこ》に手加減くわえぬために、門前雀羅《もんぜんじゃくら》を張っているという噂《うわさ》であった。事実、それから半年ばかり経って、道場を閉めて、何処《どこ》かへ消えてしまった、ときいた。

意外にも、尾羽《おは》打枯らすどころか、立派な身なりをととのえて、しかも、なんのための発心か、酒徒の暴言をゆるして、小銭までめぐんでみせたのである。

——へっ、変れば変る唐国鳥《からくんちょう》か。

金八は、しきりに、首をふった。

二

増子市之丞とその連れが、やがて、入って行ったのは、小名木川《おなぎがわ》沿いの、海辺大工町《うみべだいくちょう》に、豪勢な店構えを誇っている宇野屋《うのや》という造船問屋であった。

造船問屋といっても、ただの船づくりとはちがい、神田川、竪川通《たてかわどおり》、その他の川筋の茶船持ちと艀下宿《はしけやど》仲間の総元締であった。

もともと、この船乗組合は、独立したものであったのを、小名木川開鑿《かいさく》とともに、北武蔵《きたむさし》、常陸《ひたち》、下野《しもつけ》、上総《かずさ》、下総《しもうさ》などの、いわゆる「奥川筋」から江戸へ搬入する物資を、茶船で江戸市中へ配達する多忙な需要が生じたのを機会に、官船安宅丸《あたけまる》を繋留《けいりゅう》している御舟蔵の御用をつとめる宇野屋が、その総元締を命じられたのである。

いわば、競争者のない半官半民的な商売だけに、一代を経ずして、深川屈指の分限者《ぶげんしゃ》にのしあがってしまったのである。

のみならず、永代島《えいたいじま》の牡蠣《かき》殻《がら》を焼いて牡蠣灰をつくる工場経営も、建築盛んな当世、ますます規模を大きくしていて、宇野屋の身代《しんだい》は、ふくれあがるばかりであった。

大店《おおだな》のつねで、増子市之丞と連れを迎えた店さきは、それきり、しばらく、ひっそりと静かで、人の気配も絶えていた。

と——。

うすよごれた鼠色《ねずみいろ》の無紋服をつけた一人の虚無僧《こむそう》が、忍び寄るように、店さきに立つと、尺八を口にあてた。

三衣袋《さんえぶくろ》をくびにかけ、前巻結びの帯の背に尺八の空嚢《からぶくろ》を挟み、五枚重ねの草履《ぞうり》をはいたいでたちは、京阪のものだった。江戸では、三衣袋をかけず、空嚢も挟まず、黒漆の下駄をはくのを常としていたのである。

江戸で流す虚無僧は、普通、市民の富者あるいは武家の蕩郎《とうろう》の道楽が多く、女用の緋ぢりめんの長襦袢《ながじゅばん》に、藍《あい》の羽二重《はぶたえ》の、裾《すそ》ふき多く綿厚い衣服をまとって、贅《ぜい》をつくしていたものである。したがって、施米施銭を納める三衣袋など、くびにかける必要はなかった。

いわば、虚無僧といっても、二種類いたわけである。

この虚無僧は、天蓋《てんがい》に、旅の塵《ちり》を積んでいた。

喨々《りょうりょう》たる調べが、しばらく、つづいた。

やがて、小僧が出て来て、

「御無用——」

と、ことわっておいて、すぐ、引込んだ。

だが、虚無僧は、そのまま、いつまでも、吹き鳴らしつづけて、いっかな立去る気色もなかった。

「今日は、五荷五種の入った日だから、虚無僧さんにも喜捨してあげな」

番頭らしい声が、奥からきこえた。

五荷五種（柳樽《やなぎだる》、昆布《こんぶ》、鯣《するめ》、鯛、鮑《あわび》、鰹魚節《かつおぶし》）は、結納の品である。小袖（紅白二領）と帯に添えて、女の家へ納められる。

どうやら、増子市之丞がともなった若い男が、花婿《はなむこ》とみえた。

女中が、下駄を鳴らして小走りにあらわれると、

「はい」

と、白い紙にひねった小銭を渡して、さっさと踵《きびす》をまわした。

「あいや——卒爾《そつじ》乍ら」

虚無僧は、静かな声音で、呼びとめた。

ふりかえった女中へ、

「この家には、凶相がある。御用心なされい」

もの穏やかに、しかし今日の目出度い縁組みに水をあびせる不吉な言葉を投げたのである。

女中は、目をいからせて、

「よしとくれ！　縁起でもない、塩をまくよっ！」

と、かみつくように叫んだ。

「あとで、悔やまれても、追いつかぬ故《ゆえ》に、あらかじめ御忠告申上げておくのです。本日の飲食物には、特に気をつけられるがよい」

そう云いのこして、やおら、はなれて行った。

「ふん、いやにもったいぶって、脅しつけてさ。お前さんの方が、よっぽど、怪しいや」

女中は、大急ぎで、塩をもって来て、ふりまいた。

それから、ちょっと、迷っていたが、胸におさめて置けずに、奥へ入って、大番頭へ耳うちした。

大番頭は、あわてて、女中をたしなめて、自分の耳までにとどめておいた。

三

竹になりたや、しちく竹
元は尺八、中が笛
末はそもじの筆の軸
思いまいらせ候かしく
てな文《ふみ》もろうて
さて、顔見れば
性根曲りの節だらけ

陽気な唄声とともに、金八が、常磐津《ときわず》文字若の家の格子《こうし》を開けた。

「師匠、あがるぜ」

と、声をかけたが、しいんとしている。

そっと上って、唐紙の隙間から、茶の間を覗いて、

「へっ、まろび寝の、と来やしたね。裾もみだれて、からくれないに、深山《みやま》紅葉の、散り散

らず——」

文字若が、長火鉢の脇に、手枕で、うたた寝をしていたのである。

「えっへん」

向かい側へ坐《すわ》って、金八は、咳《せき》ばらいした。

うす目をひらいた文字若は、くるっとむこう向きになってしまった。

「起きねえ、師匠」

「ほっといておくれ」

「味なことからつい惚れ過ぎて、そこの神さん仏さん、パン、パン、と——」

柏手《かしわで》を打って、

「願をかけたに、主《ぬし》は来ず、やけ酒のんで、じれ伏して——」

「主は、ちゃあんと二階に来ていらあ」

「おっ、先生、江戸御帰参かい？」

「それさ。美保代さまをすてて、どこをうろつきまわっていなすったんです、と目くじらたてて、かみついたら、憎いやね、よけいな気をまわさずに、お前も、待ちこがれる主をつくったらどうだとさ」

「淀《よど》の車は水ゆえまわる、わたしゃ悋気《りんき》で気がまわる」

「なんだって！　金的、てめえまでも——」

茶碗がとんで来たのを、ひょいとかわして、金八は、階段をかけのぼって行った。

眠狂四郎もまた、そこに、肱枕《ひじまくら》で、寝そべっていた。

「お帰んなさいまし」

ぺこんと頭を下げてから、

「先生、早速乍ら、突然乍ら――宇野屋の親爺《おやじ》が、目を落しましたぜ」

「宇野屋が死んだか？」

むっくり起き上った狂四郎は、風邪ひとつひいたことのないのを常々の自慢にしていた懇意な大町人の、恰幅《かっぷく》のいい姿を思い泛《うか》べた。

「どういうのだ？」

「殺されたんでさあ、毒菓子で――」

金八は、三日前の出来事を、つたえた。

増子市之丞が、花婿の与吉《よきち》という若者をつれて、宇野屋へのり込み、結納の儀も滞りなく済んでから、離れの茶席に移り――そこで、事件が起った。

永代寺《えいたいじ》門前の長崎屋《ながさきや》からとどいたカステラを食べ乍ら、なごやかな歓談が、小半刻《こはんとき》つづいたのち、まず最初に、突如、胸をおさえて、苦悶《くもん》しはじめたのが、花婿の与吉であった。つづいて、主人の宇野屋数右衛門《かずえもん》、増子市之丞、花嫁お静《しず》、母親お千加《ちか》の順序で、一瞬にして、離れは、地獄図絵と化したのであった。

「で――とどのつまり、あの世へ、鞍替えしたのは、宇野屋ひとりで、あとは、どうやら助かりやしたが、まだ、一人も起きあがれねえんでさ」

「どうして、毒殺とわかる？　カステラの中に、石見《いわみ》銀山《ぎんざん》でも入っていたか？」

「石見銀山だか、なんだか――ともかく、犬に食わせたら、ころりと参ったそうですから、毒が入っていたにちげえねえ」

「カステラを、長崎屋に注文したのは何者だ？」

「三河屋《みかわや》の者だ、とぬかしたそうです。ねえ、先生、三河屋なんざ、東照権現《とうしょうごんげん》さんの江戸入りに、駿河《するが》から、金魚のうんちみてえに、ゾロゾロくっついて来やがったんだから、江戸中に、掃いて捨てる程何百軒もありまさあ。どだい、そいつが臭えんだ」

「お前にしては、慧眼《けいがん》だな」

「鶏眼はこれ魚《うお》の目とくらあ。そいつが、あしのうらに出来る程、あっしは、下手人をとっつかまえてやろうと、この三日間、かけずりまわりやしたぜ」

「なぜ、かけずりまわった？」

「それがね……その日、上方装《かみがたなり》の虚無僧が、宇野屋の門口に立って、この家に凶相がある。特に食いものに気をつけろ、と下女に告げたとき込んだんでさ」

　狂四郎は、腕を組んで、しばらく考えていたが、

「増子市之丞というのは、牛込無量寺門前で道場をひらいていた男だったな」

「そのことでさ。奴は、いつの間にか、永代橋ぎわの舟宿の用心棒になっていやがったんでさ」

その舟宿の息子が与吉であった。今年仲秋十五夜、富《と》ヶ岡八幡宮《みおかはちまんぐう》の祭礼に、境内に設けられた舞台で、娘たちの手踊と若い衆の神楽囃子《かぐらばやし》が催された。その時、お静と与吉は知合って、お互いに心を寄せるようになったという。

「先生、いっちょう、下手人をとっつかまえておくんなさいますか?」

「気が向けばだな」

「あっしが、虚無僧野郎の居処《いどころ》を、屹度《きっと》つきとめてみせまさあ」

「べつに、その必要はなかろう」

「へえ?」

「餌が欲しければ、必ず、穴から出て来る。いぶすことはあるまい」

四

深夜――。

うろこ雲を縫って、十三夜の月が足早やに流れ、明暗の場所を移しかえている地上の大気は、かわいて、冷えて、なんとなく、おちつかぬ静寂に、街はつつまれていた。

宇野屋の、溜堀《ためぼり》に面した裏手の小路を、黒板塀《くろいたべい》に影を吸わせて、跫音《あしおと》もなく歩いて来た者があった。

例の虚無僧であった。

急に、足を停めたのは、見越しの松の下であった。

手鉤《てかぎ》のついた細引を、ひょーっと投げて、ぴいんとひきしぼった。

よしとはかって、片足を、塀板へかけた——とたん、

「おい」

と、声が、かかった。

愕《ぎょ》っとなって振り向くと、黒の着流しの、ふところ手の孤影が、地から湧き出たように、二間《けん》さきに彳《たたず》んでいた。

天蓋をはねとばし、敵意をあふらせた——その身がまえを、じっと、透かし見て、狂四郎は、

——なんだ、これは……。

と、あきれた。

まるで、だらしのない、隙だらけなのだ。無職者《ぶしょくもの》の度胸剣法にも劣る。

「毒カステラをこの家に贈ったのは、おぬしか？」

いきなり、ずばりと訊ねた。

「ち、ちがう！」

「では、どうして、毒カステラが贈られるとわかった？」

「それは……」

ひりひりに乾ききった、咽喉《のど》をしぼって、何かこたえようとして、虚無僧の胸は夜目にも荒い喘《あえ》ぎをしめした。

狂四郎が、こたえを待たずに、ずいと一歩出ると、瞬間、虚無僧は、つきとばされたように、身をひるがえした。

その逃走ぶりは、恐怖の死にもの狂いといえた。

もとより、狂四郎に捕えられぬわけではなかったが、おのが生命をまもろうとする本能的な悲惨を曝《さら》す者に対しては、ふしぎに寛大になるのが、この男の性分であった。

狂四郎は、ゆっくりと、塀へ寄って、虚無僧が、掛け垂らした細引をつかむと、身軽く、わが身をつりあげて、ひらりと、音もなく屋敷内へ、跳び降りた。

まず目についたのは、稲荷《いなり》の祠《ほこら》で、延壇《のべだん》に、かぞえきれぬくらいたくさんの鳥居がたちならんでいた。

——千両箱がひとつふえる毎に、鳥居をつくった、ときいていたがご利益はなかったらしい。

苦笑しつつ、狂四郎は、すたすたと延壇を行き過ぎて行った。

いくばくもなくして、狂四郎が、忍び入ったのは、母屋《おもや》を渡り廊下でつなぐ離れの、ふみこみであった。

壁に、下地窓が切ってあり、掛障子に小穴をあけて、窺《うかが》うと——。

緞子《どんす》の夜具が、こんもりと盛りあがり、結綿《ゆいわた》をがっくりと仰のけて睡《ねむ》る白い顔が、なかば、そのかげからのぞいていた。

有明行灯《ありあけあんどん》の赤いあかりに彩《いろど》られ乍らも、その肌のやつれが、一瞥《いちべつ》でわかる。ただ、甚だ奇異な印象を受けたのは、その唇に、くっきりと、紅《べに》が施されていることだった。その色だけが、品のいい顔だちから遊離して、妙に、淫靡《いんび》なものとして浮きあがっていた。

お静というこの娘だけが、ひとりはなれて、この部屋に寝ていることは、金八が、この家の下婢《げじょ》から、きき出していたのである。

べつになんでもなさそうなその事実が、狂四郎をして、ふと、ある疑惑を抱かせたのである。

——じぶんの意志というものを持たなそうな娘だが……。

そう胸で呟《つぶや》きすてたおり、渡り廊下を忍んで来る跫音がした。

その者が、ふみこみに入って来るや、すでに、そこから狂四郎の姿は、消えていた。

与吉であった。

そーっと、襖《ふすま》をひらいて、部屋に入った与吉は、枕元に寄って、掛具へ手をかけると、

「お静さん――」

と、ゆさぶった。

与吉の表情も、異常にこわばっていたが、目蓋《まぶた》をひらいたお静の顔も、一瞬、名状しがたい当惑の色を滲《にじ》ませた。

「お静さん！　わたしたちの仲は、あ、あんなことで、だめになる程、いい加減なものじゃない！」

「…………」

「ね？　わかっておくれ！　わたしとおまえは、八幡様に誓ったんだ！　……一緒になれなけりゃ、死、死ぬと――」

「…………」

「どうしたんだ？　なぜ、返辞をしないんだ？　……お静さん！　逃げよう！　一緒に逃げよう！　こ、このまま、この家にいるのは、あぶないんだ！　わ、わたしは、知っているんだ！　み、みんな知っているんだ！」

与吉は、かきくどいているうちに、我慢ならなくなったか、お静をひき起して、抱きすくめた。

「や、やめて……」

お静は、悲しげに、もがいたが、それは弱々しく、与吉の腕に、ぐったりと身をまかせて、顔だけを、そむけた。

「逃げるんだ！　な、わかってくれ！　逃げなくちゃ、いけないんだ！　そ、それが、一番いい方法なんだ！　いいや、そ、それ以外に、ほかに手段はないんだよ。……お静さん、おまえだって、ちゃんと、気がついている筈《はず》だ。……こ、こんどは、おまえが、殺される番だぞ！」

お静は、そうささやかれると、冷水をあびたように、与吉の腕の中で、びくびくっと痙攣《けいれん》すると、のがれるように、もがいた。

「お静さん！　味方は、わたしだけなんだぞ！」

狂おしく叫んだ与吉は、ねじまげられたお静の首を、むりやり向きかえさせると、はげしく忌避しようとするのをおさえつけて、ついに、その朱唇《しゅしん》へ、自分の唇をあわせた。

「むっ……む、む、むっ……」

なおも、堪えがたそうに、拒もうとしていたお静は、与吉のあまりに執拗《しつよう》な力に負けたか、急に、だらりと、両手を、垂らしてしまった。

口づけは、それから、長いあいだ、つづいた。

と——突然、与吉の首が、肩の中へめり込むような、異様な格好をつくった。と思うや、電流でも通されたように、四肢をつッぱらせて、お静をはねのけた。

その顔は、おそろしい苦悶の形相を呈していた。

「ああっ！」

仰のけに倒れたお静は、驚愕《きょうがく》の悲鳴をあげて、はね起きると、

「与吉さん！」

と、夢中で、すがりつこうとしたが……。

ひき歪《ゆが》めた唇からひとすじのよだれを引きつつ、眼球がとび出さんばかりにひき剝《む》いた双眸《そうぼう》に、あらんかぎりの憎悪の光を燃やしているのをみとめるや、お静は、反射的に、戦慄《せんりつ》のあとずさりをした。

どさっ、と俯《う》っ伏《ぶ》した与吉へ、お静は脳裡《のうり》の働きも、心臓の動きも凍らせてしまった視線をあてて、身じろぎもしなかった。

狂四郎が、襖をひらいて、敷居に立ったのは、この時であった。

お静は、もはや余分の恐怖はのこっていないかのごとく、うつけた面持《おももち》で、ぼんやりと、見知らぬ人物を仰ぎ見た。

狂四郎は、冷やかな口調で、

「おまえに、毒紅を口に塗れ、とすすめたのは、誰だね？」

と、訊いた。

すると、それまで停止していた思考力が、一時に、音をたてて回転しはじめた衝撃を、お

静は、全身でしめした。

「どうした？　紅が毒だと知らなかったことは、おまえの様子が釈明している」

「魔、魔よけだ、と云って……お、おっ母さんが……」

「口に塗らせたか。……母親は、おまえの実母ではないな？」

「は、はい――」

「父親を殺した罪を、与吉になすりつけ、おまえに、仇討《あだうち》をさせたという趣向か。手はこんでいるが、少々、狂気じみて居る……どうせ、そこいらの町方役人どもにはかぎまわされないように、鼻薬をきかせておいての膳立てであろうから、このわたしが、きれいに片づける役目を引受けるのが、宇野屋への回向《えこう》になろう」


母屋の二階の奥の間で、ひとつ褥《しとね》に寝ていた増子市之丞とお静の義母お千加の枕を蹴とばした狂四郎は、市之丞へ、刀を把《と》る時間を与え、ふり込んで来た刃の下へ、お千加のからだを突きやった。それから、おもむろに、円月殺法の水際立った腕前をみせておいて、さっさと、庭へ降りた。

すると――。

そこに、いつの間にか忍び入って、石像のように立ちつくしていたのは、虚無僧であった。

狂四郎は、一瞥をくれただけで、黙って、立去ろうとした。

「お、お待ち下さいっ！」

呼びとめた虚無僧は、いきなり、地べたへ坐り込むと、両手をついた。

「か、かたじけのうござった。……拙者の父の、か、かたきを討って下された！」

狂四郎は、ふりかえって、

「増子市之丞をつけねらってから、幾年におなりだ？」

「足かけ五年でござった。……非力のために、ついに、一太刀も、く、くわえられず――」

そのかわりに、増子市之丞が、宇野屋の内儀と密通しているのを目撃したり、毒カステラを届けたのをさとったりしたものであろう。

「いくら、非力でも、死人の首を斬るぐらいのことはお出来だろう。国許《くにもと》に土産《みやげ》にされるがいい」

云いのこして、狂四郎は、路地をまわって遠ざかって行った。

謎の春雪

一

当時——。

上野山下《うえのさんか》——仏店《ほとけだな》、提灯店《ちょうちんだな》、上野町、広小路《ひろこうじ》付近にかけては、『けころ』という売色の家が、たくさんあった。揚代二百文、泊りは食事別で二朱（一両の八分の一）であった。

「山下新談」に謂《い》う。

女達のすがたは、上にも、紬《つむぎ》太織、あるいは青梅《おうめ》桟留《さんとめ》に黒繻子《くろじゅす》の半襟《はんえり》をかけ、下着は更紗《さら》八丈縮緬《さちりめん》など着し、襦袢《じゅばん》は緋縮緬《ひぢりめん》……茶屋女のていにて、商売する故《ゆえ》上着に美をつくすことなし。

見世は二間間口《にけんまぐち》で、表は格子《こうし》戸、女たちは、見世にならんで、前に小さな屏風《びょうぶ》をひきまわし、その陰から片膝《かたひざ》を立てて、赤い湯文字や白脛《しらはぎ》などをちらちらのぞかせて客を挑発していた。

陽が落ちて、檐行灯《のきあんどん》の明りが増し、小路は、ひとしきり、賑《にぎ》やかになった。『けころ』は、水茶屋や料亭の内から、じかに行き抜けるしくみになっているので、今日のような、花日和《はなびより》の縁日には、もう、女たちは殆《ほとん》ど客がついたとみえて、酔ってうろつく飄客《ひょうかく》は、どの店からも、しめ出されていた。

眠狂四郎は、この小路のひとつを、三枚橋《さんまいばし》へ出る近道だと思って、ふところ手で、通りぬけようとしていた。

とある店から、一人の蒼褪《あおざ》めた顔色の若い職人態《てい》の男が出て来て、狂四郎に、ぶっつかりそうになったが、詫《わ》びも云わずに、むっつりしたなりで、急ぎ足になった。

すると、年増の女が追って出て来て、

「新《しん》さん——短気は、お止《よ》しよっ！」

と、かんだかい声を、男に送った。

男は、ふり向きもしなかった。

奇妙だったのは、まがり角に来た時、急に男が、蹣跚《まんさん》たる足どりになって、いかにも泥酔《でいすい》した様子を装って、大声をあげたことである。

「へへんだ、秋風吹き起る淫哇謡《そそりうた》、梯子《はしご》を攀《よ》じ登る蹴転橋《けころばし》、とくらあ、名月千金人二百、暫《ざん》時《じ》一刻今宵《こよい》を惜しむ、か——ううい。こん畜生っ！　うめえことをぬかしやがったぜ、蜀山人《しょくさんじん》てえ野郎は……は、はっくしょいっ」

すれちがった町人が、つばきをかけられて、

「きたねえ」

と、眉をしかめた。

「なにっ、蜀山人がきたねえ？」

「蜀山人じゃない、お前さんだ」

「蜀山人たァおれのこった。望蜀《ぼうしょく》って、知っているか、野郎っ！」

町人は、笑い乍《なが》ら、

「けころにかようのを、望色というかの。ついでに、腹下しを、暴食といわあ」

「てやんでえ、どたぐそめ！」

摑《つか》みかかろうとして、するっと躱《かわ》され、どたんと、地べたに尻もちをついた。

そこへ、岡っ引が通りかかって、

「新吉《しんきち》じゃねえか。飲めもしねえくせしやがって、莫迦《ばか》野郎っ！」

と、背中を、ひとつ叩いておいて、去って行った。

新吉は、ひょろりと起きあがると、また、出鱈目《でたらめ》を喚《わめ》き乍ら、進みはじめた。

狂四郎は、なんということなしに、そのあとから、足をはこんでいた。

三枚橋を過ぎて、和泉橋通《いずみばしどお》りを右に折れると、片側が大名屋敷の高い海鼠塀《なまこべい》のつらなった淋《さび》しい往還になる。

そこに、白馬《しろうま》ののれんをかけた小綺麗な居酒屋があった。

新吉は、ふらふらと、そののれんをくぐった。

「いよう、御一統《ごいっとう》、お揃いで――」

新吉は、油障子へ凭《よ》りかかると、べろりと、唇をなめまわして、にやりとした。

台に銚子をならべている定連らしい四つ五つの顔ぶれが、一斉に新吉を見やった。

「おう――あんまり馴染《なじみ》のねえ面《つら》だぜ」

「へへ、いまから、仲間に入れてもらおうってんだ」

新吉は、一人のそばへ、どさっと腰かけた。

「ぐにゃぐにゃするねえ。酒がこぼれらあ」

「力《ちから》山を抜き気は世を蓋《おお》う、時に利あらず騅逝《すいゆ》かず、って知っているか」

「あいにく、寺子屋の先生が、色年増じゃなかったんでな」

「騅逝かざるを奈何《いかん》すべき、ぐにゃぐにゃ汝を奈何せん――てなもんだ。ええ、おい、兄哥《あにい》、こうしてぐにゃぐにゃしているについては、これで、ふかァい仔細《しさい》があるんだ。漢兵すでに地を略し、四面楚歌《しめんそか》の声、新吉意気尽く、わたしゃ、どうしたらよいわいなァ」

「ちょっ、薄気味のわるい野郎だ。あっちへ行きやがれ」

「まァそう邪慳《じゃけん》にするな、勘平《かんぺい》がどうとかしたと云ったじゃねえか。惚れた女が吉原《なか》へ身を売ったんだろう」

「色恋と袁彦道《えんげんどう》ばかりは、ままならねえやな。そっとしてやっておきな」

狂四郎は、一隅《いちぐう》に腰をおろして、台に俯《う》っ伏《ぶ》した新吉へ、一瞥《いちべつ》をくれたが、すぐに、自身の孤独へかえって、盃《さかずき》を口にはこびはじめた。

ぼんやりと……狂四郎が、想うたのは、いま新吉がうたった項羽《こうう》と虞美人《ぐびじん》との故事であった。

抜山蓋世《ばつざんがいせい》の英傑・楚《そ》の項羽が、絶世の美姫《びき》虞氏をかたえに、四面楚歌の重囲に陥《おち》た垓下《がいか》で、悠々惜別の宴を張って、吟じ且《か》つ舞った一齣《ひとこま》は、余韻をひいて、千載《せんざい》の後まで、青史の花として活きている。

項羽――名は籍《せき》、身の丈高く、容貌魁偉《ようぼうかいい》、鬚髯《しゅぜん》神のごとく、力《よ》く鼎《かなえ》をあげ、才気もまた人に超えた。少時、書を学んで成らず、去って剣を学んだが、亦《また》成らなかった。叔父項梁《こうりょう》が叱《しか》りつけると、昂然《こうぜん》として、「書は以《もっ》て姓名を記するに足るのみ、剣は一人の敵を討つにすぎず、学ぶに足らず、自分は、万人の敵を学ばん」

とこたえた、という。

大戦七十、小戦八十、未《いま》だ曾《かっ》て敗を取ったことはなく、天下を蹂躙《じゅうりん》して、漢《かん》王の心胆を寒からしめたが、最後の一戦に利なく、ついに、残兵八百余を剰《あま》すのみとなった。四面から漢軍のうたう楚歌をきいて、項羽は、皆に永訣《えいけつ》を語った。

まず、愛妾《あいしょう》虞氏が、自ら、黒髪を梳《す》きあげ、白蠟《はくろう》の項《うなじ》に刃をあてて、刎《は》ね伏した。項羽は、屍《かばね》を抱いて、慟哭《どうこく》した。その哀惜《あいせき》ぶりは、幼児が母を喪ったに似て、まことに身も世もあらぬものであった、という。

「虞は死んだ。余も亦死なん！」

項羽は、そう云いはなって、名馬騅《すい》に跨《またが》って、麾下《きか》の壮士を従えて、一気に重囲を衝《つ》いて、南に馳せた。江淮《こうわい》を渡る時は、従騎わずか百余。陰陵《いんりょう》に道を失い、一田夫にあざむかれて大《だい》沢《たく》に陥り、東城《とうじょう》に及んだ頃は、残卒二十八騎のみ。

「いまは、これまで――」

項羽は、馬首をかえすや、追兵五千騎のまっただ中へ馳突《ちとつ》して、一将軍を斬り、一都尉《とい》を仆《たお》し、雑兵数十名をあの世に送ったのち、烏江《うこう》に到った。亭長が、船を艤《ぎ》して待ちうけていて、江東千里、衆なお十万余であるから再起は可能です、と慫慂《しょうよう》したが、おのれがはじめて江東を出る時、子弟八千を率いていたのに、いま一人の生きて還るものはない、何の面目があってその父老に見《まみ》えんや、と云って、自ら、首を刎ねて斃《たお》れた。

狂四郎は、ひくく、千古の絶調をくちずさんだ。

三軍散じ尽きて旒旗《りゅうき》倒れ、
玉帳の佳人座中に老いたり。
香魂夜《こうこんよる》剣光を逐《お》うて飛び、
青血化して原上《げんじょう》の艸《くさ》となる。

芳心寂寞《せきばく》として寒枝に寄せ、
旧曲聞き来りて眉を斂《おさ》むるに似たり。

…………

滔々《とうとう》たる逝く水今古に流る、
漢楚の興亡ふたつながら丘土《きゆうど》。

不意に──。

どこからか、風に乗って、女の悲鳴が、きこえて来た。

「ちぇっ！　弥太兵衛《やたべえ》の野郎、また、やってやがる──」

前の男が、いまいましげに、吐き出した。

「なんだ、あれは？」

断続する悲鳴をきき乍ら、狂四郎は、訊ねた。

「この裏手に、蔵前《くらまえ》の札差《ふださし》の屋敷跡がありまさあ。土蔵だけひとつ残っているのを、弥太兵衛という刺青師《ほりものし》が借りて仕事場にして居ります。おききおよびかも知れませんが、江戸で指折りの名人でござんしてね、おまけに、お奉行所おかかえなんでさ。……刺青師という奴は、おしなべて変り者が多うござんすが、とりわけて弥太兵衛は、人間ばなれしやがって、笑った面《つら》も、口をきいたのも、誰も見たことがねえ、というくらいなんで……」

隣の男が話をひきとって、

「野郎は、てめえの気に入った綺麗な餅肌《もちはだ》をもった女と見込んだら、そりゃアもう、蛙をねらった蛇なんでさ。未通女《おぼこ》だろうが、人の女房だろうが、見さかいなく口説きかかるしまつでござんしてね。……去年の暮にも、両国の垢離場《こりば》の小屋女をつけまわして、とうとう、無理矢理、土蔵へひきずり込んで、歓喜天を彫りあげてしまいました。その時も、凄い悲鳴を、十日あまり、ぶっ通しできかされたものでさあ。……弥太兵衛は、彫りあげてしまうと、もうその女にはなんの興味もなくなっちまうんでござんすね。外へ抛《ほう》り出された小屋女は、いまに弥太兵衛を殺してやると、わめき散らし乍ら、両国へ戻って行きましたがね――」

地廻りらしい別の男が、口をはさんだ。

「あの短剣《でばう》打ちのお艶《つや》は、刺青のおかげで、人気があがったそうだぜ。短剣を投げる時、ぱっと片肌ぬぐと、歓喜天があらわれてよう――」

「ともかく、かどわかして来たか、たのまれたのか――どっちにしたって、悲鳴をあげやがるんだから、こいつは、しまつにおえねえやな」

「尤《もっと》も、弥太兵衛は、何百両も蓄《た》めこんでいて、女を抛り出す時には、たっぷりくれてやると云うぜ。おれが、女なら、ひとつ、やってもらいてえみてえなもんだ」

いま――。

二

数本の百目蠟燭《ろうそく》の焔《ほのお》に、ものみなの巨大な影が壁でゆらいでいる土蔵内では、奇怪な無慚《むざん》の光景が、あった。

太柱に、うしろ手にくくりつけられた若い女が、緋の背丈襦袢《ながじゅばん》の前をひきはだけられて、両股《りょうまた》を大きく、大の字にひらかされている。面立《おもだち》はさほど美しいとはいえないが、成程名人刺青師が目をつけるだけあって、むっちりとした柔肌は、色といい、艶といい、申しぶんない美しさであった。

それに彫られたものが、奇抜であった。

いっぴきの河童《かっぱ》が、腹部いっぱいを泳いでいるのであった。両足は、恰度《ちょうど》、豊満な乳房を蹴あげているあんばいになり、両手は長くさしのべて、双の太腿《ふともも》をしっかりと摑んでいる。そして、その尖った嘴《くちばし》は、女の亀裂《きれつ》を掩《おお》うた疎毛《そもう》を、銜《くわ》えていたのである。

女は、もはや、反抗の気力もうせて、がっくりと、あらい髪のあたまを、太柱へ凭《よ》りかけて、うつろな視線を、天井へ投げていた。尤も、この刺青というものは、ひとたび、細針を束ねた簓《ささら》で墨を肌に入れられたならば、中途で逃出すわけにはいかなくなる。どうせよごれた肌ならば、いっそ、彫りあがるまで堪えようというあきらめが働くのは人情であろう。対手《あいて》が、名人であり、心魂を傾注した姿の凄《すさま》じさに、いつしかうたれるであろうし、しだいに描かれる文様に、知らず知らず惹き入れられてゆくことになるのだ。

いま、女の拡《ひろ》げられた股間に蹲《うずくま》って、最後の仕上げ――河童の顔へ、爛《らん》としてひきむいた目を入れている初老の刺青師の、憑かれたような形相は、この仕事にいかに心身を使い尽したかをしめしていた。

「ひいっ……ひいっ……」

簓が、ぶすっぶすっ、とつき刺さる毎《ごと》に、女は、腹部をうねらせて、悲鳴をあげるのだが、それは、苦痛を忍ぶことにマゾヒズムの陶酔感をおぼえている――あきらかに、その風情があった。腹部がうねるや、河童もまた、妖しく、くねくねと泳いだ。

……ようやく、弥太兵衛は、びっしょりと汗を噴かせた顔を擡《もた》げると、あらためて、おのが至芸の成果に眺め入った。

「…………」

満足げに、口のうちで、何かぶつぶつ呟《つぶや》き乍ら、片手をのばして、いとおしむように、河童をそろそろと撫でさすった。架空のけものは、温かく、柔らかく、この上もなく心地いい触感を、てのひらにつたえる。……

やがて、弥太兵衛は、のろのろと立ちあがると、百目蠟燭の灯を吹き消して、勾配《こうばい》の急な梯子段を降りて行った。

女は、闇の中で死んだように身動きもしなかった。正面の天井ちかくに、二尺四方ぐらいの明りとりの鉄格子の入った高窓が切られていたが、月も星もない夜で、光はさし込まず、ただ薄ぼんやりと白く浮きあがっているだけであった。

弥太兵衛が、外へ出て、重い扉を閉めて、それへ大きな函鏁《はこじょう》をおろす音が、静寂の夜空にひびいて、その高窓から、女の耳にもつたわった。

女は、びくんと四肢を顫《ふる》わせたが、それきり、じっとしていた。

弥太兵衛は、ひどい跛であった。一歩毎に、上半身は、惨《みじ》めにがくんと傾斜した。片足は短いばかりか、自由に前へ出ないらしく、ずるっずるっと、地をひき摺った。

そうした格好で、弥太兵衛が、入って行ったのは、その居酒屋であった。

客の半ばは入れかわっていたが、依然として同じ場所へ同じ姿勢でいるのは、狂四郎と新吉という若者であった。狂四郎は、数本の銚子をならべて、黙々として飲みつづけていたし、新吉は、ずうっと俯っ伏したままだった。

弥太兵衛が、ここへあらわれるのは、日課になっているらしく、むっつりとして、台に就くと、すぐに小女が、酒と突出しをはこんで来た。

酒毒らしく、弥太兵衛は、こまかく顫える手で、銚子をとりあげて、盃についだ。この見すぼらしい爺さんの顫え手が、どうしてあんな絢爛《けんらん》たる刺青をつくり出すことができるのだろう、と、客たちは、怪訝《けげん》そうに見戍《みまも》っていた。

狂四郎だけは、暗く沈んだ眸子《ひとみ》を宙に置いていた。

——美保代は、死ぬだろう。

その不吉な予感が、ずうっと、脳裡に澱《よど》んでいるのであった。

渋谷《しぶや》の丘陵《きゅうりょう》にある母と静香の墓が、思い泛《うか》ぶ。

自分という男を生んだために、云い難い悲惨な境遇を送り、そしてひっそりと燭光《しょっこう》の消えるように死んで行った母。そして、そのかたわらには、自分という男があらわれたために、女の哀しさにもだえて、みずから生命を断った静香が、ねむっている。

——母の墓の右脇が、空いている。もうひとりの不幸な女が、そこにねむるために、空いている……。

いくたびか、その不吉な予感を払いすてようとして、いまはもう、狂四郎は、それが美保代に与えられた宿命だと、しずかに肯定していた。

——おれは、美保代のために、なにをしてやったろう？　一片の愛情もなく犯して……慕われるにまかせて、すてて顧みず……尼寺に入っていたのをつれ戻して、見知らぬ他人の捨子をおしつけて、養わせ……血を喀《は》きつづけて高熱に喘《あえ》いでいるのに看取ってやろうともせず、こうして痴《し》れ酒をくらっている！

三

「おおっ、ひでえや。昼は桜が散って、夜は牡丹《ぼたん》が降りやがる。縁日にかこつけて、江戸中が浮かれやがったんで、大師さんが、つむじを曲げたんじゃねえか」

あたらしく入って来た客が、胴ぶるいし乍ら、腰切り半纏《ばんてん》に降りかかった白いものを、はたいた。

一人が、おもてをのぞいてみて、

「へえ、乙にこう舞ってやがる。……淡雪と消えるこの身の、思い寐《ね》に、浮名をいとう恋の中——って、こういう時に、吉原へ飛んで行ったら、敵娼《あいかた》が惚れ直してくれらあ」

この時、弥太兵衛が、三本の銚子を、ひとしずくあまさず、あじわい終えて、がくんがくんと、上半身を大きく傾斜させ乍ら、雪の中へ出て行った。

それから……左様、今日《こんにち》の時間で、ものの二分間も経ってはいなかったろう。

突如——。雪空をつんざく、異様な唸《うな》り声が、つたわって来た。

「なんでえ、ありゃア?」

地廻りの男が、大声をあげた。

台に俯っ伏していた新吉も、ぴくんと肩を痙攣《けいれん》させて、顔を擡げた。

「殺されたようだな」

重苦しい沈黙をやぶって、狂四郎がいった。

「えっ？　本当でござんすか？」

「うむ。裏手からきこえたところをみると、弥太兵衛だろう」

人々は、一斉に、立ちあがって、顔見あわせたが、どっとわれ勝ちに、とび出して行った。

広い屋敷跡は、綺麗に整理されていて、それに、うっすらと白く雪が撒かれていたので、扉のはずされた表門から、一直線に、土蔵まで、弥太兵衛の特長のある足痕《あしあと》が、点々と捺《お》されていた。

およそ、一町余の距離であった。皆は、怕《こ》わ怕《ご》わ、土蔵へ近づいて行った。

弥太兵衛は、そこの扉の前で、俯っ伏していた。函鏁へ、大きな蝦鍵《えびじょう》をさし込んだ手をそのままに――。

その背中には、ふかぶかと、短剣が突き立っていたのである。

一人が、岡っ引を呼びにすっとんで行ったあとで、新吉が、無言で、死人の手から鍵をもぎ取って扉をひらき、中へふみ込んで行った。階上に灯をつけたかと思うと、すぐに出て来て、

「女は、仏店《ほとけだな》のけころだ。ひでえことをしやがる！　弥太兵衛の野郎、罰《ばち》があたりやがった。

因果応報だ！」

と、吐きすてた。

岡っ引がやって来たのは、それからすぐで、一同から聴取すると、何者かが、屋敷内にひそんでいて、弥太兵衛が扉を開こうと蹈《かが》みかかったところを狙って、背後から短剣を投げたと——これは誰しもそうとしか考えられなかったことで、すぐに、土蔵のまわりを調べはじめた。

ところが——。

奇怪であったのは、土蔵の前の、白い布を拡げたように、雪が降りつもったひろびろとした平地には、なんの足痕もとどめてはいなかったことである。

「面妖《おか》しいな？　……おめえさんたちが、門に立った時には、たしかに、弥太兵衛の足痕しかついていなかったんだな？」

皆は、異口同音に、そのことをみとめた。

「旦那《だんな》——」

岡っ引は、死骸のそばへ寄って、短剣の突き立った状《さま》を見やっている狂四郎へ、呼びかけた。どうやら、こっちが何者か知っている様子で、

「ひとつ、智慧《ちえ》を貸しておくんなせえ」

「さあ？　わたしにも、わからんな。下手人が親分をあざけるには、お誂《あつら》えむきの雪のよう

だ」

狂四郎は、そう云いすてて、すたすたと、出て行った。

四

翌日の午《ひる》すぎ、狂四郎は、両国の川沿いの並び茶屋のひとつ「東屋《あずまや》」の牀几《しょうぎ》に、腰を下していた。

急におもてが騒々しくなり、群衆が、どっと一方へ駆けはじめた。

茶汲み女が、見知った顔をさがして、

「どうしたのさ?」

と、問いかけた。

「短剣打ちのお艶が、ひっくくられて行くんだ!」

こたえて、一散に走って行った。

狂四郎は、腰をあげると、何を考えているのか、

「おい、これをもらって行くぞ」

と、茶碗をひとつ、女にしめして、袂《たもと》に入れると、すっと、往還へ出た。

急ぐでもない足どりであとを追うた狂四郎は、群衆をわけると、小屋女を後手に縛った縄をとっている岡っ引へ、

「親分、下手人は、この女ではない」

と、云いかけた。

岡っ引は、振りかえって、険しい目つきで睨《にら》み返した。

「この女じゃねえと、どうしてわかりなさる？　この女は、昨夜《ゆうべ》のあの時刻、小屋にも家にもいなかったんですぜ」

「大方、色男に刺青をみせて、愉しませていたのだろう。……わたしが、この女が下手人ではないことを、証《あか》してやろう」

それから、半刻《はんとき》のち——。

狂四郎は、岡っ引と、その土蔵の前に立つと、

「わたしが、中に入ったら、鍵をかけてもらおう」

「承知いたしやした」

「百かぞえたら、また、あけてくれ」

狂四郎が、姿を消すと、岡っ引は、扉を閉めて、函鏁をおろし、がちゃりと鍵をかけた。

なんのことかさっぱり判断のつかぬままに、岡っ引は、目を光らせて、扉を睨みすえ乍ら、数をかぞえはじめた。

やがて、百になり、岡っ引は、踊みかかって、函鏁へ、鍵を、突っ込んだ。

とたん——。

っ《う》
「うっ！」

と、呻《うめ》いて、岡っ引は、膝を折って、つッ伏した。したたか、背中を打たれて、息がとまったのである。

ようやく、立ちあがった岡っ引は、片手をまわして痛む個所をおさえつつ、きょろきょろと、まわりを見まわした。

茶碗が一個、地べたにころがっていた。これが、命中したのである。狂四郎は、土蔵から出て来ると、薄ら笑い乍ら、

「どうだ、親分——わかったか？」

「へえ？」

岡っ引は、まだのみ込めぬしかめっ面であった。狂四郎は、片手をあげて、戸口の上はるかに切られた高窓を指さした。

「あれだ！」

「あ——」

岡っ引は、啞然とした。鉄格子のはまった高窓から、顔をのぞけることは不可能だが、手をさし出すことは容易であった。そこから、茶碗をおとしたのである。短剣をおとしていれ

ば、岡っ引は、弥太兵衛と同じ最期をとげた筈である。

「じゃ、爺さんを殺《や》ったのは、刺青をされた仏店のけころだった、と云いなさる！」

「そうだ」

「しかし、旦那――。あっしが、昨夜、入ってみた時は、女は、柱へ、後手に、ふん縛られて居りやしたぜ。自分で解くことができるかも知れねえが、自分で縛ることはできねえ。可《お》笑《か》しいじゃござんせんか」

「共謀者がいた」

「へえ」

「新吉だ」

「な、なんですって？　あの気の弱い奴が――？」

岡っ引は、信じられぬ面持だった。

「親分が、仏店の通りで出会った時、新吉は酔っぱらっていたろう。あれは、芝居だ。酔ったふりをしていた。……弥太兵衛が殺されているのを見つけて、まっさきに、新吉が、この扉をひらいて、中へ入って行った。つまり、女を、柱に縛りつけておくためにだ」

「成程――」

岡っ引は、感心して、あらためて、高窓を仰ぎ見た。

狂四郎は、もう、ふところ手になって、歩き出していた。

岡っ引は、あわてて、

「旦那！　どうして、このことを、昨夜教えちゃ下さらなかったんです？　奴らは、もう飛んでいますぜ」

と叫んだ。

狂四郎は、首をまわすと、皮肉な微笑を口もとに刻んで、

「そうさせるために、わざと、黙っていたのだ。惚れあった仲だったのだろう。弥太兵衛が蓄《た》め込んでいた金をさらって、上方《かみがた》へでも行って、むつまじく、くらすだろう。弥太兵衛も、もって瞑《めい》すべきではないか」

からくり門

一

小町想えば、照る日も曇る、か
四位の少将が、なみだ雨
九十九夜でござんしょう
と、きやがらあ――
艪《ろ》音《おと》を、二味線代りにして、金八が、艫《とも》で、うたっていた。
猪牙《ちょき》は、汐留橋《しおどめばし》から出て、宏壮《こうそう》な大名屋敷にはさまれた堀川《ほりかわ》を下っていた。
十三夜の月が、空にあり、微風が、晩春の柔らかなぬくもりを含んで、微醺《びくん》の身に、心地よかった。
狂四郎は、舳《へさき》ちかくに仰臥《ぎょうが》して、じっと、薄雲を縫う月かげを眺めていた。
新太郎《しんたろう》を武部老人に預けておいて、何処《いずこ》かへ姿を消した美保代のことが、心を占めている。

行方をもとめる手段は、すこしも、とってはいなかった。幾年すてておいても、待つことに堪え得る女であると信じられていたことだし、また、そうさせて来たのである。それが、死期を迎えて、みずから、決意して、去ったのは、その行方をさがされるのをのぞんでいる筈《はず》がない、と考えられた。ただ、去られてみて、あらためて、狂四郎にわかったのは、自分という男にとって、いかに、美保代が大切な、かけがえのない伴侶《はんりょ》であったか、ということであった。

美保代を知る前と、知った後の、おのれの行動が、しずかに比較された。無頼の振舞いにも、おのずからおのれ流に秩序をもったものに変っていた。虚《むな》しさの奥には、いつの間にか、狂気をささえ止める節度が生れ、死地に入った瞬間さえも、生命の均衡を忘れはしなかった。美保代の愛情を納《い》れたための、自らが自らを抑える羈絆《きはん》をつくっていた、と云い得る。

狂四郎には、わかるのだ。

——美保代は、おれの犯したかずかずの罪を、代って背負うて、野に、屍《しかばね》をさらそうとしているのではないか？

全身が呻《うめ》きをたてそうなこの直感が、脳裡《のうり》に来た時、直感の正しさが、とりもなおさず、おのれと美保代の絆の強さをしめすものだと悟り、敢《あ》えて、その行方を追いもとめまい、と心に誓ったのである。

孤独な、虚無に生きるこの男が、とる態度は、これよりほかになかった。

……猪牙が、御浜御殿《おはまごてん》と尾張侯《おわり》の下屋敷のむかいあったところへ出たとたん、狂四郎は、骨を噛む想念を断って、現実に意識をもどすと、むっくり、起き上った。

「金八、身投げの音がしたな」

「えっ！　ど、どのあたりでござんす？」

金八は、びっくりして、きょろきょろと、月明りで、水面を透し見た。

汐がさして来た時刻で、おだやかにみえる水の上も、映っている月光がせわしく砕けて流れているので、大きく動いていることがわかった。

金八の目には、何もとらえられなかった。

「先生、魚がはねたんじゃござんせんかい」

「いや――。こちらの石垣に沿うて、漕《こ》いでくれ」

「合点――」

金八は、ぐいぐいと、艪を押した。

ものの二十間《けん》も下ったろうか、狂四郎は、棹《さお》をつかんで、すうと、水中へ、さし入れた。

ゆらゆらと、藻のように、黒い影が浮かびあがって来た。

首をのばして、のぞき込んだ金八が、

「おっ！　女だ！　おまけに、若《わ》けえや！　これで美人と来たら、たとえ川獺《かわうそ》でも、着物を脱がせるまでは化けていてもらいてえ」

と云い乍《なが》ら、寄って来て、引き揚げを手つだった。

狂四郎は、その衣裳《いしよう》が、武家や町家のものでないのを訝《いぶか》りつつ、

「金八、急げ！」

と、早口に命じた。

石垣の上――御浜御殿の中から、あわただしく走りまわる跫音《あしおと》が、ひびいて来たからである。

二

舟宿の二階で、窓の手すりに凭《もた》れて、しらじら明けの大川《おおかわ》の景色を茫然と眺めていた狂四郎は、階段をのぼって来る跫音をきいて、やおら腰をあげると、酒膳の席へもどった。

金八は、むかいの座に横臥《おうが》して、いびきをかいていた。

入って来たのは、馴染《なじみ》のおかみで、

「先生、お起きになりました。……お加減の方は、すっかりおよろしいようでございます」

「造作をかけた」

狂四郎は、冷えたのを、茶碗にあけて、ひと息に飲み干してから、立って、階下へ降りて

行った。

女は、おかみの好意の借着をつけて、如輪木《じよりんもく》の長火鉢のわきに、洗い髪の首を俯向《うつむ》けていた。

さして美しいというわけではないが、おっとりとした面立《おもだち》は、永い伝統によってつちかわれた純粋な清らかさを湛《たた》えて、気品があった。

京の女性《によしよう》とみた。

しとやかに、畳に両手をつかえて、救われた礼をのべる言葉づかいと挙措が、特殊な世界のものであるのをみとめて、狂四郎は、しずかな口調で、

「貴女《あなた》は、禁裏の御用で、出府されたひとだな――」

と、たしかめた。

「はい。長橋局《ながはしのつぼね》――勾当掌侍《こうとうないし》をつとめ居ります小夜《さよ》と申します」

勾当掌侍とは、宮廷女官のうち、典侍《すけ》に次ぐ位で、掌侍の中での筆頭であった。禁裏にあっては、大典侍の権力が最も重いが、外部に対して一番睨《にらみ》をきかせるのは、勾当掌侍であった。勿論《もちろん》、堂上名家《じようじようめいか》の出身者にかぎられている。

「お局どのなら、将軍家へのお使いか？」

「いえ、このたびは、上野《うえの》の輪王寺宮《りんのうじみや》さまへのお使いを命じられて、出府つかまつりました」

掌侍小夜は、おちついたまなざしをあげて、語りはじめた。

上野・東叡山寛永寺《とうえいざんかんえいじ》の御門主《ごもんしゆ》自在心院准三后一品舜仁《じざいしんいんじゆさんごういつぽんしゆんにん》親王から、京の御所の御宝蔵にある唐《とう》渡りの呂調《りよちよう》の鐸《たく》をおゆずり賜《たま》わりたい、と願い出られたのは、すでに数年前であったが、いよいよ、それが御裁可になったので、はるばる江戸表へ、はこばれて来たのであった。

輪王寺宮から願い出られた、というのは、名目であって、実は、財政まったく逼迫《ひつぱく》した禁中が、上野の御府庫金《ごふこきん》から援助してもらうべく、いわば、抵当の品を送りつけて来たのであった。

当時の狂歌にも、

『貧乏をしても下谷《したや》の長者町、上野のかねの唸るのを聞く』

とあるごとく、上野黒門《くろもん》内には、莫大な小判が蓄えられてあったのである。それが証拠には、文化《ぶんか》六年から、執当御救済《しつとうごきゆうさい》という名目で、大名に対して、金の貸しつけをはじめていた。五分の利息で大町人から預かって、一割で大名に貸しつけるのである。いわば、銀行業務をつかさどったわけである。

大名の内証が、極度の窮状にあったことは、これまで、すでに述べてある。麴町《こうじまち》十三丁目には、大名専門の質屋があったくらいである。だから、東叡山御府庫金貸付は、大名にとって、何より有難かった。

上野山内には、各大名の宿坊がある。将軍家廟参《びようさん》の時に、随従して来て、休息し、衣服を改めるための寺院である。大名たちは、この宿坊の連印で、金を借りていた。もとより、返済は容易ではない。期限が来て、利息が滞《とどこお》ると、連印した宿坊が閉門を命じられる。そうなると、大名は、将軍家の供をして、上野へやって来ても、休息し衣服を改める場所がない。やむなく、苦心して、本金を持参し、利息だけを支払い、すぐにまた借りて往く。返金の時期は、毎年十二月一日より十日までであったので、この期間には、大油単《ゆたん》をかけた千両箱積みの吊台が、ひっきりなしに、黒門から搬入されて、谷中門《やなかもん》へ抜け、一大壮観であった。（大名は、その日一日だけ、大町人から、見せ金の千両箱を借りて、上野へはこび、また持ち帰って来たのである）

御府庫金が、しだいに、ふくれあがったのは、当然である。

禁中が、この御府庫金に目をつけないわけがなかった。

勿論、抵当にする品であるから、呂調の唐鐸は、素晴らしい名器であった。

その鐸は、天平勝宝《てんぴょうしょうほう》元年、奈良の大仏が鋳造された年に、支那から渡って来たものといわれ、高さ四尺、重さ六十貫、宮廷内で長く、時鐘の役割をはたして来た。のち、平家が西国へ敗走するに際して、兵庫の海に沈められたが、偶然にも、秀吉《ひでよし》が大阪城を築いている頃、城石を運搬する船が、これをひろいあげ、秀吉は、京の御所の御宝蔵へ納めた、と伝えられていた。

鐸とは、唐代にあっては楽器であった。呂調は、その基準の音色。この音色を発する鐸は、すでに日本には、他に一個も存在してはいなかった。海底に数百年ねむっていたために、さらに音色は冴えた、という——。

この唐鐸奉納の正使として、勾当掌侍の中から、小夜がえらばれたのであった。

ぶじに、唐鐸を納めた檜《ひのき》の白木箱は、本丸老中立会いのもとに、寺社奉行の検分を受けるべく、御浜御殿の貴賓《きひん》座敷へ、据えられたのであった。

昨日の午後のことである。

本丸老中の代理として、姿をみせた土方縫殿助は、小夜の挨拶《あいさつ》を受けると、

「検分の前に、長の道中の御苦労をねぎらわせて頂こう」

と云って、彼方《かなた》の茶亭へ誘って、自ら点前《てまえ》をして、小夜ののどをうるおわせたものだった。

四半刻《しはんとき》を、そこですごして、貴賓座敷へもどり、寺社奉行の手によって、箱の蓋《ふた》をとりはらってもらったところ、意外、唐鐸は、その中から、煙のように消えうせていたのである。

小夜は、失神しなかったのが、ふしぎなくらい、驚愕《きょうがく》した。この座敷にはこび入れるまでは、たしかに、納めてあったのである。これは、はこび入れた京から随行して来た六人の仕丁が、口をそろえて証明した。一刻前には、品川《しながわ》の伝奏《てんそう》屋敷で、小夜自身の目が、たしかめている。

なんとしても、合点のいかぬ奇怪な、白昼夢にひとしい出来事であった。

貴賓座敷から、茶亭までは、ほぼ半町の露地を辿るが、まっすぐな寄石敷《よせいしじき》の歩道でつなが

って居り、中程にたてられた萱《かや》の露地門も、扉を左右に開けはなたれていたのである。すなわち、小夜が就いた茶亭の客座から、むこうの母屋《おもや》の貴賓座敷は、ずうっと見通せたのである。事実小夜は、縫殿助が点前をするあいだ、貴賓座敷に安置された白木箱を、視野の中に映していたのである。

小夜が、その白木箱から目をはなしていたのは、それは、縫殿助のあとにしたがって、茶亭へ行くほんの一分あまりのあいだにすぎなかった。いや、そのあいだにさえも、小夜は、宙に匂う仄《ほの》かな花の香に、頭をめぐらした記憶がある。その時、貴賓座敷には、人影もなかった。

……呆然と、虚脱した小夜を、じっと見据えていた縫殿助は、奉行をしりぞけておいて、穏やかな声音で、

「この失態は、そなた一人に責を負わせるわけには参るまい。すでに、奉納の儀式の準備も、万端ととのうて居る。ひとまず、それらしい偽物を入れて、寛永寺にはこぶよりほかはあるまい」

「…………」

小夜は、こたえる言葉もなく、身も心もふるわせた。

「何かの理由をこじつけて、当分の間は、日門様《にちもんさま》（親王）にも、御覧なさらぬようにとりはからおう。その間に、わしの配下を、必死の探索にあたらせることになる。一切、まかせて

頂こう」

そうなぐさめておいて、縫殿助は、小夜の肩をかかえて、立ちあがらせて、隣室へともなった。

そこには、夜具が敷きのべてあった。

小夜には、抵抗する力は、全くのこされていなかった。

小夜は、処女であった。

三

狂四郎は、小夜が語り了《お》えてからも、しばらく、腕を組んで、黙然としていた。

沈思をやぶって、おかみを呼び、紙と筆を所望した狂四郎は、小夜に、別のことを訊ねた。

「禁中では、桂宮様の御処置を何かお考えか！」

「べつに、うけたまわっては居りませぬ」

小夜は、かぶりをふった。

「京へおもどりになっても、主上よりのお咎《とが》めはないわけですな？」

「はい。左様に存じられまする」

「それでは……、貴女が帰洛《きらく》の際、桂宮様をおつれ願おうか」

「は――?」

小夜は、狂四郎の平然たる面持《おももち》を、訝《いぶか》しげに贍《みつ》めた。

――このさむらいは、唐鐸を紛失したわたくしが、おめおめと京へ帰ることが叶うと考えているのであろうか?

死を覚悟した者のおちつきがあればこそ、恥をしのんで、いきさつを語ったのである。

小夜が、語ったことを、ひそかに悔いているところへ、おかみが、紙と筆をはこんで来た。

狂四郎は、それを小夜の膝の前へ置き、

「貴賓座敷と茶亭の見取図を描いてみせて頂こうか」

と、たのんだ。

小夜は、筆を把《と》りあげて、記憶にある限りのこまかさで、それを描き乍ら、説明していった。

狂四郎は、それに対して、一語すらも、口をさしはさまずに、冷たい眼眸《まなざし》を、紙の上へ落していた。

小夜が、筆を擱《お》いた時、たったひとこと、

「巧妙なからくりだな」

と、洩らしていた。

狂四郎は、小夜が描いているあいだに、この男独特の鋭い直感力を働かせていたのである。

すなわち――。

一年ばかり前に、蔵前《くらまえ》の札差《ふださし》の一人が、奢侈放縦《しゃしほうじゅう》の廉《かど》によって、家財没収、遠島の刑に処せられたことがあった。その主たる罪状は、「濫《みだ》りに柳営《りゅうえい》の御庭を模し、上《かみ》を怖れざる振舞い」というのであった。すなわち、その札差は、小梅の里に豪華な別荘をつくった際、そっくり、江戸城西丸の松の廊下前の庭園を造りあげたのであった。

狂四郎は、それを造った庭師が、日本橋《にほんばし》南詰東側の罪人晒《さら》し場に晒されている時、通りかかって、捨札の前にむらがっている人々の交している会話を、きくともなしにききとめたが――それを、ふっと、いま、記憶に甦《よみがえ》らせていたのである。

その庭師は、苗字《みょうじ》帯刀をゆるされた公儀御用の名人で、御浜御殿の庭園は一代の傑作として、後世にのこるであろうと白河楽翁から絶讃された、という。

「なァに、大きな声じゃ云えねえが、お城の庭造りは、どうせ、畳の上で往生は出来ねえようにきめられているんだ。秘密のぬけ穴やら、匿《かく》れ場所やらを造っているんだからな。命じられたからには、殺されるのは覚悟の上よ」

捨札の前で、知ったかぶりに、そう云っている者もあったが……。

狂四郎は、ゆくりなくも、小夜の描く見取図を眺め乍ら、そのことを思い出し、唐鐸紛失にむすびつけたのである。

すっと立ちあがった狂四郎は、不安そうに見あげる小夜へ、薄ら笑みを投げた。

「たぶん、おそくとも、明日中には、唐鐸を、貴女ご自身の手で、上野へ納めることになろう」

自信をもったその言葉は、小夜を、悦《よろこ》ばせるよりも、あっけにとらせた。

さっさと、二階にもどった狂四郎は、金八をゆり起して、

「これから、御浜御殿へすっとんで行って、目を皿にして見張っていろ。長持で出て来るか、乗物で出て来るか——六十貫の重いしろものが、かつぎ出される筈だ」

と、命じた。

金八は、睡気《ねむけ》をいっぺんにふきとばして、

「また、金ですかい？」

と、顔を輝かした。

「こんどは、銅だ」

「へえ——」

「がっかりした面《つら》をするな。銅は銅でも十万両になる銅だ」

「うわっ、だ！　運去って金は銅となり時来《きた》って銅は金となる、道邇《ちか》しと雖《いえど》も、行かざれば至らず——って、へへへ、このあいだ、談亭師匠から、きいたばかりでさあ。金と女と幽霊と、稲妻かげろう水の月、とかくこいつは逃げやすい、さっさよいやさ、えっさっさ——」

横っとびに、階段を中段までかけおりて、また、あわただしくとびあがって、首だけのぞけると、

「先生は、どうなさるんで？」

「おれか、――おれは、ここで迎い酒だ」

「将は動かず、兵はおさめて而《しか》して時に動かさん――こいつも、談亭の爺《じじ》いからきいたばかりだ。首尾を待っておくんなせえ」

四

その日の午《ひる》すぎ――。

備前屋《びぜんや》は、御浜御殿から、身分高い人の忍び遊びと見せかけて、立派な駕籠《かご》にのせてはこんで来た大きな白木箱を、わが家の離れへ、傭《やと》いの若い者たちに、かつぎ込ませ、

「中のものを、床の間へ――」

と、指図した。

若い者たちは、おそろしく重い、奇妙なかたちをした銅製品を、よいしょよいしょと掛声かけて、床の間に据えつけた。

備前屋は、一人になると、満面に笑みをつくって、それを、ためつすがめつして、女の柔《やわ》肌《はだ》でも愛撫するように、ふれてみるのであった。

これが、この世に生れてから、千余年の治乱興亡を経るためには、あるいは、土中に埋れ、水底に沈み、いくたの不運に遭《お》うて来たのである。そのために、かえって、古色は冴えて、まことにすばらしい逸品となっていた。銅器というものは、千年を経なければ、真の色を成さない。

備前屋は、何かの古書で読んだおぼえがある。

銅器が、数百年間、土中に埋れていると、その色合は純青となって、午前中は淡く、午後にいたると陰気に乗じて翠色《すいしょく》が滴《したた》らんとする趣きを帯びる。まま土に蝕《しょく》せられて、剝落《はくらく》または孔《あな》を生じ、あたかも蝸篆《かてん》のように自然な凸凹《とつおう》となって、斧鑿《ふさく》の痕《あと》を消してしまう。またこれが、数百年間、水中に入ると、純緑色を生じて、光彩、艶が、玉のように美しくなる。まさしく、この唐鐸の肌は、さきに土中に埋れ、のちに水底に沈んだとおぼしく、ある部分は、翠色を滴らせ、ある部分は純緑色に輝き、蝸篆の凸凹が、滑かな光彩と艶を湛《たた》えているのである。

「――うむ！　三千両は安かった！」

思わず、そう独語して、ひとり、大きく頷《うなず》いたおりであった。

背後の仕切襖《しきりぶすま》が、音もなく開いた。

備前屋が、人の気配を感じて、愕《ぎょ》っとなって、振りかえったのは、それから数秒過ぎてであった。それほど、古銅器に、心をうばわれていたのである。

狂四郎は、すでに、そこに、無想正宗をかたえに置き、端然と坐《すわ》って、腕を組んでいた。

「すばらしい名品だな、備前屋」

それが、挨拶《あいさつ》がわりの第一声だった。

「貴方《あなた》様でしたか」

備前屋は、ひきつれ、こわばった顔面に、磊落《らいらく》な笑いを刻もうとしたが、これは、むりなわざであった。

「今日参上したのは、ほかでもない、その唐鐸についての相談だが——」

「ほう、何か？」

「わたしに、ゆずってくれぬか？　但《ただ》し、無料《ただ》でだ」

狂四郎は、真面目《まじめ》な表情で、云った。

「どういうのでございましょうな。てまえは、三千両で手に入れたばかりでございますよ」

おちつきをとりもどして、備前屋は、怪訝《けげん》そうに見かえした。

「おぬしは、これが、京の御所より、上野の御宝蔵へ送られて来たしろものだくらいのことは知っていて、土方縫殿助から買ったのだろう」

「勿論でございますよ」

「土方が、どのような手段で、せしめたか、そのことはきかされては居るまい」

「そりゃア、土方様のご勝手でございますからな。てまえの関《かか》り知ったことではありますまい」

「土方は、いうまでもないが、無料で手に入れた」

「まァ、左様であろうかと察して居りました」

「おぬしは、まだ、三千両を土方へ支払っては居るまい」

「明日お届けすると約束いたして居ります」

「つまり、おぬしが、わたしにゆずるなら、誰も別段、損はしなかったことになる。……尤《もつと》も、いまここで、すぐにゆずれとは云わぬ。おぬしのはからいで、これを、御浜御殿の貴賓座敷へ——もとの場所へ、もどしてくれるなら、わたしが、箱の中から、煙のように消してみせよう、という趣向だ。どうだ、備前屋？」

「おもしろい！　貴方様の手妻《てづま》ぶりを拝見いたそうではございませんか」

五

御浜御殿は、常日は、誰も住んでいるわけではなかったので、備前屋が、警衛の役人へ鼻薬をきかせれば、再び、白木箱をかつぎ入れることは、造作はなかった。

貴賓座敷の中央に、白木箱を据えて、狂四郎は備前屋と二人きりになると、

「正使の女官は、土方に、あのむこうの茶亭で、点前を受けた由《よし》。そのあいだに、箱の中から、唐鐸は消えた。われわれも、その通りにやろうではないか」

「よろしゅうございます」

陽が傾いて、樹木や灯籠《とうろう》の影が、長く濃く落ちた寄石敷の歩道へ、二人は降りて行った。

備前屋は、萱の露地門を潜《くぐ》る時、視線をまわして、貴賓座敷の中になんの変化もないことをたしかめた。

茶亭へ上る時も、さらにもう一度、振りかえった。

白木箱は、あかあかと燃える夕陽にあたって、しんと、そこに安置されたままだった。

座についてから、備前屋は、ずうっと、それを見まもりつづけた。狂四郎は、炉のかたわらに坐って、いかにも静かな眼眸を、ひっそりと陰翳《いんえい》を深くしてゆく露地へはなっていた。

「もどろうか」

促されて、備前屋は、狂四郎をしげしげと眺め、

——もう、あの箱から消えさせたというのか？

と、何やら、小莫迦《こばか》にされた思いがした。

到底あり得ないことに思えるのだ。こっちには、全く油断はなかったのである。白木箱に

背を向けていたのは、三十秒にも足らぬ。そのあいだに、何者が、六十貫もの重い品を、箱からひきあげて、はこび去ることができるものであろう。不可能である。

にも拘《かかわ》らず、狂四郎は、悠々として、貴賓座敷へ、ひきかえして、もとの座に就くなり、

「蓋を開けるがいい」

と、すすめるではないか。

備前屋は、ふっと、背すじを冷たいものがはい下るのをおぼえつつ、蓋へ手をかけて、

「もし、消えてなかったら、どうなさる？」

「おれの首をやる」

狂四郎のこたえは、明快であった。

蓋は、はずされた。

備前屋の顔色が一変した。

中は、空《から》であった。

狂四郎のひくい笑い声に、備前屋は、われにかえって、顔を擡《もた》げた。

しかし、声を発するまでには、それからなお、幾秒間かを費やさなければならなかった。

「貴方様は、魔術をお使いなさる――」

「しかけがあれば、小児でも、これはつかえる。……備前屋、おぬしは、この箱にばかり神経をとられていて、茶亭へむかって、幾すじの歩道が、集まっていたか、おぼえては居るま

い」

「………？」

「八つの歩道が、集まっているのだ。われわれは、北からかぞえて四つめの歩道をあるいて行った。しかし、もどりは、南からかぞえて四つめをあるいて来た」

「なんですと？」

「ははは。ひとすじ、ちがったのだ」

「そ、そんな筈はない！」

「ところが、そうなのだ。その証拠をみせる」

狂四郎は、庭にむかって、

「おい、金八、うごかせ！」

と、叫んだ。

すると、奇怪――萱の露地門が綾目《あやめ》張《ばり》の杉板塀《すぎいたべい》とともに、音もなく、するすると移行した。たちまち、彼方《かなた》の茶亭のたたずまいは眺めを別の位置に変えてしまった。

「どうだ、備前屋。この御殿には、構えも調度も寸分ちがわぬ貴賓座敷が二つ、それにしたがって、全く同じ露地がふたすじ、つくられてある。あの露地門をうごかすことによって、茶亭への往復をもって、客を、別の座敷と気づかせずに、いざなうことができるのだ」

備前屋は、呻《うめ》いた。

「ところで、備前屋――」

狂四郎は、皮肉な冷やかな微笑を含んだ眸子《ひとみ》を据えて、

「江戸城の庭やら、この二つ正面の露地やらを造った庭師は、昨年処刑されたが、おぬしも、その男に、向島《むこうじま》の本宅の庭を造らせているようだな?」

「いかにも左様で――」

「あの庭は、江戸城本丸の後苑《こうえん》の一部そのままらしい」

「えっ?!」

愕然として、この剛腹な大商人の顔から、血の色が引いた。

「公儀は、おぬしを利用するだけ利用したら、程よいところで、捕えて、片づけるこんたんから、その庭師に造らせた――そう思わぬか、備前屋。ここいらが、汐どきだ。おぬしは、船で、海のむこうへ出て行くべきだろう。長いつきあいのよしみに、この眠狂四郎が忠告するのだ。真剣に考えてよいことだ」

そう云いのこして、狂四郎は、隣の貴賓座敷の唐鐸をはこび出させるべく、立ちあがっていた。

芳香異変

一

桃の頃室町《むろまち》近く御所が立ち
箱入の娘さん出る雛《ひな》の市
賤《しず》ヶ家《や》も雲井にまがふ雛祭
天杯を下女もいただく宵《よい》節句

めぐって、上巳《じょうし》雛祭りが来ていた。

大奥をはじめ、諸侯《しょこう》御殿方《ごてんかた》は、すでに昨年から、御用達《ごようたし》、出入衆へ注文していた品々を催促して、日頃ひっそりとしている大名小路《だいみょうこうじ》を、さまざまの包物を持った人々を足繁く往来させていた。市外から、桃桜山吹などを荷籠《にかご》に盛って出て来て、花鋏《はなばさみ》の音を、ちょんちょん鳴らして行く花売りの姿が、どこでも見かけられて、江戸の春はまさに 闌《たけなわ》となる。

宵節句を迎えて、西丸老中《にしのまるろうじゆう》水野越前守邸も、母屋《おもや》はもとより、すみずみにわたって、あわただしく、人声や物音で賑《にぎわ》っていた。

武部仙十郎の至急の使いで通用門を入った眠狂四郎の姿だけが、この浮きたった雰囲気になじまぬ暗い翳《かげ》をひいていた。

武部家の書院に入ると、仙十郎はすでにそこに坐《すわ》っていた。

「思い出す喃《のう》、四年前の大芝居を——」

仙十郎は、そう云って、にやりとした。

四年前、狂四郎に、将軍家拝領の小直衣雛《このうし》を盗みとらせて、主君忠邦にその二個の首を刎《は》ねさせた——あの冒険のことであった。

あの夜——闇の中で、美保代を犯した思い出は、つい昨夜の出来事のように、狂四郎の脳《のう》裡《り》になまなましいものとなって、苦痛を呼ぶ。

皮肉にも、腕を組み、頭をまっすぐに立てた狂四郎の容子《ようす》は、四年前と、一向に変ってはいない。むかいの座で、猫背をつくっている好々爺《こうこうや》然とした仙十郎の姿もまた、全く同じである。

「お主《ぬし》にまた、今夜、たのまれて貰《もら》いたいことがある」

「女を背負わされるのは、御免を蒙《こうむ》りたい」

「はははは、よほどこりたとみえるな。……こんどは、盗むのは、どうやら、女《め》の間者《かんじや》の方らしい」

「…………？」

「これを捕えるのが、お主の役割ということになる」

老人は、懐中から、一冊の帖子《じょうし》をとり出すと、狂四郎の前に置いた。

「大納言《だいなごん》様御雛道具控」

と、記してあった。

めくってみると、御束帯、小直衣、御直衣、御狩衣《かりぎぬ》（以上内裏御雛様九対《つい》）、御所人形、管絃楽御人形、御屏風《びょうぶ》（八雙《そう》）、御燭台《しょくだい》、御厨子《ずし》棚《だな》、御黒棚、御台火鉢、御輿《みこし》、御大傘、御筒守、御長刀、御銚子《ちょうし》、御餅桶《もちおけ》、御喰籠《じきろう》、御三宝……等々、それぞれ、細密な絵にして載せてあった。

「西丸より拝領されたのか？」

「いや、お借りしたのだ。明日、未刻《ひつじのこく》、大納言様（家慶のこと）が、お成りになって、この屋敷の庭で御雛祭りを催される……ちと、迷惑な仕儀じゃが、やむを得ぬ」

「この内裏のうちの、いずれが盗まれると云われるのか？」

「いや、内裏は盗まれぬ」

老人は、扇子で、つと、御所人形のひとつを指した。それは、玄宗《げんそう》皇帝、楊貴妃《ようきひ》、童児の三人一組であった。

「これじゃて」

「どうして、これが狙われるのか?」

「童児が捧げて居るのは、これが、珍宝、漢《かん》代の玉《ぎょく》にまぎれもない」

往古は、玉をもってこの上もない宝としていた。周礼にも見るように、一に蒼璧《そうへき》、二に黄《こう》琮《そう》、三に青珪《せいけい》、四に赤璋《せきしょう》、五に白琥《びゃっこ》、六に玄璜《げんこう》。いずれも天地四方を祭る時に用いた。また六瑞といって、六種の割符玉もあった。王は鎮圭、公は桓圭《かんけい》、侯は信圭、伯は躬圭《きゅうけい》、子は穀圭、男は蒲璧《ほへき》を執った。これらは、天子以下王公侯伯が、あるいは四方を鎮めて国家を統治し、あるいは上を安んじ下を撫《ぶ》し、あるいは行為を慎しみて身を保ち、あるいは五穀の豊《ほう》穣《じょう》を祈る義に取ったものの名称である。

「この玉は、日輪璧(天子が毎《つね》に供えて日を祀《まつ》る玉)と伝えられているが、ちと形がちがう。楕円《だえん》の日輪はあるまいて。また、数個処《かしょ》に透し彫があるのもいぶかしい。……お主、なんと観る?」

そう訊かれて、狂四郎は、その絵をじっと眺めていたが、

「薫香器《くんこうき》と思われる」

と、呟《つぶや》いた。

「左様、薫香の玉に相違あるまい。……この珍宝を、かねてより、御本丸大奥で、御所望であった。が、なにぶんにも、この御所人形は、禁中より大納言様が頂かれた品であるために、

そうやすやすとは、ゆずるわけには参らぬのでな――」

おそらく、欲しているのは、将軍家斉の愛妾《あいしょう》の一人に相違ない。

「わたしに、雛飾りの部屋で、夜通し張り番をせよ、と云われるのか？」

狂四郎は、冷やかに、老人を見戍《みまも》った。

「まあ、そういうことに相成るな」

「不審がひとつあります」

「なんじゃな？」

「大奥の無智な女性《にょしょう》が、間者を忍び込ませてまで、欲しがる理由がわからぬ。金にあかしての骨董《こっとう》あさりが昂じた好事家《こうずか》が、これを是非にも手に入れたい、というのなら話がわかるが……。若い女性に、骨董趣味はありますまい」

「尤《もっと》もな意見じゃな。……ついでに、その謎も、お主に解いてもらおうか」

二

雛の飾付りは、夕食後、厳重な監視のもとに、御成り座敷でなされた。

紅白の縮緬《ちりめん》の幕を張り、さらにその前に金屏風がひきまわされた。

猩々緋《しょうじょうひ》の氈《せん》を敷いた雛段は三段。高さが京間ではない一間《けん》に、幅は八間。座敷から二の間まで延びる大きさであった。

御束帯、小直衣、御直衣、御狩衣などの内裏雛九対は、上段に、金襴《きんらん》の鏡蒲団《ぶとん》の上に飾られた。二段目には、中央へ御所人形、その左右へ楽人七人立ちのものを三組、そしてその前へ御膳を供え、三段目には、能人形がずらりと並ぶ。

雛段には、桜の花を描いた吉野紙を朝顔にした燭台が、段毎《ごと》に五つ宛《ずつ》、打違えに立てられ、灯《ひ》を入れると、雛たちのすがたが、夢幻の世界のもののように、美しく妖しく浮きあがる――。

雛段下には、黒塗の花桶が三対、いっぱいに、桃と桜と山吹の花を咲きほこらせる。常ならば、飾付けが終ると、すぐに、女中たちが、本膳、二の膳、三の膳に、ほんものの料理を盛って、供えに来るのであったが、これは、仙十郎の命令によって、中止させた。また、御用達町人からの献上の品も、当然飾られるべきであったが、別の間の方へ積まれたまま、運ぶことを許されなかった。

家中えらばれた使い手の若ざむらいが四名、雛段近くに詰めて、夜を明かすことになった。

ところで――。

狂四郎は、飾付けの最中に、ふらりと現われて、御所人形の童児が捧げた玉を熟視した。

それは、薄い黄色で、恰度《ちょうど》蒸した栗に似た肌に、いちめん赤い斑紋《はんもん》を散らした、鶏卵大のものであった。

玉の色には、二種ある。天成の本色と外沁《がいしん》の色――俗に謂《い》う沁と。沁とは、玉が土中に在って、玉質に水銀の滲透《しんとう》するにしたがって、これに接触した外物の色を染渡らせたものの称である。

この玉は、甘黄といって、黄土の沁を受けたのである。さらに、その赤斑は、棺中で血沁《けっしん》すなわち屍体《したい》に接近して、滲《にじ》み出したものである。

尤も、この知識は、狂四郎が、あとになって得たものであり、その時は、はたして薫香器かどうかをたしかめたにすぎなかった。

香を薫ずるにしても、これは、ただ、火で燻《くす》べるのではなさそうに思えるが……。

その疑問をのこして、狂四郎は、すぐに立去った。

その足で入って行ったのは、この屋敷の主人のみが入る文庫蔵であった。仙十郎のはからいによったのである。そこには、文字通り万巻の書が、整然として積まれてあった。儒学に関する諸儒の註解書、聖賢の各書、和朝の古書記録など、幕府が慶長《けいちょう》の初年以来、漢学和学の泰斗たちをして謄写《とうしゃ》刊行せしめて来た書籍の大半がここに蒐《あつ》められているとみえた。

しかし、狂四郎が、さがしにかかったのは、孔子《こうし》家語や武経七書や大蔵一覧や古事記や貞《じょう》観《がん》格《きゃく》や政事要略ではなかった。

欲するものを発見するために、狂四郎は、そこに一刻《いっとき》以上も、とどまることになった。

二更《にこう》近く、仙十郎は、御成り座敷へ顔をのぞけて、狂四郎が、文庫蔵からまだ戻って来ていないのを知ると、訝《いぶか》しげに小首をかしげたが、べつにそちらへ行こうともせず、わが家へ引きとった。

狂四郎が、影のように姿を見せたのは、それから半刻あまり過ぎていた。

監視の士たちへ会釈《えしやく》しておいて、自身は、一人、二の間に下がって、壁に背を凭《よ》りかけた。

その無表情からは、目的を達したかどうか、窺《うかが》い知る由《よし》もなかった。

三

さらに、それから半刻が移って——。

狂四郎は、身じろぎもせず、坐りつづけているうちに、ふっと、五体に備えた神経が、睡魔に犯されそうになるのをおぼえた。

——はてな?

そうと気づいた瞬間、いつもなら、脳裡は鋭く明快に冴えるのだが、いま、一種の不快感がともなったのは、どうしたわけか? 座敷と二の間の様子は、依然として、静寂のまま、なんの変りもない。わずかに、燭台でゆらめく焰《ほのお》が、夜気の冷え沈むのを教えるように、じじじいっ……と、時折音をたてるだけである。

「おのおのがた——」

狂四郎は、声をかけた。

士たちは、一斉に、振りかえった。

——ふむ！

狂四郎は、肚裡《とり》で、ひとつの発見に、納得するところがあった。四名の眸子《ひとみ》の色が、やや濁っているのだ。これは、睡魔に抵抗している証拠であった。

狂四郎は、音もなく無想正宗を携げて、立った。心機の働きに、爽やかさを喪ったことに、微《かす》かな苛立《いらだ》ちがあった。

滑るように、二の間から座敷に移って、眼光を、徐々に隅から隅へと移した。四名の目もまた、狂四郎の視線を追った。

狂四郎の眼光は、上段奥の、床の間脇に障子を閉めた火頭窓を射て、停止した。

——いる！

と、見た。

「おい、そこの御仁！」

語気に、なんの鋭さも含めずに、声をかけた。

「眠狂四郎が、ここにいると知って、そこに潜んだのなら、生命《いのち》をすてる覚悟だろう。庭へ出るがいい」

障子を開けて、広縁へ出ようとする狂四郎へ、士の一人が、

「遁《のが》しては！」と、叫んだ。

「無駄に、刀を携げて居らぬ」

狂四郎は、冷やかに云いのこした。

霊感——といっても、さしつかえはなかったろう。

火頭窓の外に潜んでいる曲者《くせもの》は、実はこちらが、気配を察知するのを、待ちうけていたのだと、合点されたことだった。

広縁へ出ると、もう彼方《かなた》の雨戸が一枚あけてあった。狂四郎は、しずかな足どりで、そこへ歩み寄った。

総身黒ずくめの影が、月光のある白砂の庭に、すっくと立って、すでに、白刃を手にしていた。

築山もなければ、泉水もない、苔《こけ》をのせた奇岩が島影見たてに処々に浮いているひろびろとした平庭を、おのが最期の地上とほぞをきめて、そうして、影法師を長く背後へ這わせた黒い孤身が、狂四郎の眸子に、ふと寂寥《せきりょう》の翳濃いものに映った。ゆっくりと沓石《くついし》へ降り立つと、

「お手前は、若年寄《わかどしより》支配下の庭番か？　それとも、やとわれ忍者か？」

と問うた。

こたえはなかった。

「前者であれば、お手前の家へ、遺髪を届ける労を惜しむものではない」

頭巾のかげの顔が、笑ったようであった。そして、それは、決して、陰惨な、絶望的なものではなかった。

死に臨んで、鮮やかといいたいくらい莞爾《かんじ》としてみせる。この心境は、どこから生まれたのか——。

身構えた姿が、理《ことわり》の修業によって悟り得た無心無念の位におちついているとは見えず、事《わざ》の修練を極めた者のそれとも思えなかった。

鋭気も足らず、隙もあった。こちらの石火の機に応じて、撥《は》ねかえすだけの速身《はやみ》を備えているとは、到底受けとれなかった。

にも拘《かかわ》らず、おちつきはらって、みじんもたじろがず、こちらの驕《おご》った口上に対しては、きわめて自然な破顔をむくいたのである。

狂四郎には、わからなかった。

沢庵《たくあん》が柳生宗矩《やぎゅうむねのり》に与えて剣法と心法との接触溶解を論じた「不動智神妙録《ふどうちしんみょうろく》」に、次の言葉がある。

「応無所住而生其心《おうむしょじゅうにしょうごしん》。この文、訓に読み候《そうろ》へば、応に《まさ》住《とどま》る所無くして其《その》心を生む、と読み申候。よろづのわざをするに、せうと思ふ心が生ぜねば、手も動かぬなり、心を生じてすれば、そのすることに心が留《とどま》るなり、然《しか》らば、留まる所なくして心を生ずべしとなり。心が生ずれば、生ずる処に留まる。生ざざれば手も行かず、行けばそこに留まる心を生ず。その事をなし乍ら留る所なきを、諸道の名人と申す也《なり》。仏法にては、この留まる心から執着の念起り、輪廻《りんね》も是より起り候。この留まる心、生死のきづなにて候。花《はな》紅葉《もみじ》と見る心は生れ乍ら、そこに留まらぬ心を詮と仕《つかまつ》り候。（中略）太刀をば打つけよ、打ても心な留めそ。一切打手を忘れて打て、人をきれ、人に心を置くな、人も空《くう》、我も空、打つ手も打つ太刀も空と心得よ。空に心を留められまいぞ」

この教えは、剣を把《と》って立つ者にとって、黙裡において悟らねばならぬ根本義とされている。

もとより、魂の曠《むな》しさを癒やすすべを知らぬ狂四郎の剣には、かかる理と事を一致せしめた真我の清澄はない。孔子が曰《い》う「それ心は水の如《ごと》し。水なる哉《かな》」という理知の妙諦《みょうたい》の覚得には程遠く、剣聖たちの世界とは次元を異にした位置で、凄《すさま》じい戦闘力を発揮するのである。

したがって、敵の姿が、有心の心をすてて、無心の心を、鏡のように、微塵《みじん》のくもりなく、ぜんたいに澄みわたらせているのを見た場合、狂四郎の心気は、乱れる。これまで、そうであったし、勝利をこちらのものにしたのは、いつも偶然であったとおのれに云いきかせている。

いま――。

眼前にする敵は、剣の法形の神秘を悟り得ていないのが明らかにも拘らず、全身を、無心の境地に置いているのである。

これは、どうしたことなのか？

狂四郎は、烈《はげ》しい屈辱をおぼえた。

さっ、さっ、と裾《すそ》を蹴って、近づいて行きつつ、両手を空《あ》けたままでいたのは、それ故《ゆえ》であった。

敵は、「抜け！」とも叫ばなかった。

狂四郎を二歩の距離に入らせるや、無言の気合に五体を乗せて、斬りつけた。

その刃風の鈍いのろさを、あわれみつつ、狂四郎は、居合抜きに、無想正宗を、水平にはらった。

「うっ……む、む、むっ――」

呻《うめ》きを口の内に嚙んで、二歩をよろめいた敵は、がくっと膝《ひざ》を折って、徐々に首をのめり込ませて行った。

暗然として見下していた狂四郎は、白砂に顔を埋めた敵が、微かに洩らす一言を、ききのがさなかった。

「……鈴香《すずか》」

呼んだ名が、それであった。

四

狂四郎が、座敷に戻ってみると、監視の四士は、のこらず、首を垂れて、睡魔のとりこになって居り、御所人形童児が挙げた両手から、玉《ぎょく》は、消えうせていた。

庭から跫音《あしおと》が近づいて来て、ひょっこりと姿を見せた仙十郎は、

「お主が、いま仆《たお》したのは、隠密《おんみつ》らしいの」

と云いつつ、雛段を見やって眉宇《びう》をひそめた。狂四郎は、薄ら笑って、

「わたしが、あの男を斬るあいだに、玉が盗まれたのです。これは、彼らの予定通りの行動であった」

「ふむ――」

仙十郎は、正体をうしなった士たちを眺めて、

「この者たちは、どうして睡《ねむ》らされたかな?」

「わたしが、文庫蔵にいるあいだに、この段毎の燭台の蠟燭《ろうそく》が、とりかえられた。宵《よい》にともしたのが燃えつきれば、とりかえるのに、不審はない。不審なのは、前の蠟燭は、一刻以上

も保っているが、この蠟燭は、半刻も経たぬのに、すでに燃えつきようとしている。特殊の品に相違ない。睡魔は、この焰の中から泳ぎ出たというわけです」

数多い蠟燭をとりかえるのは、一人の女中の手ではおよばない。十名以上も入って来て、蠟の溶け流れた燭台をきれいに掃除してから、新しいのを立てて行くのである。彼女たちは、その新しい蠟燭が、特殊な品とは夢にも知らずに、立てて行ったに相違ない。

「女中たちを、一人のこらず、ここへあつめて頂こう」

狂四郎は、云った。

「至急を要することです。寝衣《ねまき》のままで——」

「女中部屋を捜すわけかな?」

「その面倒は、無用です」

「ほう——どうしてじゃな?」

狂四郎は、それにこたえず、

「女中たちには、部屋捜しをすると思わせて頂ければよい」

老人は、狂四郎が何を目論んだか、ちょっと読みとりかねたが、すぐに、広縁へ出ると、大音声《だいおんじょう》で、

「一大事出来《しゅったい》じゃ！　宿直《とのい》の面々は、女中部屋をとりかこめい！」と、下知した。

御成り座敷にあつめられた女中は、六十七名であった。あでやかな辻模様のきものを、まだ脱いでいない者も七、八名いたが、ほかは、すべて白羽《しろは》二重《ぶたえ》の寝間着に、緋縮緬のしごきをしめていた。

狂四郎は、襖際《ふすまぎわ》、壁際へ、一列に坐らせると、座敷中央に端坐《たんざ》して、

「その右端から、自分の好きな万葉集の歌を一首ずつ、ゆっくりと、誦《うた》ってもらおうか」

と、命じた。

まことに、奇妙な取調べ方法であった。なぜそうするのか誰人《たれびと》も判らなかった。

右端の女中は、えらぶ歌によって、思いもかけぬ罪を被《き》せられるのではないかと、悚々《しょうしょう》として、容易に、口をひらこうとしなかった。並ぶ女中たちも、同じ気色だった。

「おい――誦わぬか」

狂四郎は、穏やかな口調で、促した。

「万葉集でなければ、いけませぬか?」

女は、怯《お》ず怯《お》ずと問うた。

「好きな歌が、ほかにあれば、それでもよかろう」

「はい」

女中は、必死に、えらんだ挙句、千載《せんざい》集の成尋《じょうじん》法師が入唐《にゅうとう》に際しての、その母のよんだ一首を、ひくく誦《しょう》した。

「忍べどもこの別路を思ふにはからくれなゐの涙こそふれ」

次の女中もまた高僧の歌をえらぶのが無難だと思い、慈円《じえん》の「詠妙経法師功徳品悉見三千《えいみようきようほつしくどくほんしつけん》界文和歌」を誦した。

「御法故身《みのりゆえ》の浮草や晴れぬらむ四方《よも》の空にも四方の月影」

三番目の女中は、明恵《みようえ》の「非情にも三得ありといひつべしこころすむよの松風の声」というのを――。

四番目の女中は、最澄《さいちよう》の比叡山《ひえいざん》をよめる一首を――。

五番目も、六番目も、七番目も、そうしなければならないように、高僧の歌をえらんだ。

狂四郎は、目蓋《まぶた》をとじ、腕を組み、黙然として身じろぎもせず、女中の誦するにまかしていた。

やがて――。

その半数が、一人のこらず、高僧の歌を口にし終った頃、狂四郎は、ぱっとまなこをひらくや、冴えた光を、左端の女中から、ひとつひとつの顔へ、放ちはじめた。そして、誦す番を、もう三、四人で迎えようとしている女中の顔へ、狂四郎は、ぴたりと視線を停めた。

彼女は、目蓋をとじていた。なにかに堪えようとしている表情が、夜の光の中に、はっきりとみとめられた。両脇の同輩の目には、それが苦悶《くもん》の色と受けとれるのであろう、もうすこしの辛抱《しんぼう》だといたわる心づかいが見られた。

狂四郎の目は、だまされなかった。

その表情は、かくそうとしてかくしきれぬ恍惚《こうこつ》たる愉悦を滲《にじ》ませた淫靡《いんび》の色にまぎれもなかったのである。

狂四郎は、やおら、立ち上がると、眼光をそれにあてつつ、

「老人——」と、呼んだ。

「なんじゃな？」

「盗人を捕える。縄を頂こう」

「ほう——いよいよ、判明いたしたか」

狂四郎は、縄を受けとると、しずかに、その女中の前へ、歩み寄った。

一同は、ひそと、固唾《かたず》をのんだ。

「鈴香！」

女中は、狂四郎の口から、わが名を呼ばれて、はっと、双眸《そうぼう》を瞠《みひら》いた。

「そなたの男が、庭に仆れて居る。わたしが斬った」

「………」

「べつに、おどろかぬところをみると、わたしに斬らせることは、決意のひとつであったようだ。ということは、そなたのために死ぬ覚悟をさせる程、男を惚れさせたが、そなたの方は惚れなかったという事実を明らかにするぞ。男は、そなたの名を呼んで、死んで行ったぞ。

あっぱれであったとたたえられてよい最期であった」

「…………」

「そなたごとき冷たい女には、もったいない男であった」

瞬間――鈴香は、はじかれたように飛び立って、身をひるがえそうとした。

そこを待ち受けていた狂四郎である。

右手からはなたれた縄は、鈴香の片足くびを狙ってあやまたず、結び輪で、ぎゅっと締めあげた。次の刹那《せつな》、狂四郎は、左手に摑《つか》んだ縄はしを、長押《なげし》に架けられた槍《やり》の柄《つか》へ、ぱっとひっかけるや、ぎりぎりっと、ひきしぼった。

鈴香のからだは、反抗するいとまも与えられず、寝間着の裳裾《もすそ》を、緋の腰絹を、投網《とあみ》のように、ぱあっとうち拡《ひろ》げて逆立った。

無慚《むざん》にも――狂四郎は、右手で縄をひきしぼりつつ、左手で、宙を泳ぐ一方の下肢《かし》を捕えて、ぐっと、大きく、股《また》を左右に裂いた。

「老人――いかに?」

「…………」

仙十郎は、流石《さすが》に、あまりの光景に、口を真一文字にむすんで、顔中を皺《しわ》にした。

「匂い立つ芳香を、かがれるがよい。あの玉が、薫香器には相違ないとしても、火をもって燻べるのではなく、女性の柔肉の水で溶いて、匂わせる道具であったことを、この女中が、身をもって、正しい使用法を教えてくれました。……当家の文庫蔵に、漢代の遺著『雑事秘《ざつじひ》辛《しん》』があったのは、幸いでした。記していわく——天子、長枕《ちょうちん》の下に日輪璧《にちりんへき》をかくし、年破《は》瓜《か》なる美婦をえらんで、大牀《たいしょう》に入れ、ひそかに、之を用う、璧は潤《うるお》うて幽香を生じ、細腰雪《さいようせつ》膚《ぷ》は酔うて狂い、ついに嬌《きょう》として哭《な》く、と。……老人、幽谷《ゆうこく》から玉をひろいとるのは、貴方《あなた》の役目だ。照れずに、ひとつ、やって頂こう」

髑髏《どくろ》屋敷

一

——はて！

花の便りに誘われて人出がとみに増した春昼《しゅんちゅう》、柳橋《やなぎばし》の橋上を、ゆっくりと渡りかけた眠狂四郎が、急に、じっと目を置いたのは、二間《けん》ばかり前を行く十徳《じっとく》に宗匠頭巾《そうしょうずきん》を被った老人の後姿であった。

一瞥《いちべつ》して、浮世の俗事とは縁が遠くなり、江戸座の宗匠にでもおさまって、残りすくない人生を悠々自適しているかに見える、大きな町家の隠居姿であった。

頭巾の下の髷《まげ》は、きれいな白髪であったし、川を下って行く屋形船へ視線を向けた横顔は枯れて皺《しわ》深いもので、どう眺めても、七十の坂を越えていると受けとれるのだったが……。

狂四郎に、不審を起させたのは、その老齢にも似合わぬ若々しい足のはこび方であった。

かりに、どんなに若造りをしても、人は、その後姿の動きから、年齢をかくすことは難しいものである。おのずと、その過して来た職業の特徴を、年輪にしたがって、後姿に滲《にじ》ませて、これがまた、あじわい深い観《み》ものともなるのである。

この老人の後姿には、永い年月が刻みつける筈《はず》の風格がなかった。あるのは、まるで青年のような若い匂いであった。

並の人間なら、不用意に見遁《みのが》してしまうか、ちょっと訝《いぶか》ったとしても、さまで気がかりにならないであろう。狂四郎は、そうではなかった。異常な興味をそそられたのである。

それというのも――。

老人の貌《かお》には、決して、生涯を幸運に過した者の大らかさはなかった。いや、むしろ、いちめんの皺は、何かおそろしい苦難を越えるために作られたに相違ない。狂四郎の目は、確信した。

――どういうのだ。これは？

この疑惑は、無数の死地を脱《ぬ》けて来た者として、当然起った。狂四郎自身、おのれの後姿に、老齢のそれにもまさる、暗い惨《みじ》めな翳《かげ》が落ちているのを知っていたからである。

……なんとなく、あとを尾《つ》けることになった。

老人は、橋を渡りきると、左へ折れて、柳が芽吹いた河岸道《かしみち》を、すたすたと行く。

向うから、仮装した花見客のひと群が賑《にぎ》やかに近づいて来たが、その中から、不意に、ひょっとこ面をつけた男が、何か叫んで走り出して来た。

老人とすれちがいざま、狂四郎の行手をさえぎって、ぱっと両手をひろげた。

狂四郎は、苦笑して、

「どうした、金八――」

と、云った。

金八は、面を鼻まで押しあげて、反《そ》っ歯《ば》を出すと、

「先生っ！　やいっ！」

呶鳴《どな》ったものの、あとがつづかず、咽喉仏《のどほとけ》を烈《はげ》しく上下させた。

「みんな、元気か？」

「元気か、だと――こん畜生っ！　元亀《げんき》・天正《てんしよう》以来、貧乏人は、水だけ飲んで、ぴんしゃんしてらあ。人参《にんじん》飲んで首を縊《くく》るのは金持の芸当だい。先生っ、どうしてくれる！　勝手に、ふらっと江戸から消え去《う》せちまって、一年ぶりに戻って来ても、帰ったぞ金八、とも声をかけずに――ふざけやがって！　あっしが、こんなにむかっ腹をたてても、そっちは糸瓜《へちま》の皮だ。くそ面白くもねえ。お前さんのためなら、甲らが舎利になっても、働こうという者が、喚《わめ》いているんだ。金八は、人のふところはすっても、胡麻《ごま》は磨《す》らねえんだ。先生っ、返答どうだ？」

いきり立って、つめ寄る金八に、狂四郎は、微笑し乍《なが》ら、

「まあ、その面をぬいで、顔を見せろ」

「びっくり、という栗がはじけて、目にとび込んで、くやし泪《なみだ》が流れているんだ。みっともなくて、滅多に拝ませられるけえ」

そう云って、金八は、水っ洟《ばな》を、てのひらでこすりあげた。

狂四郎は、遠ざかった老人の後姿を、目で追いつつ、

「金八、早速だが、甲らを舎利にしてもらおうか」

「なに？」

「あの、むこうを行く年寄の懐中を抜いてみてくれぬか」

金八は、のびあがってみて、

「あんな爺《じじ》いじゃ、張合いがねえが……」

「油断するな。只者ではない。みごと、抜けたら、吉原《なか》で、黒二つ星を抱かせてやるが、やりそこなったら、その腕一本台無しにされて、骨継ぎ医者行きだ。覚悟して、かかれ」

「水臭せえや、先生。蓮の台《うてな》の半座を分《わけ》っから、金八、死んで来い、と云ってもらいてえ。……よおし！」

二

羽織させかけ
行先たずね
すねて、箪笥《たんす》を背中《せな》で閉め
ほんにお前は罪な人
てなこと

いっぺん、云われてみたい、か——

つと、路地からあらわれた金八は、やぞうをきめて、ほろ酔いの千鳥足になっていた。

先廻りをして、老人が、そこに来るまで、待ちうけていたのである。

——先生は、只者じゃねえと云ったが、たかが死にぞこないの娑婆《しゃば》ふさぎ、皺でかくれた金壺《かなつぼ》まなこが、どう光ったところで、たかが知れている。掏《す》り栄《ば》えはしねえ。仲間が見たら、嗤《わら》やがるだろう。

狙ったとたんから、その品物が生きものになって、自分の冴えた指の働きを待ちこがれている——その自信が、金八には、あった。品物の方から、指に吸いついて来ると云ってもよかったのである。目にもとまらぬこの迅技《はやわざ》をやりとげた刹那《せつな》の快感は、たとえ様もないものだった。

——やるぜ！

金八は、つき出した首を小ゆすりして、

いやじゃ、と
とびのくやつをばとらえ
入れて、泣かせるう
きりぎりす、とくらあ
……とん、と軽くぶっつかって、頸《くび》からかけられた紐を、右手の掌《てのひら》に隠した小鋏《こばさみ》で切る。
と同時に、左手の人差指と中指が、懐中物を、するっと抜く。
いや、抜こうとした一瞬、金八は、右の手くびを、ぐっと摑《つか》まれて、
——しまった！
七十越えたおいぼれを狙って失敗した屈辱感で、かっとなった。
摑まれたまま、対手《あいて》の目へ目を、ぐっと睨《にら》み合せて、
「花見時は物騒だ、年寄は気をつけな」
と居直った。
老人は、無言で冷笑した。
瞬間——金八は、「うっ！」と呻《うめ》いた。おそろしい力が、手くびにくわえられて、疼痛《とうつう》が、
そこから全身をつらぬいた。
——骨が折れる！
商売ができなくなる、と脳裡《のうり》を掠《かす》めた——その恐怖が、金八に見栄をすてさせた。

摑んだ対手の片手へ、がぶっと齧《かじ》りついた。

次の刹那、

「たわけ！」

凄《すさま》じい一喝《いりかつ》をあびせられた金八は、自分の五体が、もんどり打つのを、自身でもたあいもないと感じつつ、河岸縁《かしぶち》から落ちて行った。
七、八間はなれて、この光景を目撃した狂四郎は、
——やはり、そうか！

と、予感が当ったのに、にやりとした。

晴れた空の白い雲を映した水面が、高い飛沫《しぶき》を噴きあげて、大きく波紋を描いたのへ、老人は、目もくれようとせずに、さっさと歩き出していたのだったが、金八を捕えて投げ込んでおいて、何事もなかったかのように去ろうとするその態度は、小憎いまでにきびきびしていたのである。

——尾けて、正体をあばくに足りる！

三

仙台堀《せんだいぼり》に沿うて材木置場まで下って行き、要橋《かなめばし》のところから左に折れて、本所《ほんじょ》各町の代地をひろって、まっすぐに進むと小名木川《おなぎがわ》に行きあたる。そこに架けられた扇橋《おうぎばし》を渡ると、本《ほん》多豊前守《だぶぜんのかみ》、大久保佐渡守《おおくぼさどのかみ》、阿部播磨守《あべはりまのかみ》、松平肥後守《ひごのかみ》などの下屋敷の高塀《たかべい》がつらなって、もはや人影もなく、春の午後の陽ざしが、路上の物影を長く延びさせて、この静けさは、これはこのまま、黄昏《たそがれ》の靄《もや》を迎えて、しっとりと昏《く》れて行くのであろう。

尾ける者も、尾けられる者も、一定の距離を保って、ここまで、来た。

老人は、一度も振りかえらなかったが、尾けられていることは、すでに気づいていない筈はなかった。

狂四郎自身、気どられまいと要心した次第ではない。

大名の下屋敷がきれると、八右衛門新田《はちえもんしんでん》がひらける。遠近《おちこち》に、林や竹藪《たけやぶ》がわだかまっているほかは、見わたすかぎりの田面《たのも》が、渡って来る微風に、青麦の穂を波だたせていた。人家の聚落《しゅうらく》は、川の向うであった。

この一直線にのびた往還上に、見出される人影は、老人と狂四郎のみであった。ほかに動いているものといえば、堤でゆれている陽炎《かげろう》ばかりである。

つと——老人は、大きな欅《けやき》の樹の立っている辻を、右へ曲って、脇道へ入った。その脇道もまた、南へむかって、まっすぐに走っていた。狂四郎も、つづいた。

ものの二町も行くと、道は林の中に入り、木洩れ陽が妖しいくらい鮮やかな明暗の縞《しま》を織って、通る者の気色までも微妙にあらためる。

——ここらあたりで、向き直って来るか？

狂四郎は、そう思った。

来なかった。

老人は、悠々として、さらに、脇道から、左へ——細い草径《くさみち》をえらんでいた。

狂四郎は、その曲り角に立ち停《ど》まって、

——あそこか。

と、見た。

木立越しに、切妻の萱門《かやもん》が見えた。そのかなたに望まれる屋根も、萱葺《ぶ》きで、いかにも、茶禅一味の境地にある隠者の栖《すみか》といったたたずまいであった。

はたして、老人は、その萱門をくぐって、姿を消した。

狂四郎が、追って、すぐに、ふみ込まなかったのは、恰度《ちょうど》、この脇道の彼方《かなた》に、一人の農夫が、足を停めて、こちらを、じっと眺めていたからである。

農夫は、来かかっていたのだが、老人を見かけると、急に、怯えて、その場に立ち竦《すく》んでしまったのである。

農夫は、老人は去ったが、あとから来た狂四郎がまだそこを動かぬので、どうしようかと迷っている様子をしめしたが、やがて、俯向《うつむ》いて近づいて来た。

狂四郎が、声をかけると、擡《もた》げた顔に、怯えた色があった。

「あの屋敷の主《あるじ》は、何者だな?」

「一向に、存じませぬが……」

「しかし、お前は、あの老人を見かけると、ひどくおそれたではないか」

「それは、旦那様——、あのお方を、このあたりのものは、みな、人間とは、思って居りませぬ。……貴方《あなた》様は、どうなされたのでございます?」

「おれも、怪しんだから、尾けて来た」

狂四郎は、笑って、こたえた。

「危険なお振舞いでございます」

農夫は、狂四郎の異相に対しても、不気味なものをおぼえていて、警戒する様子だった。

「人間ではない、というと、どういうのだ?」

「化生《けしょう》かも知れませぬ。……あそこは、享保《きょうほう》の頃まで、大きな旗本衆の下屋敷があった由《よし》でございますが、その後、とりはらわれて、ずうっと、空地だったのでございます。それを、あのお年寄が、三年ばかり前に、お移りになって来て、住みつかれたのでございます。……おそろしい事が、起りはじめたのは、それからでございます」

「どんな事だ?」

「子供が、蟬《せみ》とりに、あの林の中へ入って、儚《はかな》いことになったのでございます」

「殺されていたのか?」

「それが……さっぱり、わかりませぬ。どこも傷ついては居りませなんだし、死顔も安らかでございましてね。それから、間もなく、同じ場所で犬が仆《たお》れたのでございます。……昨年の暮には、鶴が落ちて居りましてね、お役人が詮議《せんぎ》なさいましたが、原因は、ついぞわかりませぬ。あのお年寄が、自分の全く関《かかわ》り知らぬことだ、とつッぱねておしまいになると、どうするすべもございませなんだ。お役人は、そこに、鴉《からす》や雀《すずめ》の死骸もあった、と仰言《おっしゃ》っておいでてございました。……化生だ、と噂《うわさ》するのもあたりまえでございましょう」

「住んでいるのは、老人一人か?」

「左様でございます」

狂四郎は、礼をのべて、つと、草径へ足をふみ出した。

農夫が、おどろいて、呼んだが、耳がないごとく、ずんずん進んで行った。

その屋根をとりかこむ疎林《そりん》は、これはあきらかに、自然に生えたものではなかった。松、楓《かえで》、樫《かし》、にしきぎ、あせぼ、楢《なら》、ぐみ、ほうの木、真弓、黄楊《つげ》、などの常緑樹の一本一本が、吟味されて、植込まれたと見てとれた。

そして、疎林と寄植籬《よせうえまがき》の間には、何故《なぜ》か、一間あまりの幅で、空地が設けられ、びっしりと高麗芝《こうらいしば》が敷きつめられていた。

萱門には、この高麗芝を踏んで行き着くことになる。

その芝を、一歩踏んだ——刹那、狂四郎は、居合抜きに、無想正宗を鞘走らせて、ぴたりと、青眼《せいがん》にとった。

他人目《ひとめ》があったら、狂気の振舞いとしか映らなかったろう。

前方に、敵影は、なかったのである。

狂四郎のまなこにのみ、その敵は見えた。いや、見えた、というのは、必ずしも、正しい表現ではない。狂四郎が、後日に語るに、見えた、とは云わない筈である。

その敵は、眼前数歩の地上に存在したが、肉眼がとらえた次第ではなかった。

磨《と》ぎすまされた狂四郎の神経が、その存在をさとり、さとった刹那、見たという意識になったのである、
恐怖すべき怪異な生きもの——として感じられつつ、これが、天然の現象であることは、理性が判断した。

大気が、凝集して、巨大な円柱となり、しかも、凄じい迅さで回転している、とでも云おうか。

奇怪にも、その周囲は、微風も絶えた、静かな、明るい春景色なのである。

旋風ならば、木の葉や土埃《つちぼこり》を巻きあげて、これは、はっきり見とどけられる。それとはまったくちがった怪物であった。

もとより、狂四郎の知識をもってしては、判じ難い現象であった。わかるのはこれに巻き込まれたら、ひとたまりもなく、錐揉《きりも》みにされて、絶息するであろうということであった。

——子供や犬や鳥のいのちを奪ったのが、これか！

凄じい迅さで回転する大気の円柱と、無想正宗との対峙は、いつまでつづくかと思われた。

白刃の徐々たる移動が、円柱の変りゆく位置をしめした。

狂四郎の気力も体力も、そのために、かなり消耗せざるを得なかった。

斬り込めば、刀もろとも、その円柱に吸い込まれてしまいそうであったし、刀を引けば、たちまち、襲いかかって来そうであった。

一瞬、

——勝つぞっ！

心中に、嘯《うそぶ》いた狂四郎は、猛気を漲《みなぎ》らせるかわりに、五体を真空内に溶いた。そして、刀身を沈めて、切先《きっさき》を地に摺《す》らせた。

と——。

狂四郎の双手《もろて》は、無想正宗を、閃々《せんせん》と陽光に煌《きら》めかせて、宙を截《き》り廻しはじめた。

回転速度を、急激に迅めて行き、ついに、白光の円輪を描くにいたった刹那、

「ええいっ！」

満身からの気合を、空間に劈《つんざ》いて、きえーっ、と一閃、見えざる敵を、真二つに、断ち割った。

……なんの手ごたえもなかった。

幻は、幻でしかなかった。

あかあかと色を増して来た斜陽の中に狂四郎は憑きものが落ちたように、茫乎《ぼうこ》として、ひとり彳《たたず》んで、ひとつ大きく肩で呼吸した。

四

それから、いくばくかの後、狂四郎は、両手を懐中に置いた元の姿で、萱門をくぐって、屋敷内にふみ入った。

みごとな庭といえた。

伽藍石《がらんせき》を飛石に交えた書院式の露地であった。根幹の蟠屈《ばんくつ》する黒松や、婉麗《えんれい》な五葉松が、景観の中心を為していた。

るのを見た。

飛石に、跫音《あしおと》をたてて、ゆっくりと、歩いて行き乍ら、母屋《おもや》の雨戸が悉《ことごと》く閉められてい

その母屋の軒内に、雨落溝《あまおちみぞ》に沿うて、数十をかぞえる盆栽が並べてあるのが、目立った。近づいて、狂四郎は、それらひとつひとつが、吟味された素晴らしい逸品であるのを、みとめた。しかも、ひとつとして、同じ形のものはなかった。

石付きの蝦夷松《えぞまつ》、根連り《ねつらな》五幹の五葉松、斜幹の錦松《にしきまつ》、直幹の真柏《まがしわ》、筏吹きの赤松、懸崖《けんがい》の姫小松……等々。

ひねこびれた矮樹《わいじゅ》を、よくも蒐《あつ》めた、と云えばそれまでだが、尺に足らぬ盆上に、亭々として雲を衝く喬樹《きょうじゅ》を連想させ、あるいは、水声潺湲《せんかん》たる渓谷を渉る詩趣をおぼえさせる努力は、これは大したものとほめられねばなるまい。

狂四郎の視線は、そのうちの、一枚の岩板に小高く土盛りして、いちめんに小笹《こざさ》と蘚草《せんそう》で掩《おお》うた蕭条《しょうじょう》たる荒野の一隅《いちぐう》の景趣を現わした一盆に、吸い寄せられた。

じっと瞶《みつ》めていると、これは、往古の戦場の跡に、誰人《たれびと》が供養したか、一堆《いったい》の塚が築かれて、それが、いつとなく見すてられて、侘《わび》しく、蕭殺たる秋風に吹きさらされるままになっている、と叙《の》べていた——。

——ふむ！

狂四郎の眸子《ひとみ》が、鋭く光った時、数間さきの袖垣《そでがき》のところから、

「なんの御用か！」

と、咎《とが》める声が、かかった。

ここで、――はじめて、狂四郎と老人は、正視し合うこととなった。

「ただ、なんとなく、迷い込んだ者と思って頂こう」

狂四郎は、平然として、こたえてからまた、その盆栽へ、視線をもどした。

「これに、なんと、名づけられた？」

その問いに対して、老人の双眸《そうぼう》は、きらと底光った。

「風蕭々《かぜしょうしょう》、と名づけて居り申す」

「どこで、手に入れられた？」

「天の恵みでござった」

こたえによどみがなかった。狂四郎は、しかし、冷やかに薄ら笑った。

「これは、あやかし、と見た。いかがだ？」

鋭利な刃物で切るに似た語気をあびせられて、老人は、咄嗟《とっさ》に、ぐっとつまったが、すぐに、破顔した。

「慧眼《けいがん》、おそれ入り申した」

自ら、その盆栽に近寄るや、小笹を鷲摑《わしづか》みにして、ぐっと引き抜いた。

塚と見せて――その中に匿《かく》されていたのは、一個の髑髏《どくろ》だった。

「ご浪士。てまえを尾けられたのは、何人《なんびと》の依頼によるのか、うかがおう」

「べつに、誰に頼まれたわけでもない」

狂四郎は、冴えた眼眸《まなざし》を、老人の貌《かお》へ据えて、

「お手前は、何歳におなりだ！」

「…………」

「三十前と察するが、どうであろうか？」

「ご明察――」

老人は、頭を下げた。


老人は、都築嘉十郎《つづきかじゆうろう》と云った。先祖は享保年間に、手落があって改易となったが、それまでは、闕所物《けつしよもの》奉行を勤めて、ここにかまえた屋敷も宏壮《こうそう》なものであった。闕所物奉行は、大目付直属で、財物官没の事を司《つかさど》り、その権限は、幕臣ならびに江戸市中に住む武家の事案に限られている。すなわち、罪があって、その財産が没収される時、この奉行が、一切をとりしきるわけで、その性質上、かずかずの余得がある。

闕所物奉行は、古来留守居の管轄《かんかつ》であったが、元禄《げんろく》二年に、大目付支配となって、役高は百俵五人扶持《ぶち》であった。禄としては、かなりひくかった。

しかも猶《なお》、都築家が裕福を誇ったのは、その余得の故《ゆえ》であった。

浪居となり乍ら、嘉十郎の代になっても、くらしに困ることはなかった。高価な骨董品《こっとうひん》が、まだ充分に蓄えられてこれを売り食いしても、嘉十郎一代は、悠々と自適することはできた。三年前の某日、嘉十郎は、その骨董品を、売りはらってもよいのと、残しておくのと、えりわけているうちに、一枚の古絵図を発見したのであった。それは、とりはらわれた屋敷の見取図であったが、南隅《なんぐう》に、鑿抜《ほりぬき》井戸が描かれて、「地下二間、黄金八百枚」と記されてあった。

嘉十郎は、半信半疑のままに弟の兵馬《ひょうま》にこれを示して一度調べてみようと相談して、早速に、この屋敷跡へやって来た。

しかし、そこには、井筒も残されて居らず、兄弟は、さんざ捜しまわった挙句疲れはてて、叢中《そうちゅう》に倒れた。この時、嘉十郎は、枕にした土が、ごろっところがったのにおどろいて、あわてて起き上り、それが、髑髏であることを発見した。

その髑髏の口の中に、きらっと光るものがあり、つまみ出してみると、一枚の金の延板であった。

「ここだ！　ここに井戸がある！」

その一枚の金の延板が、遠い戦国時代のものであると判るや、嘉十郎は、髑髏が大将首にまぎれもないと、さとった。ここは、古戦場だったのである。

討死した味方の大将の首を、埋めるとともに、軍用金をも、隠匿《いんとく》しておいたに相違ない。

嘉十郎と兵馬は、無我夢中になって、鍬《くわ》をふるって、一面に掘りかえした。

古井戸は、発見された。

嘉十郎が、からだに綱をゆわえつけて、その底へ降りた。はたして金櫃《かねびつ》は、そこに在った。

狂喜して、それを綱でくくって、兵馬に曳《ひ》き上げさせておき、さて、自分のからだを曳きあげる綱のたぐりおろされるのを待っていると、突如として、大石が落下して来た。これに微傷だに負わなかったのは、奇跡であった。金櫃が置かれてあった場所は、数尺横へ掘り刳《く》られてあり、そこへ、嘉十郎は、何気なく身を寄せていたために、助かったのである。

自己擁護の本能が、嘉十郎に、沈黙を守らせたため、してやったと信じた兵馬は、念のために、あと一個の大石を落しただけで、去った。

嘉十郎が古井戸の底にとじこめられていたのは、三昼夜であった。地上へ遁《のが》れ出ることが出来たのは、偶然であった。夜半、嵐が来て、井戸端に捨てられてあった綱を、嘉十郎の頭上へ吹き落してくれたのである。綱の端は、松の幹にくくりつけてあったので、これをつたって、よじのぼり得た。

恐怖と絶望の三昼夜が、おのれの頭髪を雪の白さに変え、貌を古稀《こき》の老齢のものにしているとは気づかず、裏切った弟に対する復讐心を燃えたたせ乍ら、生ける幽鬼の蹌踉《そうろう》たる足どりで歩き出した時——。嘉十郎は、彼方の地上に、金櫃をかかえて俯伏《うつぶ》した兵馬の屍骸を見出したのであった。

黄昏《たそがれ》の薄靄《うすもや》の生まれた野路《のじ》を、狂四郎は、江戸の市中へ、ひきかえしていた。

名状しがたい、湿った感慨が、胸中にたゆとうていた。

……都築嘉十郎は、金櫃を弟の屍骸もろとも、そこへ、埋めたのである。嘉十郎は、賢明にも、弟が、金櫃から洩れ出る毒気にあたって仆れたとさとったのであった。軍用金を秘めた櫃に、猛毒をもとじこめておくのは、戦略のひとつであった。狂四郎に剣を抜かせた大気の怪物は、そこに埋められた金櫃から地上へ舞い出た毒気が生んだものであったろうか。

——そうか。あの白髪と枯渇《こかつ》の貌は、地下へとじこめられた恐怖と絶望によって、一変したのではなく、井戸底にのこっていた惨毒のためだったのか。

狂四郎は、みすみす莫大な黄金を眼前にし乍ら、それを得られずに、無慚《むざん》な老爺《ろうや》と化した男をあわれみつつ、その正体をつきとめたおのれの徒労をも、自嘲していた。

狂い部屋

一

「えっへん――おほん」

下谷《したや》広小路《ひろこうじ》「本牧亭《ほんもくてい》」の昼席の高座で、立川談亭は、張扇《はりおうぎ》で、読み台を、ぴしりっと打鳴らして、反り身になった。

「時はいつなんめり――永禄《えいろく》三年五月十日と九日は丑《うし》の刻、清洲城《きよすじょう》は御本丸、奥の寝所の褥《ねや》の中《うち》、仇《あだ》な夜風に、ふと目をさましゃ、来ぬ夜、きこゆるあの半鐘は、首尾もおじゃんと鳴るわいな――てな次第にはこれあらず、あれこそは、駿・遠・参の頭領にて、海道一の弓取なる今川《いまがわ》治部大輔《じぶのたいふ》義元《よしもと》が、率いてここに嘘八百万、かぞえてこれは五万の大軍、威風草木を靡《なび》かせて進撃し来るの警報なりっ。これをきくが早いか、がっ破《ぱ》と牀《とこ》を蹴って、つッ立ち上った若荒武者は、これぞ織田《おだ》上総介《かずさのすけ》信長《のぶなが》公、年も血気の二十と六歳。来たか義《よっ》さん、待ってたほい、竜車に手向かう蟷螂《とうろう》と云う勿《なか》れ、蝦《えび》で鯛釣るためしあり、その坊主っ首をばひっちぎり、今川焼きにぞなしくれん、と――腹がへっては戦《いく》さが出来ぬ。立ち飯喫して、小鼓取り、打って謡《うと》うた敦盛《あつもり》舞曲。

人生五十年、化転《けてん》のうちをくらぶれば、夢幻《ゆめまぼろし》の如《ごと》くなり、一度《ひとた》び生《しょう》を得て、滅せぬ者の有るべきか
死のうは一定《いちじょう》、しのび草には何をしようぞ、一定かたりをのこすよの……いざや、者共、螺《かい》吹け、具足をまとうべし、云いも終らず、金色の志加美《しかみ》を立てたる兜《かぶと》をば、一天高しと押し戴《いただ》き、青貝打ったる三間柄《さんげんえ》、大身の槍をかい込んで、風の如くに走り出《い》で、乗ったる馬は連銭葦毛《あしげ》、目指すは、田楽狭間《でんがくはざま》の敵の陣」

談亭は、羽織をぬぎすて、手拭いで額の汗をぬぐい乍《なが》ら、一隅《いちぐう》に、眠狂四郎の姿を見つけると、にやっとしてから、

「時しもあれや、残月天空にかかって、一路幽《かす》か――まだ明けやらぬ街道に、啼《な》いて通るか明鴉《あけがらす》、たまの逢瀬《おうせ》の短か夜に、ふたつ枕をならべたままで、一夜あかしの恨みごと、十四の春から通わせて、今更イヤとはどう欲な、鴉が啼こうが、夜が明けようが、お寺の坊さん、鐘突こが、枕屏風《まくらびょうぶ》に陽がさそが、このわけきかなきゃ、起しゃせぬ――つつみ隠せど、濡れたる事を、人に知られて汗襦袢《あせじゅばん》、馳《は》せて走って三里と五町、人馬はともに玉の汗」

このおり――。

狂四郎の前に坐《すわ》っていた、緋《ひ》縮緬《ぢりめん》がほのぼのと透く明石《あかし》を仇にまとうた女が、すっと立っ

て、出て行こうとしかけて、瞥《ちら》と狂四郎に流眄《ながしめ》をくれた。

冷たく、目をかえし乍ら、狂四郎も、その妖艶な美しさをみとめないわけにいかなかった。その透ける緋縮緬から匂いこぼすように、甘い香をただよわせて、こみあった膝《ひざ》と膝のあいだを、裾《すそ》さばきも鮮やかに、行き過ぎたが、それが、談亭の講釈にあくびして立ったのではない証拠を、狂四郎の耳にのこした。

「地獄《いんへるの》へ――」

行き過ぎがてに、その一語を呟《つぶや》いたのである。自分に投げられたものと、狂四郎は、さとった。

切支丹のこの忌《い》み語は、狂四郎にとって、身近なものだった。

地獄に堕ちるほかはない異端者《ぜんちょ》として、無頼の所業を積み重ねて来た身である。ただ、これを見知らぬ他人から投げつけられたのは、はじめての経験であった。

狂四郎が、やおら身を起して、女のあとを追ったのは、しかし、あいてが、異端者を悪《にく》むかくれ切支丹と見てとったからではなかった。むしろ、反対に、その女に、信徒特有の雰囲気がみじんも感じられなかったからである。

こちらを眠狂四郎と知って、誘いの手段として、自身にも口馴れぬその言葉を投げることが、最も効果がある、と誰かに教えられた。――そう読んだ。

もし、あいてが、ほんもののかくれ切支丹と見てとったならば、狂四郎は立ち上がらなかった筈《はず》である。

二

山下を過ぎて、新寺町《しんてらまち》から幡随院《ばんずいいん》門前へ抜け、辻を右折すると、浅草寺《せんそうじ》の本堂の大屋根が、はるか彼方《かなた》に、蒸した夕靄《ゆうもや》に溶けた中空を割って、高くそびえていた。

二間《けん》の距離を置いて、女も狂四郎も、しずかな歩みをつづけて来た。

寺ばかりがならんだ通りで、風呂敷包みをかかえた少年たちの姿が多く見かけられるのは、文字通りの寺子屋が、はやっているのであろう。げんに、山門わきに、「御家流《みかどりゆう》」という看板をかかげた寺も見受けられた。

女は、曹源寺《そうげんじ》という古寺の土塀《どべい》に沿うて、つと、左へまがった。行手は、ひろびろとした青い田地で、それを通り抜けると、非人溜《だめ》へ行きつくことになる。

——どこへ、つれて行こうとするのか？

なかば興味をうしないかけてい乍ら、狂四郎は、無為なひとときのひまつぶしに、ここまで尾行して来たからには、ひきかえすわけにもいかなかった。

田植えを終った野から吹いて来る夕風が、涼しく、人影のないまっすぐな往還の歩みは、心地よかった。

狂四郎は、およそ半刻《はんとき》も、こうして女の後姿を眺めているうちに、ひさしぶりに、身うちに、花を見て枝を手折る欲望をおぼえていた。花は、あきらかに、毒を含んでいたのである。

一歩毎《ごと》に、なよやかにくねる腰の動きは、緋縮緬の陰に、男を悩殺する妖しい媚態《びたい》の修練を積んでいると、はっきりと見てとれた。

と――女の足が、はじめて、停められて、白い顔が、まわされた。

にこ、とほころびた――それが合図であったと、後に判ったことである。

頭上から、鋭く唸《うな》って、飛んできた物を、狂四郎は、しかし、それを予期していたごとく、軽く首を反らして、耳朶《じだ》すれすれに躱《かわ》した。地べたへ突き立ったのは、珊瑚《さんご》玉の簪《かんざし》であった。一瞥《いちべつ》して、それは、ただの簪ではなく、護身用の、手裏剣に代え得る一本足の銀造りであった。

狂四郎は、それをひろいとってから、投擲《とうてき》者を仰ぎ見た。

一文字瓦葺《いちもんじがわらぶ》きの高い土塀上に、百日紅《さるすべり》が、うねった太枝をさしのべていたが、投擲者は、それに腰かけていた。

意外にも、まだ二十歳前の、ぽってりとした丸顔の、大きく張った眸子《ひとみ》と、ふっくらとふくらんだ頰に刻まれた片靨《かたえくぼ》が、印象にのこる武家娘であった。

狂四郎を苦笑させたのは、武将が出陣に臨んで、牀几《しょうぎ》に就き、威容を示している図にも似て、肩をそびやかせ、両肱《ひじ》を張り、膝をいっぱいに拡《ひろ》げている恰好であった。

裳裾《もすそ》は、はだけ、白い腰絹の陰に、ゆたかな太股《ふともも》が、斜線を引いて、その奥に幽《かす》かに霧《き》る女体の色づいた亀裂《きれつ》までも、覗かせていた。

狂四郎の擡《もた》げた視線を、まともに受けとめた娘は、

「ほほほほ……」

と、愉しげな笑い声をたてた。これは、狂った者独特の甲高さであった。

狂四郎は、二間のむこうに彳《たたず》んで、食い入るように自分を瞶《みつ》めている女へ、視線を返すと、

「なんの意味だ、これは？」

と、訊ねた。

「あたしと、なんのかかわりもないことでござんす」

女は、冷やかにこたえた。

「そうは云わせぬ。が、まアよかろう」

次の刹那《せつな》、狂四郎は、娘の股間めがけて、簪を投げ上げた。あやまたず、それは、娘の亀裂の中へ、珊瑚玉の根元まで、ふかぶかと吸い込まれた。

「ひっ！」

おそろしい悲鳴を発した娘は、のけぞりつつ、夢中で、一枝を片手摑《づか》みにしたが、それがぽきっと折れるとともに、白い双脚を空ざまに、大きく開いて、落ちて行った。

狂四郎は、ゆっくりと女に近寄った。

「おれに地獄へ墜ちろと云ったのは、なんの理由によるのだ？」

「切支丹には、つもる恨みがござんす」

「おれは、べつに、切支丹ではない」

「お前様が、なんと言訳なさいましょうとも、そのお顔をとりはずすわけには参りますまいよ」

「顔？」

狂四郎の眼底で、暗い光がうごいた。

「あたしに、二世《にせ》を誓った男がいたと思っておくんなさい。なんの因果か、その男が、商いで上方《かみがた》へ半年ばかり行っている間に、御禁制の耶蘇《やそ》教にとり憑かれて、江戸へ帰って来たら、あたしなんぞを見向きもせずに、ひまさえあると、青銅の画像を飾って、せんすまるはらいそ、せんすまるはらいそと、わけのわからない陀羅尼《だらに》を唱えはじめましたのさ。……隙を見て、その画像を覗いたら、まりやとかいう裸おんなだったから、あたしゃ、かっと来た。……男をまりやに取られちまったんだから、あたしゃ、きりすととやらを取ってやる——その時、その肚《はら》をきめましたのさ」

「きりすとを取る？　……取れたか？」

「ふふふふ。女の一念というやつでござんすよ。あたしゃ、みんごと、きりすとを取ってやった。毎日、可愛がって居ります」

——この女も、気がふれているのか？

ややあきれて見戍《みまも》る狂四郎へ、女は、にっこりして、

「旦那《だんな》、おことわりして置きますけど、あたしゃ、いまのお嬢さんとちがって、正気でござんすよ。だから、銅で造られたきりすとを可愛がるよりも、生きたきりすとが欲しくなって、こうして、旦那をお誘いしたんじゃありませんか」

狂四郎は、合点した。女は、隠れ切支丹の一人から、わが貌《かお》に似たあの祈禱《きとう》像を盗みとったのだ。可愛がっているという意味は、足で踏みつけ、唾《つば》を吐きかける仕打であろうか。たまたま、どこかで、この眠狂四郎を見かけて、はっとなり、「生きたきりすと」と看做《みな》して、これに復讐する機会をねらっていたのではないか。

いまの狂女は、並の者なら到底躱し得ぬ手裏剣打ちの達者であった。女は、この手裏剣を利用しようとしたに相違ない。

こちらにしてみれば、面妖《おかし》な、甚《はなは》だ迷惑な話であったが、男を失った女の悋気《りんき》が、常識では割りきれぬ異常な憎悪を生むものであってみれば、これは、考えかたによっては、いじらしい振舞いとも受けとれなくはない。

「よかろう」

狂四郎は、にやりとした。

「お前は、どうやら、おれの咽喉《のど》をひと刺しする企ては、失敗したようだから、事のついでに、生きたきりすとの情を受けてみるがよかろう」

「たぶん、そうなるだろうと、あたしは、覚悟して居りました」

女が、ともなったのは、狂四郎の予測たがわず、狂女の落ちた屋敷であった。

これは、大名の下屋敷とも思われる立派な構えであった。

三

これより一刻ばかりさき、この屋敷に、一梃《ちょう》の駕籠《かご》が着いていた。

降り立ったのは、地味な路考茶《ろこうちゃ》縮緬に一粒鹿《か》の子《こ》の黒裏、鼠緞子《ねずみどんす》の帯をきりりと締めた生粋《きっすい》の当世町乃女房であった。三十前後であろうか、しっとりとした餅肌《もちはだ》の、熟《う》れた艶は、大店《おおだな》の裕福なくらしでつちかわれた、おっとりした気品を漂わせて、これは、仇っぽい歌妓《かぎ》などとはまたちがった色気で男心をそそる風情であった。

「駕籠屋さん、ここかえ?」

ちょっと訝《いぶか》しげに、駕籠舁《か》きへ訊ねた。

「へい。まちがいござんせん。御新造《ごしんぞう》さんは、おはじめてなんで?」

「ああ――。まるで、お大名の屋敷じゃないか。難波屋《なんばや》さんも、ごうぎなものだねえ」

感にたえたように、お内儀《かみ》は、宏壮《こうそう》な構えを見わたした。

大玄関に入って、案内を乞うと、手代らしい中年の男があらわれて、

「よう、お越しやす。ささ、どうぞ――」

如才ない物腰で、招じた。

通された部屋には、ほのかな伽羅《きやら》の匂いがこもっていた。なにからなにまで、吟味のゆきとどいた美しいたたずまいであった。

待たせるまでもなく、入って来たのが、まだ二十四、五の、役者のように綺麗な風姿の町人であったのに、お内儀は、またもや、意外な思いをさせられる様子をしめした。

「お初にお目にかかります。難波屋でございます。御新造さんには、是非一度お会いしなければ、大阪へもどれないと思うて居りました。なにしろ、御新造さんのお美しいことは、大阪へもひびいて居りますさかいなあ――」

「上方衆のお世辞には、叶いませんねえ。……わざわざ、お招き頂いて、有難う存じました」

お内儀は、日本橋《にほんばし》北岸鞘町《さやちょうがし》川岸の菱垣廻船《ひがきかいせん》問屋「利倉屋《としくらや》」の女あるじであった。主人の六兵衛《ろくべえ》が三年前に逝ってから、男まさりの気性で、万端とりしきっているのであった。おとせという。

利倉屋は、同じく鞘町川岸の銭屋《ぜにや》とともに、大阪をはじめ摂河泉《せつかせん》、京都その他上方諸国の

荷物廻漕《かいそう》問屋として、公儀及び諸藩邸の御用達《ごようたし》をつとめる双璧であった。

鞘町川岸で、江戸輸入の百貨が輻輳《ふくそう》し、無数の艀下《はしけ》と大八車が、懸け声勇ましく荷扱いをする光景は、江戸名物のひとつにかぞえられていた。

ところが——。

昨秋、利倉屋は、千五百石積の菱垣廻船八艘《そう》が、暴風雨に遭って、難破して、屋台骨がぐらつきかかっていた。難船振合い勘定《かんじょう》は、非常に面倒なもので、一部分の破損の場合でも、入札になると、落札価格と総元価の差引に、大変な悶着《もんちゃく》が起るのであった。まして、丸濡れとなると、負担の割合は、なかなか片がつかない。

利倉屋は、この難波屋の新綿を輸送して来ていて、その難に遭ったのであった。

毎年秋季に、大阪から新綿を輸送して来る新綿番船は、廻船仕事のうちでも、最も華々しいもので、第一番に到着した船からは、市中荷主の各店へ、赤い襦袢を着て、紅白の采配《さいはい》を持った水主《かこ》たちが、太鼓をたたいてふれまわり、祝いはやすのであった。第一番に到着した船は、翌年第一に荷物積込みの特典を得るからであった。

すべて、縁起をかつぐ当時の商いであった。

新綿番船が、難破し、丸濡れになったことは、利倉屋の信用を、失墜させてしまった。

女あるじのおとせは、難波屋へ手紙を送って、来年もう一度、新綿を輸送させてくれるように悃願《こんがん》していたのである。

「利倉屋を生かすも殺すも、難波屋さんの胸三寸にある」と。

その難波屋が、ふいに、江戸へ出て来て、呼んでくれたのである。おとせは、とるものもとりあえず、やって来た次第であった。

酒肴《しゅこう》がはこばれ、おとせは、盃《さかずき》を受けた。難波屋は、終始にこにこして、献酬にも馴れていた。

ほんのりと、頬を桜色にしたおとせは、

――もう大丈夫！

と、安堵《あんど》した。

「難波屋さん、思えば、ながいつきあいでございますね。おききおよびでござんしょう。五代様の頃の話――」

「あ――衣裳《いしょう》くらべのことでございますか」

二人は、頷《うなず》きあった。

五代将軍綱吉《つなよし》の時代、利倉屋も難波屋も、すでに豪奢《ごうしゃ》なくらしを誇る大店だったのである。

利倉屋は、照降町《てりふりちょう》の角屋敷に住んで、鉅万《きょまん》の金を、土蔵に積んでいた。その女房は、華美を好んで、虚栄の権化《ごんげ》のようなぜいたくぶりをしめしていた。

取引先きの大阪の難波屋の女房もまた奢侈《しゃし》を好んで、美衣美食にうき身をやつしているときいた利倉屋の女房は、

「衣裳くらべをしようではないか」

と、手紙を送って、はるばる東海道《とうかいどう》を越えて行った。

場所は、京の清水寺《きよみずでら》の舞台がえらばれた。

難波屋の女房は、洛中《らくちゅう》の図を繡《ぬ》わせた緋繻子《ひじゅす》をきて、待ちかまえた。

あらわれた利倉屋の女房は、黒羽二重《くろはぶたえ》に南天の立木を染めた小袖《こそで》をまとうていた。

見物のために蝟集《いしゅう》した人々は、ひとしく、

「くらべるまでもない。大阪が勝ちじゃ」

と、評した。

ところが、能《よ》く見れば、南天の実は、珊瑚の珠を砕いて縫いつけたものであった。

利倉屋の女房は、意気揚々と、江戸へひきあげて行った、という。

こうした因縁をもっている両家であった。半刻もすごすうちに、おとせは、安堵とともに来た酔い心地に、しぜん、身のこなしもなまめいて、膝も崩れた。

「……ほんに、こんなに頂いて——酔いました」

目もとと声音に、媚《こび》をふくめたおとせを、優しく見戌っていた難波屋が、この時を待っていたように、

「御新造さん、てまえも商人でございますゆえ、お店の船へ新綿を積ませて頂くからには、ひとつ条件をつけさせてもらいます」

「どうぞ――なんなりと」

「お前様を、うちの新綿へ積ませて頂きましょうか」

「…………」

一瞬、おとせの全身を、微《かす》かな戦慄《せんりつ》が走りぬけた。

「おいやでございますか？」

ねっとりと吸いつくような眼眸《まなざし》と声音であった。

「い、いえ……」

おとせは、いまさら、首を横には、振れなかった。


次の間に、すでに、その用意は、なされていた。

ふんわりと身の沈む三枚重ねの褥《しとね》に、帯だけ解いて、仰臥《ぎょうが》したおとせは、目蓋《まぶた》をとじ、胸で手を組んで、難波屋に、裾前をめくられるにまかせた。

あらわにされた下肢は、豊かに肉盈《み》ちて、しかも、三年の空閨《くうけい》に肌膚《はだ》を包みかくされていた羞恥《しゅうち》に息づいて、甘く匂うた。

それを、しずかに、押し拡げられつつ、おとせが、とじた目蓋の裏に描いているのは、新綿番船が到着した華やかな光景であったろうか。

難波屋は、その若さにも似ず、愛撫に執拗《しつよう》であった。おとせは、唇を、乳房を、そして、そこをむさぼられるうちに、いくたびか、堪えがたい声をたてて、身もだえつつ、猶《なお》あいてが、じぶんの中に入って来ないことを、訝らずにはいられなかった。

……おとせをして、はじらわせたのは、いざとなって、ほんの数秒の間しか、かぞえられなかったことであった。

ぐったりとして、ゆるやかに引いて行く干潮に、身を漂うにまかせていたおとせは、やがて、のろのろと起き上がって、身じまいをととのえた。難波屋が、じぶんの上から退《の》くやいなや、すっと部屋を出て行ったことに不満はあったが、この秘事が、わが店をすくうことになんの疑いもなかった。

おとせは、去った。

と――。

床の間のわきの、壁とみせた部分が、ぎいっと軋って、ぽっかりと口を開けた。

そこからあらわれたのは、白髪の老人であった。骨格逞《たくま》しく、いかにも古武士然としていたが、杖をつき、足つきがおぼつかなげであった。付人の士が三名うしろにしたがった。

急いで入って来た難波屋が、そこへ平伏すると、老人は、底光りする目を据えて、

「流石《さすが》は姣童《かげま》めじゃ。女子《おなご》をよろこばせるすべを心得居る」

と、云った。

大阪商人になりすませたのは、実は、湯島天神《ゆしまてんじん》の姣童茶屋の一人であったのである。当時、

姣童は、殆《ほと》んど大阪から連れられて来ていて、その大阪訛《なまり》と方言が、よろこばれていたのである。大阪商人になりすますことは、さしてむつかしくはなかった。

「お役に立ちまして、ございましょうか？」

怯《お》ず怯《お》ずと、訊ねるのへ、老人は、ふんと鼻を鳴らしただけであった。

四

お仙《せん》、という仇な女が、狂四郎をつれて来て、その同じ褥へ横たわったのは、それから四半刻も過ぎてはいなかった。

曾《かつ》て、自ら観念して、そうやって身をなげ出した女を、狂四郎は、幾人眺めて来たことであろう。

しばらく、じっと見下ろしていてから、つと、寄ろうとしたとたん、遠くから、異常な鋭い叫び声があがった。

あの狂女であった。

叫びのあとに、ひきつづいて、けらけらと笑い声をたてて、ばたばたと廊下を走って行く――。

――傷つきはしなかったようだな。

そう思った――瞬間、狂四郎の脳裡《のうり》に、霊感のごとく閃《ひらめ》く直感があった。

――そうか、読めたぞ！

狂四郎は、逡巡《ためら》わず、お仙の片足くびを、むずと掴むや、もう一方の足くびを踏みつけておいて、生木でも裂くように、ぐいと拡げさせた。

「おい、お前は、きりすとを、毎日可愛がっていると云ったな」

お仙の面上に、恐怖と狼狽《ろうばい》の色が走った。

「どうやら、女の執念のおそろしさを、痴呆《こけ》な真似にしてみて、自己満足をして居るのであろうが、痴呆の真似は、所詮《しょせん》、痴呆の真似でしかあるまい」

云い終らぬうちに、狂四郎は、空いた片手を、緋縮緬の湯もじがもつれまつわった股間へ、すっとさし入れた。

腰をよじるお仙の抵抗をおさえて、さっと抜きとったのは、濡れた青銅のぜずす・きりすと像にまぎれもなかった。

やおら、立ち上がった狂四郎は、床の間わきの壁に向かって、

「そこに隠れておいでの御仁、顔を見せて頂こうか」

と、云いかけた。

壁が動き、いきなり、三名の士が、躍《おど》り出て、斬りかかったが、いずれも、滑稽《こっけい》にも、そ

のきりすと像で、鼻柱をしたたか打たれて、ひっくりかえってしまった。

狂四郎は、杖をついた老人に、冷笑を送って、

「年寄の冷水、ということがあるが……回春の手段としては、あまりにも陰惨に過ぎよう。どうせのことなら、あの狂った娘に、白昼、庭前で、裸踊りをさせたら如何《いかが》？」

そう云いのこした。

実は、老人の回春を欲する心は、悲壮なものだったのである。

旗本布衣《ほい》以上大御番頭《おおごばんがしら》五千石の家を絶やさないために、老人は、是が非でも、嫡子《ちゃくし》を儲《もう》けなければならなかったのである。唯一の肉親である孫娘は、狂って、婿《むこ》取りの希望がうしなわれていたから――。

恋慕幽霊

一

七月十三日——魂迎《たまむかえ》、という。

この日の昏《く》れがたになると、武家町家の別なく、魂棚《たまだな》を飾り、先祖累代《るいだい》の精霊《しょうりょう》をはじめ、有縁の霊は猶《なお》さら無縁の族《やから》にいたるまでの供養をいとなむ、就中《なかんずく》、身柄のある武家、筋目正しい町家においては、魂迎のために、おのおのの檀那寺《だんなでら》へ行って、墓前へ燈火をあげ、生きた人を迎えるように、家々の定紋をつけた弓張提灯《ゆみはりぢょうちん》で路上をてらし乍《なが》ら、家へ誘《いざな》う。

武家では、正門を押しひらいて、玄関より間毎《けんごと》に、それぞれ家人が麻上下《あさがみしも》を着して、厳粛に、その霊魂を、仏間へ通す。町家では、主人以下番頭手代小僧にいたるまで、店にならび、門口《かどぐち》で、迎火の苧殻《おがら》へ火を移すと同時に、鉦《かね》を打ち鳴らし、称名を唱える。

迎火は、隣家、向う前とも、一斉に焚《た》くので、一時に、通りは昼のように明るく照らし出される。布施僧は木魚を鳴らし、乞食は欠け椀をささげて、この中を、うろつく——。

陰気な行事ではあるが、賑《にぎわ》いは、また格別の趣きがあった。

鼠小僧次郎吉《ねずみこぞうじろきち》は、魂棚を飾る間瀬垣と篠竹《しのだけ》を売りあるく在所者に化けていたが、昏れて来た頃あいには、荷籠《にかご》は殆《ほとん》ど空になっていた。

その大半は、裏店《うらだな》の路地に入って、貧乏人たちへ無料《ただ》でくれてしまっていたのである。

——今宵《こよい》までには、獄門になって、回向院《えこういん》で、無縁仏になっている筈《はず》だったのだが……。

うす穢《ぎたな》い手拭いで頬かむりした顔を俯《うつむ》向けて、迎火を焚くばかりになった通りを過ぎて行き乍ら、胸の裡《うち》に、湿った感慨を催していた。

なんとなく、名乗り出そびれてしまったのである。一度は、お玉《たま》ヶ池《いけ》の佐兵衛《さへえ》の家をたずねて行ったのだが、恰度《ちょうど》留守で、それきり、足をはこばずにいるのであった。

——やれやれ、往生際悪く、魂迎が来ちまいやがった。

このぶんだと、来年まで、生命が延びた、ということになりそうだった。

とある居酒屋の前を行き過ぎようとすると、

「次郎吉——」

縄暖簾《なわのれん》の中から、声がかかった。

覗き見た次郎吉は、顔へ活きた色を刷くと、天秤を肩からすてて、入って行った。

奥の片隅に——長床几《しょうぎ》に腰を下ろしていた眠狂四郎は、笑い乍ら、

「お互いに、無縁仏になりそこねたようだな」

「面目ない、と思って居ります」

次郎吉は、どうやら狂四郎の連れらしい、向い側にいる総髪無精髭《ぶしようひげ》の若い人物を気にし乍ら、こたえた。

それは、和蘭《オランダ》書「ターヘル・アナトミア」の翻訳「新訳解体新書」に基づいて実地に、死人の腑分けにあたり、最近「人体解体事録」なる名著を公《おおやけ》にした蘭学医師・曾田良介《あいだりようすけ》であった。腑分けする屍《しかばね》を、希望に応じて提供したのは、狂四郎であった。

狂四郎は、良介にはばかるでもなく、

「この男が、鼠小僧――」と、ひきあわせた。良介は、しかし、別段、おどろきの表情をしめさずに、次郎吉に、盃《さかずき》を渡した。

「どなた様なので？」

次郎吉は、そっと、狂四郎に問うた。

「人間の心臓や胃袋をつかみ出して、いじくりまわす仕事にとり憑かれている御仁だ。したがって、今宵の行事などは、莫迦々々《ばかばか》しいと嗤《わら》いすてておいでだ。霊魂などという代物は、この世に存在せぬと、断定していなさる。……次郎吉、お前は、どうだな？」

「あっしでござんすか。あっしは……」

次郎吉は、盃をひとつ空けてから、

「やっぱり――」

「幽霊はいる、と信じるか？」
「たぶん……いるおかげで、どうも世間には妙な事が起っているように思えますがね。げんに、四、五日前、この目で見とどけた一件がございます」

二

これが、この世での仕事納め、といった料簡《りょうけん》で、忍び入った大名屋敷でございました。いつもなら、何様のお屋敷、と調べておいてから忍び込むのでございますが、仕事納めの積りでございましたから、行きあたりばったりに、表門の前で、賽《さい》ころを振ってみて、半目と出たらお邪魔することにして、ここだときめた四軒めでございました。

さして広くもない、表長屋もついていない、これは、せいぜい三万石程度の下屋敷でございましたろう。

天井裏をつたって、表から奥へ入り込んでみましたが、まるでもう、ひっそりとして、跫《あし》音《おと》も話し声も、きこえないのに、こちらの方が、うす気味わるく感じたことでございます。

内証が苦しくなって、借金のかたに、札差《ふださし》へでも明け渡したか、と思ったくらいでございました。

灯《ひ》の入った部屋があるので、何気なく、覗いてみて、はっとなり、不吉な予感があたったような気がいたしました。

そこに――。

あのような美しさを、﨟《ろう》たけた、というのでございましょうか。まだ二十歳前のお姫様が、白と紫の桔梗《ききょう》がすりの寝間着を召して、緋縮緬《ひぢりめん》の敷布団《しきぶとん》の上に、きちんと坐《すわ》っておいでになりました。

時刻は、そろそろ亥《い》の刻を過ぎようという頃あいでございました。にも拘《かか》わらず、大和錦《やまとにしき》の掛布団は、たたまれてあって、横におなりになった様子は、全くございません。この寝所に入ってから、ずっと起きておいでになったと見えました。

それよりも、おどろかされたのは、細紐で両手と膝《ひざ》が、幾重《いくえ》にも縛りあげられていることでございました。柔らかな腕や胸や腿《もも》に、細紐が食い入って、いたいたしい眺めでございましたが、奇妙なことに、ご当人は、澄んだまなざしを宙に据えて、なんともいえぬ優しい気品の匂うしずかな気色でおいでだったのでございます。

どうにも目がはなせなくなって、左様、半刻《はんとき》近くも、眺めて居りましたが、そのあいだに、身じろぎもなさらず、そのままの表情をずうっと保っていらっしゃいました。こちらの方が、とうとうしびれをきらせてしまい、ほかの部屋をさぐりに、動き出してしまいました。

どの部屋も、すでに、有明《ありあけ》は消されて、ただ、長廊下のところどころに据えられた金網燈《どう》籠《ろう》が、隙間風にまたたいて居りましたが、どういうものか、不寝番の女中の跫音も起らず、屋内は、全く、しいんと寝しずまって居りました。

再び、その寝所の上にもどって参りましたてまえは、

――いったい、どうしたってんだ！

と、声をあげたくなりました。

姫様は、前とすんぶんちがわぬ正座すがたで、宙を瞶《みつ》めておいでだったのでございます。

狂っておいでではないことは、そのお顔つきであきらかでございました。

変化といえば、そのまなざしに、時おり、微《かす》かな愁《うれ》いの翳《かげ》が滲《にじ》む――それぐらいのものでございましたろうか。

どうにも、面妖《おかし》な光景でございました。

こうなれば、こっちも、この決着を見とどけなければ、退散できない、と自身に云いきかせて、腰を据えたわけで――。

ふと気づいたのでございますが、縞物《しまもの》をお召しになるのは、上《うえ》つ方《かた》では、精進日《しょうじんび》に限られているということでございました。この姫様は、どうやら喪に服しておいでになる――。

それから、さらに半刻が経って、畳廊下に上草履《うわぞうり》の摺《す》り音が近づいて来ましたので、てまえのゆるんでいた神経も、やっと、ひきしまったわけでございます。

恰度、石町《こくちょう》から、子《ね》の刻を告げる鐘の音がひびいて来たのをおぼえて居ります。

「姫様、お時刻でございます」

障子の外から、そう呼んで、するすると開いたのは、乳母《うば》とも見える老いた女中でございました。

いんぎんに、その前へ両手をついて、ひと通りではない不安の色を顔に泛《うか》べ乍ら、

「今宵は、いかがでございましたか?」

と、訊ねかけます。

すると、姫君は、はじめて、われにかえったように、ほっと深い溜息をついて、

「わたくしは、もう、明夜から、このような真似をせずにおこう、と思います」

と、弱々しい声音で、こたえられました。

老女中は、気色ばんで、

「それは、なりませぬ。亡霊めに、つけ込まれてはなりませぬ。もうしばらくのあいだの御《ご》辛抱《しんぼう》でございます。我慢なされませ」

「もうしばらく……と云うて、いつまで、こうしていればよいのであろう?」

「四十九日が、あと八日で、参ります。それが、すぎますれば……」

「そうであろうか――」

姫君は、淋《さび》しげに、老女中をごらんになって、

「わたくしは、わたくしが生きつづけるかぎり、新十郎《しんじゅうろう》の霊魂は、あらわれると思います」

「姫様！」

老女中が、つよくたしなめようとすると、姫君は、かぶりをふって、

「よいのです。わたくしは、死ぬのは、すこしもおそろしくはありませぬ。新十郎が、それ程に、わたくしを欲しいのであれば、ともに、中有《ちゅうう》の闇に落ちても……」

「姫様！　そのようなお気の弱いことで、どうなさいます！　決して、決して、亡霊などの俘虜《とりこ》には、この松江《まつえ》が、させませぬ。……さ、おやすみなさいませ」

老女中は、はげまし乍ら、姫君のいましめを解き、毀《こわ》れやすい脆《もろ》いものでも扱うようにそっと、細い軀《からだ》を、寝かせたのでございます。

……これも、あとで、気がついたことでございますが、姫君が正座されているあいだ中、褥《しとね》の四隅に据えられた、大奉書《おおぼうしょ》折上の小香炉から、まっすぐに、香煙が、立ち昇っていたのでございます。老女中が、入って来た時、それは、消えて居りました。

有明の灯が細められ、打掛で掩《おお》われて、寝所は暗くなり……それきり、何事もなく、夜明けを迎えました。

三

あらたにはこぼれて来た熱燗《あつかん》を口にして、

「どういうものでございますかね、この亡霊ってやつは――」

と、次郎吉が、首をひねると、狂四郎は、薄ら笑って、

「次の夜も、お前は、見物に行ったな？」

「その通りなんで……宵のうちから、天井裏へ忍んだとお思い下さいまし。亡霊ってやつには、まだ生まれてこのかた一度もお目にかかったことがなかったので、仕事納めには恰好の景物だと思いましてね」

「出たか？」

「それが……あっしの目には、まるっきり――でございました。お姫様が、寝所へお入りになったのが、五つ刻で、その老女中がおともして来て、すぐに、縛りあげてしまいました。四つの香炉に、香を焚いておいて、出て行き……それっきり、なんの変化もありゃしませぬ。お姫様は、宙を瞶めて、じっと坐りつづけておいでだった――それだけの話でございます。

子の刻が来て、香のけむりが消えると、老女中が入って来て、はげまし乍ら、細紐を解いたのも、前夜と同じで、なんだか、あっしは、あっし自身が、かつがれているような気がいたしました」

次郎吉が、そこまで語った時、それまで黙々として飲んでいた若い蘭医が、笑い出して、

「出る筈がない。亡霊なんぞ、居りはせんのだから――」

と、きっぱりと云った。

「へえ? ですが、先生、あらわれもしない亡霊におびえて、毎夜、ご自分のからだをしばらせるとは、酔狂も過ぎるじゃございませんか」

「まことに、その通りだ。実は、わしも、一度、診てくれと依頼されて、一夜つきあって、匙《さじ》を投げた。あれは、自然に、癒えるのを待つよりほかはあるまい」

良介は、冷淡に、云いすてた。

姫君は、丹波《たんば》綾部《あやべ》の城主九鬼《くき》式部《しきぶ》少輔《しょう》の息女里姫《さとひめ》であった。

九鬼家では、毎年、筍《たけのこ》を、将軍家へ献上するのを恒例としていた。

今年も、例年通り、九鬼家では早馬によって国許《くにもと》から届けられた筍を、使番佐柄《さがら》新十郎に持たせて、本丸へ遣わした。新十郎は、まだ二十代半ばで、隠居した父のあとを継いで使番になったばかりの青年であった。献上物使者も、はじめての任務であった。

新十郎は、本丸に入ると、まっすぐに、御納戸《おなんど》構《がま》えに伺候《しこう》して、茶坊主頭に、御用番老中に献上物検閲の儀を取次いでくれるように願い出た。

ところが、下城時刻になっても、なんの音沙汰もないので、苛立《いらだ》った新十郎は、茶坊主頭を廊下でとらえて、何故《なにゆえ》に取次いでくれぬか、となじった。すると、茶坊主頭は、あざ笑っただけで、行き過ぎてしまった。

新十郎は、その日は、むなしく、筍を持つと、藩邸へ戻らなければならなかった。

新十郎の報告をきいた江戸家老は、にがりきって、

「当家の献上物は、御奏者番衆《おそうじゃばん》へさし出すならわしになって居るのだ」

と、きめつけた。

実は、献上物を、直接に御用番老中へさし出して検閲を受けて、将軍家へおさめ得るのは、十万石以上の国主及び準国主だけだったのである。譜代でもない、二万石の小大名の九鬼家が、図々しくも、このしきたりを破ろうとしたのは、一大事であった。

他藩の嘲笑をあびるのは、火を見るよりもあきらかであった。

九鬼式部少輔は、家老から、泪《なみだ》を揮《ふる》って馬謖《ばしょく》を斬るよりほかに、世間の譏《そしり》をまぬがれるすべがないことを告げられると、やむなく承知した。

新十郎の切腹の場所は、下屋敷の庭がえらばれた。

新十郎は、その時刻を、亥の下刻と希望した。これは、彼の母が、十年前に逝った時刻であった。その希望は、ききとどけられた。

家中随一の美丈夫であり、文武ともに抜群の新十郎の最期は、すべての人々を悲しませた。

式部少輔は、息女里姫にも、見分するよう命じた。

良縁あって、近く輿入《こしい》れすることになっている姫に、もののふの妻たる修業のひとつとして、心がまえのためにと考えたのであった。

新十郎の切腹は、見事であった。

白装束に、白ぬき紋の無地あさぎの裃《かみしも》をつけ、無腰で、しずしずとあらわれた新十郎は、広縁さきに設けられた板屋根の仮屋に入り、白縁の畳に四尺四方にあさぎ布を張った座に就くと、介添人がさし出した末期の水をのみ、次いで、僧侶の末期の教化を受けおわって、広縁上の主君を仰ぎ、

「このたび、それがしの蒙昧《もうまい》不明の振舞いによって、殿が御覚悟遊ばしたる忍辱《にんにく》は、思うだに、万死以《も》ってつぐない得ぬ仕儀にございます。にも拘らず、その罪深き身に、斯様《かよう》な晴れの死座を賜り、高恩これにまさるものはございませぬ。何卒《なにとぞ》、百歳までの長寿をお保《も》ち遊ばし、仁政を千載《せんざい》の後までの風《ふう》としてお敷き下さいますよう願い上げ奉《たてまつ》ります」

と、述べた。

この時、父のかたえに坐っていた里姫の目に、篝火《かがりび》の焰《ほのお》に浮きあがった新十郎の白い姿が、もうこの世のものではない妖しさを湛《たた》えているように映った。

そして——。

新十郎が、杉原紙二枚を逆巻きにした鍔《つば》なしの小脇差《こわきざし》を、四方（三方《さんぽう》と同じもの）から取り戴《いただ》いて、両手を懸け、屹《きっ》と、双眸《そうぼう》を据えた刹那《せつな》、偶然にも、里姫の視線と、ひたと合った。

思わず、里姫は、ぶるぶるっと、全身をうち顫《ふる》わせた。

新十郎が、切先を、左の脇腹へ、ぶっつりと突き立てて、腹の皮を左へひき寄せつつ、ぎ

りぎりと右脇腹までひき切るのを待って、介錯人《かいしやくにん》は、項《うなじ》の髪の生際《はえぎわ》を、頸皮《くびかわ》一枚のこして、抱き首に、丁と打落した。

同時に、里姫は、失神して、うしろへ倒れていた。

「……因果にも、次の夜から、姫は、亡霊にとり憑かれたというわけです」

良介は、笑い乍ら、云った。

翌夜、亥の刻になって、白装束の新十郎が、寝所に出現して、かねて、自分は、貴女様《あなた》を恋慕していた、切腹の折、貴女様と視線が合うや、貴女様もまた、それがしの妻たる運命をお持ちであったことが判った、幽明境を異にしても、恋慕しあう心をひきはなすことは叶わぬ、何卒、貴女様も、この世をすてて、それがしと手をたずさえて冥界《めいかい》への道を辿って頂きたい、とかきくどきはじめたのである。

里姫は、はじめは、ただもう、おそろしさに、おののくばかりであったが、夜を重ねるにつれて、恐怖はうすれてゆき、美丈夫のひたむきな熱意に、つい負けそうにさえなって来た。

昼間は、抜殻のように茫然自失のていですごす里姫の変化を、周囲の者が気づかぬ筈はなかった。

乳母松江が、里姫の口を割らせて仰天し、その夜から、姫のからだをかたくしばり、褥の四方で、魔除けの香を焚いて亡霊に近づけないようにはかった。

勿論《もちろん》、修験者《しゆげんじや》を招いて、新十郎が切腹した場所で、柴燈《さいとう》護摩が行われたし、名医と称される人々も呼ばれた。蘭医の処方も用いられたし、名山霊場から霊験あらたかな祈禱符呪札《きとうふじゅ》をもらって来て、屋敷中へ、べたべたと貼った。しかし、なんのききめもなかった。

亡霊は、夜な夜な、寝所へ出現しつづけた。

褥にまでふみ込んで来ることはできなくなったし、もはや、かきくどく言葉も尽きたか、終始無言で、じっと、里姫を見戍《みまも》っていて消え去って行く——。

奇妙なことに、里姫には、いつとなく、亥の刻を、待つ気持が生まれていた。こちらから、口をきくことはなかったが、そうして、対座していると、ふしぎな安らぎさえおぼえるようになっていたのである。

輿入れの日が近づいていたので、このことは、世間に洩れないように、きびしく警戒されているのであったが……。

「いかがです、眠さん。貴方《あなた》には、亡霊斬りの秘剣はありませんか!」

良介が、訊いた。

すると、狂四郎は、こともなげな口調で、

「ないこともない」

と、こたえてから、

「どうやら、四方で焚く香が、まちがっているようだな。たぶん、陽の香だろう。陽の香を焚けば、陰の気が聚《あつ》まる。たとえば、柳は陽木だから、陰気を呼んで、幽霊が出る。……ひとつ、陰香を焚かせてみては、どうだろう。そうすれば、陽気をまねいて、亡霊が退散するかも知れぬ。桜は陰木だから、陽気を聚めるがごとしか。……次郎吉、乗りかかった船で、一役買うか」

「承知いたしました」

次郎吉は、大きく頷《うなず》いた。

若い蘭医は、あきれて、狂四郎の横顔を見戍った。

およそ、亡霊などという存在を、自分以上に、あたまから信じないと思っていた狂四郎が、意外にも、ひどく古めかしい迷妄の言を吐いたのである。

「最も効験のある陰香は、伊皿子《いさらご》の修験院御嶽坊《おんたけぼう》にある筈だ。次郎吉、お前が、九鬼家の側用人に化けて、貰《もら》いに行って来い。その際、亡霊の件を、あらいざらい、ぶちまけることだ」

四

……今宵も、里姫は、からだを縛られて、牀《とこ》の上に、正座していた。

待っている――。

はっきりと、意識は、そのすがたがあらわれるのを、のぞんでいた。

四方から、まっすぐに立ち昇っている香煙が、つと、ゆらめいた。

里姫は、微かな胸のときめきさえおぼえた。

亡霊は、眼前一間《けん》あまりのところへ、朦朧《もうろう》と浮び出るのを常とした。

里姫は、眸子《ひとみ》を、じっと凝らした。

ところが、今宵《こよい》は、ちがっていた。

次の間との仕切襖が、するすると開かれた。

無地あさぎの裃に、白装束をつけた死出の装いには、変りはなかったが、どうしたのか、そのおもても、白い布で包んでいた。

さわさわと、白袴《しろばかま》を鳴らして、近づいて来るや、香煙などものともせず、いきなり、右手にした皺《ちぬら》れた小脇差で、里姫をしばった細紐を、ぷつりぷつりと、切りはなった。

しかし、里姫は、あらかじめ、こうされることを覚悟していたように、すこしも態度をとり紊《みだ》さなかった。

手を把《と》られると、すなおに、立ちあがった。

ひかれるままに、庭へ降り立ち乍ら、胸の裡《うち》には、仄《ほの》かなよろこびさえもあったのである。

「……む！」

亡霊が、ひくい呻《うめ》きをもらして、出足を停めた。

切腹の仮屋のあった地点に、一個の黒影が、うっそりと彳《たたず》んでいたのである。

両手を懐中に置いて、ゆっくりと歩み寄った黒影は、

「佐柄新十郎の亡霊だな」

「………」

「眠狂四郎、これを斬る！」

一瞬の息づまる静寂があってから、亡霊は、すっと身を沈めたとみるや、剽悍《ひょうかん》な野獣が、跳躍するに似て、地を蹴って、抜討ちの一刀を、送った。

彗星《すいせい》のごとく、白い光電が、一足引いた狂四郎の顔面すれすれに、流れ落ちた。

そのまま……亡霊は、振り下した姿勢を固着させて、大地をふまえていた。

いつの間に、鞘走らせたか、狂四郎の右手には、無想正宗があった。

狂四郎が、懐紙で白刃をぬぐって、腰に納めてからであった、胴を両断された亡霊が、撞《どう》っと、仆《たお》れ伏したのは——。


次郎吉を九鬼家の側用人に化けさせて、修験院御嶽坊へ行かせ、亡霊の件を打明けさせたならば、あらゆる機会をとらえて、その大規模な陰謀をおしすすめようとしている徒党が、黙って、きさのがす筈はない、と狂四郎は、考えたのである。

はたして、贋《にせ》亡霊があらわれて、里姫を拉致《らち》しようとしたのである。

狂四郎は、若い蘭医にこたえた通り、亡霊斬りの秘剣を示した。

効験は、鮮やかであった。亡霊が一太刀のもとに仆れるさまを目撃した瞬間、里姫は、正常の神経をとりもどしたのである。

佐柄新十郎の幻影が、なお、後日まで、里姫の心にのこるかどうか――それは、狂四郎の、かかわり知らぬことであった。

美女放心

一

「眠狂四郎殿、とお見受けいたす」

赤坂御門《あかさかごもん》の外から、山王宮《さんのうのみや》の麓《ふもと》を東南に繞《めぐ》る溜池《ためいけ》の畔《ほとり》のだだ広い往還上で、一人の武士が、不意に、行手をふさいだ。

黒の着流しで、ふところ手の、異相の浪人者は、黙って、対手《あいて》を凝視した。

どこといって、特徴のない、すれちがっただけなら記憶にのこらぬ面貌《めんぼう》である。衣服、刀を視れば、下級武士以外の何者でもない。

しかし、呼びとめられたのが、無数の敵を持つ眠狂四郎であった。

一瞥《いちべつ》して、対手がどんな素姓《すじよう》の者か、判断をつける鋭い直感力をそなえていたし、敵意をかくしていても、狂四郎の神経に、ふれて来るものがある。

「西丸御老中《にしのまるごろうじゆう》邸へ、行かれるか？」

その質問に対しても、狂四郎の口は、ひらかなかった。

左手に並ぶ葭簀《よしず》囲いの掛茶屋の蔭《かげ》から、五人の武士が現れるのへ、冷たい視線を呉れただけである。

その五人もまた、声をかけた武士と同様、なんの特徴も、取柄もなさそうな容子《ようす》をしていた。

二手にわかれて、狂四郎の前後をはさんだ。

梅の林間に、初午祭《はつうままつ》りの幟《のぼり》の見える、陽ざしもうららかな、美しい朝であった。通行人の中に、年寄の姿が多いのも、春のしるしである。この月は、工商ともに手隙なのであった。

——そうか、今日は、涅槃会《ねはんえ》か。

六人の刺客に、行手退路をふさがれ乍《なが》ら、狂四郎は、池の彼方《かなた》の山王の森を眺めやってから、歩き出した。

前の三人が、決闘場所へ、狂四郎をみちびいて行くことになった。

通行人の目には、なんの変哲もなく、行きすぎる風景であった。

どこへ、みちびかれるか、狂四郎には、わかっていた。

外桜田永田町《そとさくらだながたちょう》の諸侯の藩士が、夜明けに馬責めをする馬場が、三町のむこうにあった。刺客たちは、そこをえらんでいる。

馬喰町《ばくろちょう》の馬場をはじめ、江戸馬場の多くは、土手に樹木を植えず、往還から見通しであったが、溜池馬場だけは、松と榎《えのき》にかこまれていた。上水の堤の役目もつとめていて、往還から、はなれてもいたのである。

その上水に沿う地点に来た時、狂四郎は、不意に、

「お先に――」

と、皮肉な一言をのこして、こちらの堤から、むこうの土手へ、九尺幅の水の上を、ひらり、と躍《おど》り越えていた。

六人が、さっと殺気をみなぎらせて、あとを追って、同じく、跳んだ時には、松の木のあいだをすり抜けた狂四郎は、一隅《いちぐう》に建つ火見櫓《ひのみやぐら》を背負うていた。

刺客たちは、一間《けん》の距離を置いて、その前面に、布陣した。

三人ずつ、三尺の間隔をとって、横列となり、一呼吸の差もみせずに、腰から白刃を鞘走らせた。構えも、同じ青眼《せいがん》で、腕前にも優劣はない、とみえた。

強敵ぞろいである。

後列の三人は、それぞれ、前の者の背後に、ぴったり寄り添って、狂四郎からは、身をかくした。もとより、抜かぬ。前の者が斬られたら、間髪《かんはつ》を入れず、その地歩を占める手筈《てはず》であった。

刺客として生き、そして死んで行く職務にある面々であることは、明らかであった。

ただの決闘ではなかった。まず抜き構えた者は、背後にぴったりと寄り添われている以上、

一歩も退《さが》ることは、許されぬ。一撃必殺の戦法であり、その一撃がはずれれば、おのが生命はないものと、覚悟しているのだ。

のみならず、その一撃は、三刀同時になされるに相違ない。

狂四郎自身、火見櫓を背負っているからには、跳び退《すさ》ることは不可能であった。

この絶体絶命の危機を、いかなる秘技でのがれるか。すでに、肚裡《とり》には、成算があるのであろう、狂四郎は、ふところ手を、やおら抜き出して、しずかに、左右に垂らしただけであった。

青眼の三人は、目に見えぬほどの速度で、距離を縮めて来た。

狂四郎が、居合の抜きつけを使うであろうことは、あらかじめ、計算のうちにあったことであろう。抜かぬ狂四郎に対して、どの顔にも、みじんも遅疑の色はなかった。

迫る三刀は、ついに、狂四郎の痩身《そうしん》を、一撃圏内に容れた。

互いの殺気は、沸騰点にむかって、盛りあがってきた。

「ええいっ！」

「やあっ！」

ほとばしった気合は、いずれをはやし、いずれをおそし、としなかった。

狂四郎と三人の敵の五体が、地に影をとどめぬまでの恐るべき速さで、躍った。

その一瞬が過ぎた時、狂四郎は、右手に無想正宗、左手に脇差《わきざし》を抜き持って、やや身を沈めた構えで、氷のように冷たく光る双眸《そうぼう》を、かっと瞠《みひら》いていた。

左右の敵が、徐々に首を垂れて、前へのめり込み、正面の敵が、おくれて、のけぞって行った。

正面の敵が、おくれたのは、狂四郎の片足から、はねあがって来た雪駄《せった》を、両断したためであった。

すなわち。

狂四郎は、正面の敵へ、片足の雪駄を蹴り投げておいて、左右の敵を、居合の抜きつけで斬り、次いで、雪駄を両断した正面の敵に、袈裟《けさ》がけをあびせたのであった。

神速の業前《わざまえ》であった。

だが、まだ、敵は、その半数がのこっていた。

すでに、仆《なお》れた味方の屍骸《しがい》を跨《また》ぎ越えて、三本の剣は、朝陽を弾《は》ねて、煌《きらめ》いていた。

狂四郎は、こんどは、のこりの雪駄を、正面の敵へ、蹴り投げる同じ戦法をくりかえすわけにはいかなかった。

二刀を抜きもっているからには、居合も封じられた。

文字通り捨身の戦法が、のこされているばかりであった。

ふたたび。

一撃必殺の剣気が、満身から噴いて出る刹那《せつな》を迎えた。

と——突如、敵がたの口から、凄《すさま》じい懸声が発するのを待たずに、狂四郎の痩身が、ぱっと、地に沈んだ。

三剣は、その頭上へ、電光のごとく振り下された。

刃金の火花が、散った。

狂四郎は、頭上に聚《あつま》った三刀の切っ尖を、脇差で、受けとめたのである。

受けとめざま、狂四郎は、充分の余裕をもって、無想正宗を、びゅんと旋回させた。その閃光《せんこう》の奔《はし》る地上三尺の線上に、三つの胴が、なんの防備もほどこされずに、並んでいた。

二

間もなく、眠狂四郎の姿は、西丸老中・水野越前守忠邦の上屋《かみや》敷《しき》内にある、側頭役《そばがしらやく》・武部仙十郎の長屋の書院に、在った。

待たせずに、襖《ふすま》をひらいた老人は、五尺足らずの小軀《しょうく》を、さらに猫背にして、ひょこひょこと入って来ると、座に就く前に、

「血が匂うの」

と、云った。

「あとで、風呂と衣服を頂こう」

狂四郎は、無表情で、云った。

老人は、坐《すわ》ると、すぐに、きり出した。

「当邸に、また、間者《かんじゃ》が入り込み居ったわい。こんどは、手強い。このわしが、いかに目をひからせても、尻尾を出さぬ」

幕閣内の、政権争奪のための暗闘は、愈々《いよいよ》凄じいものになって来ていた。

二年ばかり前は、老中筆頭・水野出羽守忠成とその下の三権臣林肥後守忠英（若年寄《わかどしより》）、水野美濃守忠篤（側衆《そばしゅう》）、美濃部筑前守（小納戸《こなんど》頭取）、そして出羽守老臣土方縫殿助の権勢は、飛ぶ鳥を落す、という形容もさほど誇張ではないくらい、ゆるぎないものであった。

大政燮理《しょうり》の任に就かんという大きな志を抱いていて、西丸老中になった水野越前守忠邦も、その権勢の前には、手も足も出なかった。忠成一派が、自分を、江戸城から追わんとする策謀を阻止するのだけで、せい一杯だったのである。

賢相《けんしょう》の名のある老中・大久保忠真《ただざね》が、あいだに立ってくれていなければ、忠邦は、疾《と》っくに追われていたに相違ない。

ところが、昨年の初頃から、江戸城内の形勢には、目に見えた変化が起って来たのである。

その主たる原因は、将軍家斉が、ようやく老いて、政務に関して耳口《じこう》を使うのを、煩《わずらわ》しがるようになり、なろうことなら、将軍職を、西丸に在る世子家慶にゆずって、大御所《おおごしょ》の地位にしりぞきたい意嚮《いこう》をもらしはじめたことである。

もし、そうなれば、家慶は、当然、輔佐役《ほさやく》たる水野越前守を、本丸老中に据えるであろう。

これは、水野出羽守一派にとって、断じて、拒否しなければならぬ重大事であった。

対手がたを陥入れるために、互いに密偵を放って、その罪状を作製せんとする異常な努力は、さらに急がねばならなかった。

側頭役たる武部老人は、昼夜そのことに、頭脳を働かせていなければならなかった。

老人が、手強い、と舌を巻くのである。入り込んで来た間者は、よほどの功者《こうしゃ》に相違ない。

「ご老人が、思案にあまって、わたしを呼ぶとは、どうしたことか。この屋敷の殆《ほとん》どの者の顔さえも見知って居らぬわたしが、さがし出すてだてがあろう筈もない」

狂四郎は、冷やかに、云った。

「そうは、申して居られぬ。昨夜のうちに、殿のお手文庫の中から、佐渡《さど》金銀山の盛衰の運びに関する秘密調査の書類が、煙のように失せた。これは、殿が、十名の隠密《おんみつ》を佐渡へ送って、五年を費して調べあげたものでの、過去十年にわたづてなされた公儀下げ金と上納高の不正が、つぶさにしらべあげてある」

「…………」

「お主《ぬし》など、佐渡の金銀が、公儀の財政に、どれだけの力を与えて居るか、一向に興味はあるまいがの、きけば、納得いたそう。この十年間の、年平均の年貢金は、ざっと九十万両。

佐渡の上納高が、十一万両。比重は大きい。されば、不正も大きい、と申すもの」

「…………」

「殿が遣った隠密たちは、十名ことごとく、江戸には、帰って参らぬ。いわば、あの調書は、十名の生命とひきかえにされた。むざと、敵がたに奪われてはならぬ」

「…………」

「お手文庫の中から消えたのは、殿が披見《ひけん》されたのち、お納めなされてから、ものの半刻《はんとき》も経っては居らぬ。虫の知らせがあって、殿は、わしに、それを、蔵にしまって置くように、命じられた。わしが、お手文庫を把《と》ってみると、すでに、空《から》であった」

「…………」

「わしは、ただちに、その半刻の間に屋敷から出た者を調べたが、一人も居らぬ。……もとより、見張りを厳重にし、昨夜から、小者《こもの》一人も、屋敷から出しては居らぬ故《ゆえ》、調書は、まだ、間者めが所持して居る」

「その書類の嵩《かさ》は？」

「ひと抱えある。袂《たもと》にかくして、出て行くわけには参らぬの」

「それならば、あわてることもないと思うが……」

「それが、あわてなければならぬ理由がある」

「…………？」

「正午に大奥より、中臈千佐《ちゅうろうちさ》どのが、下《さが》って参られて、当邸へ、挨拶《あいさつ》に立寄られる。千佐どのが、来月、上様の第五十五番目のお子を生みになるのでな」

将軍家斉には、すでに、子女が五十四人もあった。

またまた、中臈の一人に手をつけて、懐妊させた、という。

「千佐どのは、殿が後見して、大奥へ上げた貧乏旗本の養女でな。おかげで、父親は、御広《おひろ》敷《しき》御用人に出世して居る。……千佐どのは、実家で身二つになられるために、宿下《やどさが》りされるのじゃが、当然、殿に後見されたおかげのお目出度《めでた》ゆえ、当邸へ、立寄られて、挨拶《あいさつ》されることになる」

「…………」

「さ、問題は、この行列の出入りにあたって、間者めが、どのような手段を用いて、調書を持ち出すかじゃ」

「行列の中に、それを受けとる間者がいる、というわけか」

「左様――。もとより、当方も、油断なく、目を配っているが、上手《じょうず》の手からも水は漏れる。……ひとつ、お主に、物蔭から、行列に加った者どものうち、どれが臭いか、看破ってもらおう、と思って、呼んだのじゃわい」

――そうか。

狂四郎は、合点した。

六人の刺客が襲うて来たのは、この眠狂四郎を、水野邸へ入らせてはならぬこうした理由があったのである。

敵がたも、必死である、と知れた。

「ご老人、間者は、女と思うが、いかがだ?」

「うむ。多分な――」

「とすれば、受けとる方の間者も、女か……」

「そうとは、限るまい」

「ともあれ、挨拶のために、奥に入ってしまえば、われわれ男の目は、とどかぬ。当家の女中衆に、監視させることになろうが、一瞬の油断もなく、目を配って居るのはむつかしかろう」

「まずな」

「といって、わざと隙を与えることも、せねばなるまい」

「渡させるのか?」

「奪いかえす好機、と逆の考えもできる」

「さて、むつかしいの」

珍しく、この老人が、歎息したことだった。

三

正午――。

西丸老中上屋敷に、お手付中臈千佐の宅下《やどさが》りの行列が、しずしずと、到着した。

一瞥《いちべつ》、それは、十万石相当の格式をもった行列であった。中臈の上であるお年寄が、上使におもむく際と同じであった。

ただ、上使の行列とちがっているところは、紅網代《べにあじろ》の乗物に、ひとつ紋しかついていないことであった。上使の乗物は、三つ紋である。

仕丁《じちょう》手替り付き二十五人持ちの乗物は、大玄関に至ると、そのまま、奥へかつぎ込まれようとした。

すると、式台に正座して、迎えていた武部仙十郎が、ひょいと首を擡《もた》げて、

「あいや、しばらく――」

と、とどめた。

乗物わきの御広敷役人が、じろりと見下して、

「なにか？」

と、問うた。

「千佐どのには、これより、徒歩にてお通りの程を、お願いつかまつる」

「なんと申される！」

乗物のすぐうしろに跟《つ》いて来ていた大奥付医師が、憤然となって、

「千佐様には、来月が御出産でござるぞ。大切の上にも大切にいたさねばなりますまいぞ。臨月のおん身で、この長廊下を歩めとは、なんという無礼な口上か！」

「それが、作法と申すもの」

老人は、平然として、云った。

「老中邸の奥まで、お乗物を乗り入れることのできるのは、上様、上様の若君、御台所《みだいどころ》の姫君のほかには、上使となったお年寄のみでござる。ひとつ紋の乗物を、奥までかつぎ込まれては、当家の格式が、地に堕ち申す故、おことわりつかまつる」

「千佐様のおん腹には、上様のおん胤《たね》がましますぞ。されば、お乗物で入りたもうて、なんの異存があろう」

「黙らっしゃい！」

老人は、五尺の小軀のどこから発するかと思われる大声をあびせた。

「いまだ、呱々《ここ》の声をあげざる者を、貴人とみなせとは、なんたる無知蒙昧《もうまい》のたわ言か。たとえ、上様の若君であっても、官位を持たざれば、臣下と雖《いえど》も、式礼にあたってその下に随《したが》

わざるが武士道の吟味でござる。古例にござる。寛永《かんえい》十九年二月九日、御三代様（家光）のおん世子《せいし》が、はじめて、山王祠《さんのうしゃ》に御参詣《ごさんけい》のみぎり、酒井忠勝《さかいただかつ》、松平信綱の御両人は、尾張《おわり》、紀伊《きい》、水戸《みと》の御三家に、随従の命を伝え申した。すると、尾張殿には、われら大中納言《だいちゅうなごん》が、無官の人に随従するいわれはなし、と断られた。酒井、松平御両人は、たとえ無官でも、上様おん世子なれば、と主張された。これをきいて、義直《よしなお》公は、からからとうち笑われて、もし父の官職を申さば、われら三家は、将軍家の子ではないか、そのむかし、北山の行幸に、足利義満《あしかがよしみつ》が、その幼子義嗣《よしつぐ》を関白の上席に坐せしめて、後世の非難するところとなったのを知らぬか、と申された由《よし》。……例えもまた、いまが同じでござる。いやしくも、加判の列につらなる水野越前守の上屋敷が、いまだ無官の中臈を、ひとつ紋の乗物毎《ごと》、奥へ通したとあっては、その面目は丸つぶれ、世間の物笑いをまねき、いささかの申しひらきも立ち申さぬ！　たとえ、養生所下《ようじようしよさが》りの重き病いの上臈であろうとも、ここで、乗物をすてて頂く儀にござるわい」

こうまで、云いたてられては、御広敷役人も大奥付医師も、達《た》って押し入るわけにはいかなかった。

武部仙十郎は、その乗物に、仕掛けがしてあって、盗まれた書類をかくされてはかなわぬ、と考慮したのである。

千佐は緋縮緬《ひぢりめん》の掻取《かいどり》で、ぶっくりとふくれた菊綸子《きくりんず》の間召《あいめし》の腹をかくすようにして、乗物から出た。

白磁のような肌も、繊細な製《つく》りもののような眉目《みめ》も、細いうなじも、すべてが、いたいたしいまでに、儚《はか》なげな印象の美女であった。年歯もまだ二十歳には、ひとつ二つとどくまい。

女六七人、それに大奥付医師を随《したが》えて、奥へ入って行くのを見送り乍《なが》ら、武部老人は、

——あの藪《やぶ》めが、くさいわい！

と、疑っていた。

臨時の化粧の間《ま》で、少時休憩したのち、千佐は、越前守忠邦と、書院で挨拶した。これは、甚《はなは》だ儀礼的なものにすぎなかった。

この間、水野邸の女中衆の目がとどかなかったのは、化粧の間の様子であった。千佐が、衣裳《いしよう》のみだれをなおすのを、覗くことは許されなかった。付添いの大奥女中のうち、御三《おさん》の間頭《まがしら》という女中が一人だけ手伝った。ほかの女中たちと、大奥付医師は、控えの間にいたが、ここには、水野邸の女中たちも詰めていた。

なんの怪しむべき気配もなく、挨拶はおわった。

千佐は、書院を出て、長廊下を、そろそろと、玄関へむかった。

中ほどまで来た時である。

不意に、片側の襖《ふすま》が、さっと開かれると、黒の着流しの浪人姿が、ずい、と千佐の面前に、

立ちふさがった。

玄関ちかくのところにいた武部老人は、

「お！」

と、思わず、声をもらした。

いままで、姿をかくしていた眠狂四郎が、突如として出現して、千佐へ、冷然たる眼眸《まなざし》を据えたのである。

「狼藉者《ろうぜきもの》！」

大奥付医師が、千佐をかばって、医師とも思われぬ凄じい殺気をみなぎらせて、狂四郎を、睨《にら》みつけた。

狂四郎は、黙って、口辺に、薄ら笑いを刷いた。

建物を顫《ふる》わせるばかりの懸声もろとも、大奥付医師の腰から脇差が閃《ひらめ》いた。

同時に、狂四郎もまた、動いた。

無想正宗が、一条の白い光芒《こうぼう》と化した下に、医師は、血煙りあげてよろめき、泳いで、庭へ落ちた。

次の刹那である。周囲の人々が、魂《たまげ》消る悲鳴を発したのは——。

無想正宗は、大きく、宙を舞って、千佐の、ぶっくりとふくれあがった腹部を、ざくっと、両断したのであった。

だが、千佐は、悲鳴もあげず、仆《たお》れもしなかった。

幅二寸五分の金襴《きんらん》の提帯《つけおび》と、菊綸子の間召は、ま二つに截《き》られて、前を披《ひら》いた。そして、その中から、どさっと落ちたのは、十数冊の書帖《しょじょう》であった。

狂四郎は、白刃を腰に納め乍ら、千佐を、視た。

ふしぎにも、千佐の細いおもては、色こそ死人のように血の気を引いていたが、恐怖も狼《ろう》狽《ばい》も屈辱も示さず、むしろ、安堵《あんど》にも似たうつろな翳《かげ》をつくっていた。狂四郎の視線を受けて、まばたきもせぬ。

狂四郎は、その視線をはずして、周囲を見まわすと、その口から冴えた声を送り出した。

「将軍家をはじめ、江戸城大奥を 誑《たぶらか》 し、懐胎を装うたるこの女の罪は、極刑をまぬがれ難しと雖も、表沙汰にいたせば、将軍家ご自身の恥とも相成る故、内聞の処置あるべしと存ずる。されば、この女の身柄は、浪人眠狂四郎が、お預り申す。左様、ご承知置き頂こう」

消えた兇器《きようき》

一

ちらりと姿を、三囲《みめぐり》の
仇《あだ》し契りを枕橋《まくらばし》、と来た
巾着切《きんちゃくきり》の金八が、やゝゝ、やぞうをきめて、とっとと、小走りに、言問橋《ことといばし》を、渡って来た。
恋の闇路に言問いの
お茶屋がとりもつ
縁かいな
そのお茶屋ののれんをはねて、
「ほい、ご免よ。お雪《ゆき》ちゃん、うちの先生は、ここかい？」
と、訊ねた。
赤いちりめんのたすきと前かけをつけた娘は、うなずいて、二階を指さした。

金八は、すれちがいがけに、その臀《しり》をすばやく撫でて、

「そうかい、ここかい、二階かい。……お雪ちゃん、おめえ、うちの先生に、二階を占領されて、男と逢う場所がなくなったろう」

「男なんて……」

「へへ、かくすな。その器量じゃ、松吉《まつきち》とか竹太《たけた》とか、おめでてえ情夫《まぶ》がいらアな。可哀そうにうちの先生も野暮天《やぼてん》だあ」

とんとんと、階段をのぼり乍《なが》ら、

「松と竹との話をきけば、雪と寝た夜は苦労した。畜生、今年になって、やけに、雪が降りやがる」

今朝も、江戸は銀世界で、金八は、ここへ来るまでに、二度ばかり、ひっくりかえっている。

障子を開けると、眠狂四郎が、炬燵《こたつ》に足を入れて、仰臥《ぎょうが》していた。

巾着切でも、作法は心得ていて、炬燵に入ろうとせず、

「えへん、国家昏乱《こんらん》して忠臣出で、街に異変起って金八現わる。先生、岡っ引や巾着切の脳みそでは、どうにも判断できねえ事件が起きましたぜ」

と、云った。

「云ってみろ」

狂四郎は、目蓋《まぶた》をとじたまま、促した。

蒼白《そうはく》な面貌《めんぼう》に、相変らず、虚無の翳《かげ》が濃い。生きることになんの執着も持たずに生きていると、しかし、その妖しい虚無の翳も、いっそ、知命の士の静けさに通じているものであろうか。

「三千石の旗本のご大身《たいしん》が、湯殿の中で、お陀仏《だぶつ》でさあ。湯につかって、謡《うたい》かなんか、うなっているところを、殺《や》られたんですがね、その殺られかたが、ちんぷんかんぷんと来てやがる」

「…………」

「湯殿には、一緒に、湯もじ一枚の若い女中が入っていた。生娘《きむすめ》だから、殿様のはだかをまともに見ちゃいられませんや。隅っこにひかえて、うつ向いていたところが、謡をうなっていた殿様が、不意に、げっと呻《うめ》いたんでさ。びっくりして、顔をあげると、殿様は、いったん、ぶくぶくっと沈んでから、首を突き出した時には、もう、断末魔のもの凄い形相になってやがった。湯槽《ゆぶね》の中は、たちまち、血の海。女中め、仰天して、家来たちがとび込んで来てみると、観音様をご開帳あらせられて、てんかんみてえに、口から泡を吹いて、ひきつけていやがったそうでさ」

「…………」

「気がついてから、いろいろ尋問してみたが、さっぱり、要領を得ねえ。ぎゃっ、ぶくぶく、血の海——それっきりしか、おぼえていねえ」

狂四郎は、目蓋をとじたまま、きいているのか、いないのか、わからぬ。微動もせぬ。

「殿様はね、背中を、ぐさっと刺されていたんですがね、さて、何で突かれたか、そいつが、どこにも見当らねえんだから、奇妙奇天烈《きてれつ》ってわけでさ」

「湯殿に、兇器《きょうき》が落ちていなかった、というのか?」

「そうでさ。たしかに、殿様の背中には穴があいちまったのに、穴をあけたしろものがねえんだから、こいつは、全く判じものでさあ」

狂四郎は、起き上ると、炬燵の上の冷酒を、茶碗についで、ひと息にのんだ。

「いつのことだ?」

「昨夜のことでさ。雪はしんしん降りつもる、恰度時刻《ちょうどじこく》も丑《うし》の刻——。殿様は、妾《めかけ》とひと合戦やったあとで、湯に入るくせがあったんでござんすね。肥《ふと》って、汗っかきだったに相違ねえ。おっと、そんなことより、敵は、ちゃんと、去年の暮から、殺るぞ殺るぞ、と脅していたそうでさ。流石《さすが》は、三千石のご大身だあ、糞くらえと、屁でもないつもりだったところが、いけねえ、敵は、天狗《てんぐ》の術を心得ていやがった。という次第で、先生のお知恵拝借と来た」

外聞をはばかる事件なので、奉行所にたのむわけにいかず、用人が、西丸老中《にしのまるろうじゅう》水野越前守の上屋敷へやって来て、側頭役《そばがしらやく》の武部仙十郎に、平伏したのであった。

仙十郎は、すぐに、金八を呼んで、狂四郎をつれて来い、と命じたのである。

二

大番頭《おおばんがしら》、三千石の布衣《ほい》であった石脇内蔵助信親《いしわきくらのすけのぶちか》は、去年大阪在番をおわって、帰府し、最近出仕を止《や》めて小普請《こぶしん》に入った人物であった。

大阪在番中に、何か不正の行動があったために、小普請入りになった模様であるが、お咎《とが》め小普請ではなく、役寄合になっていた。先代が、若年寄《わかどしより》の下にあって、中川《なかがわ》番衆として、江戸海辺の交通について大いに功績があったためであろう。

内蔵助は、豪放磊落《らいらく》の気性で、あまり閣老に頭を下げたりせず、貧しい小普請旗本たちの面倒をみて、いわば、八万騎中の親分格であった。金も散じ、酒もよく飲み、女色の点でも相当であった。大阪在番時には、大阪町人たちが、せっせと、贈賄《ぞうわい》して来たが、平気で受けとっておいて、いざとなると、公の席上で、これをあばいて、金品を突き返す芸当も演じてみせて、人気とうらみを半々に買ったりした。

旗本のうちでは、一種の型破りの存在であった、といえる。

石脇邸に、何者とも知れず、奇怪ないやがらせが、されはじめたのは、昨年暮からであった。

贈賄品とみせかけて、大きな包みものがおくりとどけられ、ひらいてみると、猫の死骸が出て来た。

また、内蔵助が登城すべく、駕籠《かご》に乗ろうとすると、その中に、白蛇《はくじゃ》がとぐろを巻いていた。

その程度の悪戯《いたずら》ならば、見のがすことができたが、ゆるすべからざるいやがらせが、正月早々に、なされた。

一昼夜降りつづいた雪がやんで、美しく晴れた朝、書院の前の庭に、誰が作ったか、大きな雪だるまが、忽然《こつぜん》として据わっていた。

のみならず、その腹には、赤い南天の実で、

「死霊」

という文字が描かれてあった。

家来たちがとり除こうとすると、内蔵助は、とどめて、

「そのまま、すてておけ」

と、命じた。

翌日、あたたかい陽ざしに、雪だるまは、溶けた。

その中から、現われたのは、一糸まとわぬ若い女の死体であった。

奥に勤めていた女中の一人で、三日ばかり前に、姿を消していたのである。

気絶させられたままま、雪だるまにされたものであったろう。どこにも傷はなく、死顔にも苦悶《くもん》の色を、とどめていなかった。

下手人は、当然、邸内の者と判断できたが、誰であるか、見当もつかないままに、日が過ぎた。

内蔵助は、こういう残忍な悪戯に対して、べつに、躍起にはならなかった。

「どうやら、さいごには、わしの生命《いのち》を狙う模様じゃが、まあ、討てるものなら、討つがよかろう」

平然として、そう云っていた、という。

内心、心あたりはあったに相違ないが、邸内の誰をも、吟味しようとはしなかった。

で――。

ついに、予想通りに、内蔵助は、殪《たお》された。

勿論《もちろん》、女中の死体が雪だるまの中から現われて以来、用人の指令によって、内蔵助の身辺は、昼夜、かなり厳重に護衛されていたのであった。

げんに――。

内蔵助が、湯殿に入った時も、ふつうならば、湯番の女中は、襷《たすき》がけで、裾《すそ》をからげただけで入るのであるが、湯もじ一枚にされていたし、また、脱衣の間には、宿直《とのい》の士が二人、詰めていたのである。

だから、女中の悲鳴をきくやいなや、かれらは、板敷へとび込んでいたのである。内蔵助が、げっと呻くのはきこえなかったが、いったん湯の中へ沈んだ内蔵助が、断末魔の形相を突き出したのを視て、女中が悲鳴をほとばしらせるまでは、ほんのわずかの時間にすぎなかった筈《はず》である。その護衛に落度があったとはいえぬ。

まことに、奇怪であったのは、内蔵助の背中には、ふかぶかと、刺し傷がのこされたにも拘《かかわ》らず、刺した兇器は、浴槽の中にはもとより、板敷にも落ちてはいなかった。いや、常識としては、その背中に、兇器が突き立っていなければならなかった。

家中の推理は、ふたつ——。

ひとつは、高いところに切られている明窓《あかりまど》から、紐つきの短剣を投じて、内蔵助の背中を刺しておいて、さっと、たぐりあげてしまったこと。

もうひとつは、湯もじ一枚の女中が、股間に短剣をかくしておいて、隙をうかがって、内蔵助の背中を刺しておいて、その兇器を、窓から外へ投げすててしまったこと。

しかし、このふたつの手段も、すぐに否定されなければならなかった。

前者の手段をとったとすれば、紐でたぐりあげられる時、短剣からしたたった血汐《ちしお》は、板敷にも、板壁にも付着している筈であった。どこにも、血は落ちていなかった。

後者の場合は、不可能はさらに明白であった。十八歳の生娘は、すでに衣裳《いしょう》をつける際に、三十余年も勤めている老女の監視下にあったし、その素姓もあきらかで、怪しむべきふしは何ひとつなく、また殿様を殺す度胸などあろうとは思えなかった。また、窓の外に、兇器は投げられていなかった。

では、窓の外に忍んだ者と、生娘との共謀であったという推理は、どうであろうか。

手裏剣の名手が、紐つきの短剣を投じて、内蔵助の背中を、刺した。女中が、すばやく抜きとって、血を洗う。紐はたぐられ、短剣をとりもどした曲者《くせもの》は、にげ去り、女中は、悲鳴をあげて失神を装う。

考えられないことではなかった。

とすれば、女中は、まことに巧妙な仮面をかぶった悪女ということになる。

人々の目には、絶対に、そうは映らなかった。

内気で、やさしい生娘でしかなかった。

やはり、通り魔のような曲者が、高窓へ忍び寄って、内蔵助を殺したと、考えたかった。

霏々《ひひ》として降りしきった雪は、忍び寄った痕跡を消してしまっていた。

三

遺骸を安置した仏間に、香煙がたち罩《こ》め、詰めた家中一同は、しわぶきひとつせずに、沈黙をまもっていた。

そこへ、すっと入って来た黒の着流しの眠狂四郎は、合掌もせずに、

「ご免──」

と、ことわって、掛具をはねると、遺骸をごろっと俯伏《うつぶ》させた。

白羽《しろは》二重《ぶたえ》の死装束を、容赦なく脱がせて、背中の傷を、一瞥《いちべつ》した狂四郎は、眉宇《びう》に、かすかな困惑の色を刷いた。

それは、槍で突いたのでも、手裏剣で刺したのでもなかった。

もっとちがった兇器で撃った傷であった。その兇器は、狂四郎にも、見当がつかなかった。

狂四郎は、仏間を出ると、老女の案内で、湯殿へむかった。

湯殿は、どの旗本屋敷にもありふれたつくりで、昼なお薄暗く、灯を必要とした。ただ、板敷も板壁も浴槽も、最近に替えられたばかりで、木の香がしていた。

明窓は、はるかな高処に、二尺四方ぐらいは切られていて、菱格子《ひしごうし》がはめられてある。せいぜい、腕一本がさし入れられる程度である。

もし、ここから、兇器を撃ったとすれば、よほどの達人に相違ない。

狂四郎は、書院にもどると、用人と対座した。

「夫人にお目にかかれますか？」

「あいにく、奥方様は、中風にて、三年ばかり前より、お牀《とこ》に就かれたきりでござる」

「起き上ることは叶いませんか?」

「左様、とてもご自身のお力では……」

と、こたえてから、用人は、はっと狼狽《ろうばい》の気色を示した。

「どうされた?」

狂四郎は、薄ら笑い乍ら、訊ねた。

「い、いや、別に――」

「かくされておいでだが、それも云って頂こう」

「なんでもござらぬ。ただ、奥方様が、ご自身で起き上ることもでき申さぬのは、それがしの目で見とどけて居り申す。お手前が、奥方様を、疑うような口ぶりをなされたので、それがしは……」

「これは、妙だ。わたしは、夫人に嫌疑などかけたおぼえはない。夫人については、いまはじめて、貴方《あなた》におうかがいするのだ。貴方の方で、勝手に狼狽されたのは、貴方ご自身が、夫人を怪しい、と疑われたからではないのか?」

「い、いや、そのような……滅相もござらぬ」

視線をそむけた用人を、冷やかに見据えていた狂四郎は、

「次におうかがいしたいのは、雪だるまにされた女中のことですが……」

と、云った。

用人は、ほっとしたように、狂四郎を見かえした。

「御主人は、その女中に、手をつけておいでだったか、どうか――これは、たしかなことをうかがいたい」

用人は俯向《うつむ》いて、ひくい声音で、

「お手つきであり申した」

と、こたえた。

「湯殿付きの女中を、ここへお呼び頂こう」

その女中は、次の間に据えられていたので、すぐ、ひき出された。うしろ手に縛りあげられていた。

小柄な、ういういしい娘であった。

おそろしい衝撃をうけた怯えはなお去りやらぬ様子で、おどおどと顔を伏せた。

じっと見すえていた狂四郎は、

「そなた、雪だるまにされたつやの妹か？」

と、問うた。

「は、はい――」

娘は、うなずいた。

「姉があのようなむごたらしい最期をとげたのは、殿様のせいだ、とうらんで、殿様に讐《あだ》を復《かえ》したか?」

ずばりと云われて、娘は、はっと顔を擡《もた》げると、

「ち、ちがいまする! わ、わたくしは、何も存じませぬ!」

と、はげしくかぶりをふった。

「たしかに、何も知らぬのだな?」

「は、はい――」

「そなたは、湯殿の中へ、兇器が飛んで来る音をきいたか?」

娘は、その尋問に、当惑気味な表情を泛《うか》べていたが、

「おぼえて、居りませぬ」

と、こたえた。

「殿が呻きを発した時、そなたは、すぐ、そちらを視たのだな?」

「はい」

もし、突き立った兇器が、ひき抜かれて紐をたぐられたとすれば、それを見のがす筈はない。

娘が視たのは、内蔵助が、湯の中へずぶずぶと沈み、そして、浮きあがって来たのだけである。

「下《さが》ってよい」

狂四郎は、娘を去らせると、かわって入って来た用人に、

「夫人は、病気のゆえに、生来の強い妬心《としん》が、さらに増した――そうですな?」

と、云いあてた。

用人は、こたえかねて、もじもじした。

「御主人が、若い女中に手をつけるたびに、狂おしい妬心をむき出して、のろい殺してやりたい、などと喚《わめ》かれたのではないか。貴方は、そのことを思い出して、狼狽されたのですな」

「左、左様、そ、それは、その通りでござるが、なにさま、奥方様は、匐《は》うことさえも叶わぬおん身なれば……」

「殿に兇器などを投げつけることは、全くの不可能である、と申される。その通りでしょう。但《ただ》し、四肢は萎《な》えていても、知恵を働かせる頭脳の方だけは、むしろ嫉妬のために冴えていたとすればだ……」

と云って、狂四郎は、立ち上っていた。

「夫人の寝所へ、ご案内願おう」

ためらう用人よりさきに、狂四郎は、歩き出していた。

白一色の美しい庭景色を眺めやりつつ、長い縁側をひろって行った狂四郎は、ふと、足をとめて、とある箇処へ、眼眸《まなざし》をとめた。そして、何を合点したか、にやりとした。

――そうか、判った!

四

西丸老中より遣わされた吟味役、と取次がれては、内蔵助夫人も、面接をこばむわけにいかなかった。

枕もとに坐《すわ》った狂四郎は、いきなり、妙なことを云った。

「御主人は、大阪定番《じょうばん》の頃は、町人どもの袖《そで》の下を、平気で、いくらでも、受け取られた由《よし》ですな」

「…………」

夫人は、にくにくしく、狂四郎を、にらみあげて、口をひらこうとはしなかった。

「その奥方であられる貴女《あなた》が、賄賂《わいろ》というものについて、充分の心得がおありのことは、申し上げるまでもない」

「…………」

「それがしは、西丸老中より遣わされた吟味役ではあるが、もともと、市井《しせい》無頼の浪人者。その日の風向き次第で、どうでも豹変《ひょうへん》いたす」

そう云ってのけて、にやりとした。

夫人は、色あせたくちびるを、微《かす》かにわななかせつつ、ひらいた。

「い、いくら、欲しいと、お云いじゃ？」

「さあ、安くまけて、二百両――」

夫人の痩《や》せさらばえた小さな貌《かお》が、ぴくぴくと痙攣《けいれん》した。

しかし、必死に、感情を抑えると、枯木のような腕をのばして、女中を呼ぶ銀製の鈴を把《と》ろうとした。

すると、狂四郎は、

「女中をお呼びになるに及ばぬ。不正の金子を頂戴《ちょうだい》するのだ。こちらが、勝手に分け取らせて頂く。……どこに？」

と、問うた。

夫人の視線が、厨子棚《ずしだな》へ、ちらと送られた。

狂四郎は、すっと立って行き、古びているがみごとな平蒔絵《ひらまきえ》の手函《てばこ》を携げて来た。

蓋《ふた》をひらくと、切餅《きりもち》（二十五両包み）が、びっしりと詰めてあった。

「ほう、奥方様は、大層なお金持ですな」

狂四郎が、微笑すると、夫人は、苛立《いらだ》たしげに、

「は、はよう……取るがよい！」

と、云った。

「頂く。……さて、ものは相談ですが、こちらは、貴女のへそくりはタカの知れたもの、と存じて、安くまけて二百両と申出たが、さて、こうした金持ぶりを拝見いたすと、人間は生来欲ぶかいもの、もうすこし、値あげをいたしたくなりましたが、いかがであろう?」

「い、いくら、欲しいのじゃ?」

狂四郎は、嫌悪と憎しみをこめた夫人の眼眸を受けとめて、にやりとした。

「いっそ、この手函そっくり、頂戴いたそうか」

これをきくや、夫人は、なんとも名状し難い呻きを迸《ほとば》しらせた。

「はははは……山吹色に飢えた素浪人に、そっくり見せたが因果とあきらめて頂くことだ」

狂四郎は、手函を携げて、すたすたと寝所を出た。

けだものじみた叫び声が、うしろから追って来た。

書院にもどってみると、用人が坐っていて、

「殿は、すでに、昨夜、曲者めに襲われることを、ご存じでござった」

と、云いつつ、一通の書状をさし出した。

内蔵助の手文庫の中に、これがあったのを、たったいま、発見したのだ、という。

それには、達筆で、

「ここ数日中に、意外の場所にて、おん生命、頂戴つかまつりそろ。もし、おん生命惜しくそろ節は、おん身持おつつしみあるべくそろ」

と、記されてあった。

「これで、いよいよ、下手人は、明白となった。あとは、これを、どう処置するかだ」

狂四郎は微笑し乍ら、呟《つぶや》いた。

深更《しんこう》──丑の刻に入った頃あい。

音もなく、夫人の寝所へ、黒い影が、忍び入って、褥《しとね》の裾へうずくまった。

「奥方様──」

ひくいが、しかし、鋭利なひびきをもった声音で、呼んだ。

「今夜中に、お屋敷を退散つかまつる。お約束の金子五百両、頂戴いたしたく存じます」

それに対して、夫人の返辞はなかった。

「奥方様！」

黒影は、畳をすべって、枕もとへ来た。

「お約束でございますぞ！　松田五平《まつだごへい》の投剣術、だてに使ったのではありませぬ。五百両頂戴いたしましょう」

「…………」

「奥方様！　なぜ、ご返辞をなさらぬ！　五百両は、どこにしまってござる？」

「…………」

「それがしを、あざむかれたか？　あざむいたのであれば、それがしにも、致し様がござるぞ!」

黒影が、のしかかろうとした刹那《せつな》、襖をへだてて、

「無い袖は振れぬ、ということわざがあるぜ、松田五平氏《うじ》」

あざけりの声が、かかった。

猫のようにうずくまった黒影に、殺気がみなぎった。

「奥方のへそくりは、あいにく、この眠狂四郎が、そっくり頂戴した。で、奥方にかわって、こっちが、お主《ぬし》にくれてやろう。但し、金は金でも、延べ金だ」

さっと、襖が開かれた。

間髪《かんはつ》を容れず、黒影から、つづけざまに、手裏剣が、投じられた。

狂四郎は、無想正宗を抜きつけに、それらを、ことごとく、払い落した。

「庭へ出ろ、松田五平! 貧窮して両国の見世物小屋で芸人の真似をしたり、欲に目くらんで足軽に化けたりしても、秩父《ちちぶ》山中で修業した貫心流の腕前は、まだ荒れては居るまい。試してやろう」

雪を蹴散らしての決闘ではなかった。

耿々《こうこう》と冴える月明りに、地面を掩《おお》うた雪もまた皓々《こうこう》と映えて、一間《けん》をへだてて対峙した二個の影を、そのまま、そこに、凍りつかせるかとみえた。

狂四郎は、地摺《じず》りに。

松田五平は、中段やや高めに。

時刻が移って、夜明けを報《しら》せるように、遠くで、鶏が啼《な》いたのを、それを合図のごとく、松田五平が、雪をふんで、二歩進んだ。

と——同時に、無想正宗は、円月殺法の、ゆるやかな移行を示しはじめた。

その切っ先が、半円を描いて、天をさした時、松田五平は、雪を蹴って、五体を跳躍させた。

星が流れるに似た一条の白光が、狂四郎の顔面すれすれに落ちた。

松田五平は、振り下した肢態を、そのままに、細めた眸子《ひとみ》を、狂四郎に当てて、動かなかった。

無想正宗は、その肩から胸まで割って、停止していた。

狂四郎が、すっと、引き抜くや、松田五平は、生命なき個体を、ゆるやかに、傾けた。

雪に、どさっと、俯伏した瞬間、黒い血汐が、四方へはね散った。

五

内蔵助の初七日の日、高輪《たかなわ》の菩提寺《ぼだいじ》の方丈において、夫人をいかに処置すべきか、評定がひらかれた。

さまざまの意見が出たが、一同すべてが頷《うなず》く意見はなかった。

眠狂四郎は、片隅の柱に凭《よ》りかかって、終始沈黙をまもっていた。

やがて、狂四郎に、意見がもとめられた。

狂四郎は、口をひらくと、無造作に、

「武士の妻ならば、良人《おっと》と同じように、死なれてみることですな」

と、云った。

「同じように、とは？」

一人が、訊ねた。

「良人が非業の最期をとげたのであれば、妻もまた非業の最期をとげる。それが、夫婦の道と申すもの」

云いすてて、狂四郎は、立ち上ると、一人さきに、方丈を立去った。

一同が、石脇邸へ帰ってみると、異変が起っていた。

夫人が、いつの間にか、湯殿で、浴槽につかって、こと切れていたのである。

女中たちの知らぬあいだに、何者かが、その全身不随のからだをはこんで、浴槽につけていたのである。

そのせなかには、良人内蔵助がつけられていたと全く同じむざんな刺し傷がつけられていて、湯を真紅に染めていた。

兇器は、どこにも見当らなかった。

次の朝、巾着切の金八は、雪解け道をふっとんで、言問の茶屋へやって来た。

「一人来て、二人つれ立つ雪道に、下駄のあとさえ、二の字、二の字と書いてある。とくらあ、おっ、お雪ちゃん、どうだ、あとで、両国《りょうごく》へつれて行ってやろうか」

ぽんと、肩をたたいておいて、階段をかけあがると、

「武部仙十郎が使者にて候《そうろう》。……先生、きかせてくんねえ。刃物なしで、湯ん中の裸を、どうやって、ぐっさりと、殺るんだか」

と、仰臥した狂四郎のわきへ、膝小僧をそろえた。

狂四郎は、目蓋をとじたなりで、

「窓を開けてみろ、金八」

と、云った。

「へい。開けるにゃ開けるが……」

障子をひきあけて、

「で――どうなんです。先生?」

「兇器は、そこにある」

「え? どこに?」

「軒からぶらさがっている」

「ぶら下っているのは、氷柱《つらら》だけだが……あっ！　なアる――」

　金八は、首をふった。

「こいつが、手裏剣の代りをしやがったか。うめえや。突き刺す役目がすんだら、湯に溶けて、かげも形も無しだあ」

　狂四郎は、起き上って、あくびをひとつしてから、云った。

「金八。吉原《なか》へでもくりこもうか」

花嫁首

一

市《まち》には、正月の静かな賑《にぎわ》いがあった。

初荷の車の上の獅子舞いの囃《はや》しや、鳥追いの三味線の音や、三河万歳《みかわまんざい》の鼓《つづみ》の音や、そして子供たちが打ち合う羽子板の音など……。

眠狂四郎は、不忍池《しのばずいけ》に沿うた池之端仲町《いけのはたなかちょう》の湯屋の二階の掃出縁《はきだしえん》の手すりに凭《よ》りかかって、青空に舞う紙鳶《たこ》を、見上げていた。

町方で、子供の往来遊びは、珍しくないことだが、紙鳶あげだけは、年に一度、正月にだけ許されていて、男の子たちの最上の愉しみであった。

田舎《いなか》とちがって、寸地をあまさぬ市中なので、平常は、紙鳶あげは、許されていなかった。ただ、立春の季には、空を仰ぐのを養生のひとつとかぞえていたので、大人たちも、通行をさまたげる遊びに、文句を云わなかったのである。高位の士たちも、正月だけは、紙鳶あげに夢中になっている男の子たちの脇を、よけて通ってくれた。

——おれには、紙鳶をあげる愉しみもなかったな。

淋《さび》しい孤独な少年の日をかえりみて、狂四郎は、胸のうちで、呟《つぶや》いた。

母は、陰惨な、姦淫《かんいん》の子である狂四郎を、素姓正しく生れた子以上に、きびしく、さむらいとして、躾《しつ》けようとしたのであった。

母と子と、二人きりの、沈黙裡《り》の屠蘇《とそ》汲みが終ると、狂四郎に課せられたのは、吉書《かきぞめ》と弓馬槍剣《そうけん》の芸と、耳朶《じだ》のひきちぎれるような乗馬初めであった。

わずか五歳の正月から、その躾は、はじめられ、母が逝くまで——十四歳まで、つづけられたのであった。弓馬槍剣の諸芸初めは、もとより、士家の子弟たちの正月行事であったが、これは形式化しているだけで、汗を流すようなことはなかった。狂四郎の母は、しかし、わが子に、必死の試みを、つよく命じたのであった。

したがって、狂四郎の脳裡《のうり》には、正月は苦痛なものという記憶しかないのである。

いまは、正月という儀式とは全く無縁な、異端無頼の徒となって、こうして無為の時間を、湯屋の二階ですごしている。

家もなく、妻子もなく、そして友もない身であった。

中空で舞う紙鳶を、おのが身になぞらえて見ている狂四郎であった。

「旦那《だんな》——」

二階番頭が、客が履物を置く下足段から、顔をのぞけた。

「お玉《たま》ヶ池《いけ》の親分が、旦那をたずねておいでですぜ」

佐兵衛という老いた御用ききとは、つきあいが久しい。

狂四郎は、上って来た佐兵衛の表情が、いつになく、ひどく、緊張したものであるのを視て、

――浮世は、目出度《めでた》いことばかりではないらしい。

と、思った。

「お願いがございます」

佐兵衛が、年始の祝辞をはずして、そう云ったのは、起った事件に心がとらわれていて、祝辞を忘れたわけではなかった。そういう儀礼は、狂四郎には、不必要だと心得ていたからである。

西丸老中《にしのまるろうじゆう》水野越前守の側頭役《そばがしらやく》・武部仙十郎を除いては、狂四郎という人物を、いちばんよく知っている老人であった。それだけに、狂四郎に、頭を下げに来るのは、よくよく、手にあまる大きな事件に相違なかった。

「春から縁起がわるいようだな」

「左様で――。もう四十年も御用をつとめて居りますが、正月早々、こんな途方もない出来事にぶつかったのは、はじめてでございます」

「どうした？」

「昨夜、婚礼がございました。元旦の婚礼は、滅多にない例でございますが、その閨《ねや》で、花嫁御寮が殺されて居りました。それも、ただの殺されかたではなく、首を斬られて、その首が失くなって居ったのでございます」

「…………」

「ご存じ寄りかと存じますが、西丸御老中様の遠縁にあたるお方で、奥祐筆《おくゆうひつ》を勤めておいでの、加倉井耀左衛門《かくらいようざえもん》様のお屋敷で耀左衛門様の御次男と、蔵前《くらまえ》の料亭『江戸《えど》金《かね》』の一人娘とが、婚礼の式をお挙げになったのでございます」

二

この時代は、士家はもとより、民間においても、婚礼の儀式は、大変なものであった。五代将軍の頃、水島卜也《みずしまぼくや》という者がいて、小笠原《おがさわら》の家伝を得たと称し、種々の説を捏造《ねつぞう》して教えたのが、いつの間にか、礼法をもって家を立てる者たちの間に浸透して、士家民間ともに小笠原流に順《したが》わざるを得ないようになっていたのである。

花嫁の輿《こし》を逆さに舁《かつ》ぎ出すこと、その輿が婿《むこ》の家に入る時、門内に、うちあわせの餅《もち》といって、還暦の老人夫婦が餅を搗《つ》くこと、召替えの輿には、筒子、這子《ほうこ》、犬張子《いぬはりこ》などを載せて、その戸を開いて、衆民に観せること、あらたに鴛鴦《えんおう》の衾《ふすま》、長枕などを作ること、かつら女、とどわげ（悪魔払い）という女を花嫁に随伴すること、婿から舅《しゅうと》に贈る紅白の餅は五百八十七個であること等々。

昨夜――。

加倉井耀左衛門邸では、三河譜代の名門らしく、最も物々しく、小笠原流の婚礼を挙行したのであった。

正月元旦に、挙行したのも、古代の暦に従ったところ、大吉日と出たからであった。

（普通、嫁入り月は、正月、五月、九月を忌《い》み、三月は去られ月、八月は離れ月として取らぬのである）

合卺《ごうきん》の式をおわり、色直しの座もすませて、婿と新婦は、寝所に入って、床盃《とこさかずき》を交して褥《しとね》に入った。

しかし、宴は、つづけられていた。宴が長引くのをその家の誇りとするならわしであったので、招かれた者は早く帰るのを非礼としたのである。その広間から、酔いつぶれていた最後の客が、日ざめて立ち上ったのは、そろそろ夜も明けかかった頃合であった。

仲人《なこうど》夫婦には、まだ、勤めがのこっていた。

寝所に入って行き、婿と新婦を起して、夫婦の契りを、ぶじにむすび了《お》えたかどうか、たしかめることであった。

仲人役は、書院番の長老・四《よ》つ木喜左衛門《ぎきざえもん》という老人であった。

この問いは、屏風《びょうぶ》をへだててなされるのであったが、四つ木喜左衛門は、古稀《こき》を迎えて、耳も遠くなっていたし、気ぜわしくなっていたので、つかつかと褥のそばまで、ふみ込んだ。

一瞥《いちべつ》して、仰天した。

老人が見出したのは、美しい新婦の寝顔のかわりに、人相凶悪な男の首だったのである。

のみならず、それは、鉛色《なまりいろ》と化した死首であった。

婿は、その横で、口を半開きにして、熟睡していた。

四つ木喜左衛門は、あまりの奇怪な光景に、しばし、瞠目《どうもく》したまま、棒立ちになっていたが、急に、憤然となって、その死首を、足蹴にした。

すると。

死首は、ごろごろと、畳へころがり落ちたではないか。すでに、胴から離れていたのである。

二度愕然《がくぜん》となった喜左衛門は、掛具を、はねのけてみた。

そこには——。

首を喪った真白い、豊かな、女の裸身が、純白の二布《こしまき》をまとっただけで、横たわっていた。

新婦のものにまぎれもなかった。

すなわち。

新婦は首を刎《は》ねられ、代りに、どこかのいやしい男の首を継ぎ合せられていたのである。

まさしく、奇怪な事件であった。

直ちに、町奉行所に通報されずに、佐兵衛が、そっと呼ばれたのは、世間へきこえるのをはばかって、極秘裡に、解決しようとする仲人役の四つ木喜左衛門のはからいであった。

喜左衛門と佐兵衛は、ふるい知己であった。

佐兵衛は、しかし、当惑した。岡っ引は、武家屋敷の生活ぶりについて、知識が乏しかったし、武家をとらえて、直接尋問することができなかったからである。

ただ、料亭「江戸金」の娘である花嫁素江《すえ》の日常を洗うには、小半刻《こはんとき》も費せば足りた。

素江は、料亭の一人娘らしく、勝気で、わがままで、時には、若い板前と口論の挙句、手をあげて、その頬桁を鳴らしたこともある、という。

素江が、加倉井耀左衛門の次男耀次郎に見そめられたのは、三年も前であった。

素江は、しかし、夢中になってかよって来る耀次郎に対して、むしろ、すげない態度を示していた、という。

女中たちは、のぞみもないのに、どうしてあきらめないで、かよって来るのだろう、と耀次郎を多少さげすんでいたものであった。

急に、素江が承知して、ある旗本の養女になる手続きをふんで、加倉井家へ輿入れすることにきまった、ときいて、女中たちは、啞然としたことだった。

素江は、耀次郎の熱意にほだされて承知するような気象ではなかった。なにか、別の事情があったに相違ない。

佐兵衛は、まだ、その事情を探るまでには、至っていなかった。

黙然として、きき了《おわ》った狂四郎が、口をひらいて、訊ねたのは、

「屍体《したい》は、まだ、そのままにしてあるのか！」

そのことだった。

「そのままにしてございます」

「耀次郎という新郎は、まだ睡《ねむ》りつづけているのだろう」

「よくおわかりでございます」

「床盃の酒に、ねむり薬が仕込んであったとみた」

「てまえも、そう思って居ります」

「見物に行ってみようか」

狂四郎は、立ち上った。

三

　初春の装いにつつまれた通りを、くたびれた黒羽《くろは》二重《ぶたえ》の着流しの狂四郎は、ふところ手で、ゆっくりと歩き乍《なが》ら、

「おやじさん、生れて何回、正月を迎えた？」

と、訊ねた。

「六十三回めでございます」

「なにが、残っている？」

「え？」

「なにか、お前さんに、残っているものはあるか？」

佐兵衛は、ちょっと、考えていてから、

「何も残っては居りませぬ」

と、こたえた。

「人間とは、そういうものであろうか」

「まず――」

佐兵衛は、小僧に年玉の品物を入れた風呂敷包みと小盆を持たせて、年礼にまわっている麻上下《あさがみしも》姿の大店《おおだな》の主人らしい男を視やり乍ら、

「人生というやつは、短いものでございます。てまえは、正月には、亡くなった人のことを思い出すことにして居りますが、あの人が亡くなって、もう五年、この人が亡くなって、もう三年——と、かぞえて居りますうちに、つくづく、年月の過ぎることの無情をおぼえるわけでございます」

と、云った。

狂四郎は、そう云われて、はじめて、妻の美保代が逝ってから、すでに二年が過ぎ去っていることに、気がついた。

「……大慈大悲の春の花、十悪の里に芳《こうば》しく、三十三身《じん》の秋の月、五濁《ごじょく》の水に影清し」

謡曲・田村を、ひくく口ずさみはじめた狂四郎の、虚無の翳《かげ》の濃い横顔を、佐兵衛は、そっとぬすみ視て、

——生きて行くことが、さも面倒なような、このお人が、いざとなると、一番役に立つのは、どういうのであろう。

と、ふしぎな思いをわかせた。

加倉井邸は、昨夜の盛儀にひきかえて、家人ことごとく死に絶えたように、ひっそりとし

て、門をくぐって、奥庭へまわるまで、人影も見せなかった。

狂四郎は、まず、鬼門角のつくばいの蔭《かげ》に据えてある死首を検分した。

これ以上いやしい造作はない面貌《めんぼう》であった。

ところが、その皮膚には、うっすらと、化粧した痕《あと》をとどめていた。

狂四郎は、合点した。

これは、獄門首であった。これほど凶悪な骨相の男が、自らすすんで化粧する道理がない。獄門になるので、化粧をさせられたのである。それが、当時の、ならわしであった。

「おやじさん、この首が、何者か、もうわかっているのだな？」

「わかって居ります。大晦日《おおみそか》に打首になりました秩父《ちちぶ》無宿の仙六《せんろく》という極悪人でございます。牢内で、二つ胴の様物《ためしもの》にされて、この首は、小塚原《こづかつぱら》にさらされて居ったのでございます」

狂四郎は、それときくと、独語するように、

「素江という娘の首は、もしかすれば、この囚徒の代りに、小塚原のさらし台に、のせてあるかも知れぬ」

と、云った。

「お——そうかも知れませぬ」

佐兵衛は、思わず、声をあげた。

「うかつでございました。てまえは、これから、ひとっ走り、行って参ります」

狂四郎は、建物の中に入った。

茫然と、虚脱のていで、座敷に坐《すわ》っている仲人の四つ木喜左衛門に会って、寝所へ案内をたのんだ。

喜左衛門は、眠狂四郎の名を、噂できいていたので、ほっとわれにかえった様子で、先に立った。

狂四郎は、首のない白い肢体を、褥の中に、しばらく眺め下していたが、なにを思ったか、両膝《ひざ》に手をかけると、大きく、股《また》を拡《ひろ》げさせて、秘所へ、視線をそそぎ、中指を、すっと挿入してみた。

抜きとった中指には、べっとりと、血汐《ちしお》がついていた。

狂四郎は、懐紙でぬぐいとってから、

「耀次郎殿をお起しねがえまいか」

と、たのんだ。

「もう目ざめて居り申すが、まだ、うつけのていで、なにを問うても、満足にこたえられ申さぬ」

喜左衛門は、云った。

狂四郎は、耀次郎の居間に入った。

旗本大身《たいしん》の次男坊らしい、無能を示す生白い風貌の持主であった。

狂四郎は、正対すると、鋭い眼光を、対手《あいて》のうつろな双眸《そうぼう》へ、射込んだ。

耀次郎は、次第に、怯えた表情を泛《うか》べて来た。

「お手前は、牀《とこ》に入るや、直ちに新婦を抱かれたな?」

「さ、さよう……」

耀次郎は、頷《うなず》いた。

「契りを済まされたか?」

「………」

「新婦の体内に、容れられたか、とお訊ねして居る」

「い、いたした」

「では、おねがいする。濡れた手拭いで、股間を拭いて、それを、視せて頂こう」

「………」

「はやく、されたい」

耀次郎は、なにゆえにそうしなければならぬのか、見当もつかないままに、屈辱で顔面を歪《ゆが》め乍ら、次の間へ立って行った。

やがて、もどって来た耀次郎は、濡れ手拭いをさし出した。

狂四郎は、受けとってみて、それに、一点の血汐も付着していないのを知って、眉宇《びう》をひそめた。

「お手前は、嘘を吐かれているようだ」

耀次郎は、憤然となって、

「そ、それがしは、嘘など、つ、ついては、居らぬ！」

と、叫んだ。

「奇妙なことだ」

「八幡《はちまん》、誓って！」

「たしかに――？」

「なに？」

「新婦は、月水中《げっすい》であった。新婦は、そのことを告げて、拒んだのではなかったか？」

「い、いいや、一言も、申さなんだ」

「では、お手前が、契られたのであれば、当然、お手前の股間は、不浄の血でよごれている筈《はず》。それが、ついてないのは、どうした次第か？」

「そ、それがしは、容れたぞ！　た、たしかに、容れたのだ。まちがいない。容れているうちに、遽《にわか》に、眩暈《めまい》が襲うて来て、それきり、意識をうしなったのだ！」

必死に言訳する新郎を、じっと見戍《みまも》って、狂四郎は、

――嘘を吐いては居らぬようだ。

と、みとめた。

佐兵衛が、重い風呂敷包みをかかえて、戻って来たのは、それから一刻ののちであった。

それが、素江の首であることは、きくまでもなかった。

耀次郎は、その首を一瞥して、失神した。

佐兵衛は、狂四郎と二人だけになると、首をひねり乍ら、

「どういうので、ございましょうな、これは？」

「闇夜の手さぐりだな」

狂四郎は、薄ら笑ってから、

「判ったことは、ひとつだけある」

「なんで、ございます？」

「首を切ったのは、刀ではないことだ。睡っているのを、ほかの刃物で、切り落した。そうだな、さしずめ、刺身でも作るようにだ」

この言葉をきくと、佐兵衛の目が、急に、光った。

狂四郎は、別の神経を働かせていた。

襖《ふすま》のむこうに、ひそんでいた者が、そっと立去って行く気配があった。ひそんでいることは、すでに、狂四郎は、察知していた。

しかし、狂四郎は、それが何者か、敢《あ》えて、咎《とが》めようとはしなかった。

「江戸金から、この屋敷へ、料理作りに、やって来た板前の一人を、つかまえてみることだ。

謎解きは、それから、さきの話になる」

狂四郎は、云いすてると、廊下へ出た。

歩き出し乍ら、物蔭できき耳たてている者がいるならば、それにきこえるように、

「この屋敷には、なにやら、怪しげな臭気がたちこめているようだ」

と、呟きすてていた。

四

翌日——三日の日も、狂四郎は、湯屋の二階に在った。

平常は、湯屋の二階は、年季奉公人の遊山場《ゆさんば》のように騒々しいものであったが、正月三カ日は、ふしぎにもの静かで、風呂の中で、うたう調子はずれな清元の梅の春が、はっきりときこえて来るくらいであった。

手広い二階に、湯上り客は、わずか三四人、それぞれ、はなればなれに、一人で、お市豆をつまんで、お茶を飲んでいるばかりであった。

正月が来ても、屠蘇《とそ》を祝う家族のない独身者たちが、ひまつぶしに来ているものとみえた。

佐兵衛が、姿を見せたのは、日の昏《く》れかけた時刻であった。

「旦那。判りました」

「うむ」

「江戸金の二番板前の、嘉助《かすけ》という若い者でございました」

「捕えたか?」

「いえ、それが……」

「殺されていたのだな!」

「どうして、それを――?」

「なんとなく、そんな気がしていた」

「大川の百本杭にひっかかって居りました。……昨夜は、暇をもらって、自分の家に戻っていたそうでございますが、店から使いが来て、急に、手が足りなくなったから、来てくれと云われて、出て行ったきり……、店へは帰らずじまいになったのでございます。途中で、殺《や》られたらしゅうございます」

「素江の首は、嘉助が、刺身庖丁《ぼうちょう》で、切り落したことになる」

狂四郎は、宙に、冷たい眼眸《まなざし》を置いて、云った。

「つまり、小塚原から獄門首を盗んで来て、素江の首と、とりかえて置いたのも、嘉助のしわざであったのだな」

「嘉助は、かなり前から、素江と、通じて居ったのでございます。これは、嘉助の妹が、打明けてくれました。素江が、自分を振って、生《なま》っ白《ちろ》い、旗本の次男の、ひょうろく玉に嫁ぐことになりやがったから、婚礼の晩に、殺してやる、と鬼のような形相になった兄を見て顫《ふる》え上った、と申して居りました」

狂四郎は、ごろりと仰臥《ぎょうが》して、手枕になり、目蓋《まぶた》を閉じてから、

「素江が、なぜ、耀次郎に嫁ぐ肚《はら》をきめたか――その事情を、さぐったか？」

と、訊ねた。

「それは、まだ、摑《つか》みかねて居りますが、判ったことがございます。あの娘は、江戸金の本当の娘ではなく、もらい子のようでございます。江戸金の女房は、石女《うまずめ》で、七年前に、亡くなって居ります」

「もらい子か。どこの胤《たね》か、知る必要があろう」

「一両日に、調べあげてごらんに入れます」

狂四郎は、しばらく沈黙を置いてから、ぽつりと云った。

「おやじさん、素江を、ころしたのは、嘉助とおもうか？」

「それは、もう」

佐兵衛は、狂四郎が今更、なにを疑うのか、と訝《いぶか》り乍ら、

「首を切り落したのは、刺身庖丁をふるった嘉助のしわざと、旦那ご自身が仰言《おっしゃ》ったのではございませんか」

「首を切り落すことと、殺すことは、別だな」

「…………？」

「死んだやつの首を切り落す場合もある。板前が庖丁をふるうのは、大方は、死んだ魚だろう」

「すると、嘉助が、獄門首をかかえて、寝所にしのび入ったときには、花嫁は、もう死んでいたと、お考えになりますので？」

「まずな。生きている首は、刀の手練《てだれ》でない限り、あのように手際よく、切れぬものだ。すでに死んでいたから、あまり血も流れなかった。……もしかすれば、嘉助は獄門首を投げ込んで新郎新婦をおどしてやろうと、それだけしか、考えていなかったのかも知れぬ。ところが、しのび入ってみると、素江は、死んでいた。死んだやつを料理するのは、板前として、たとえ、それが人間であっても、さして、恐れるしわざではなかろう」

「下手人が、ほかにいるとなりますれば、これア、いよいよ、いそがねばならなくなりました」

「そうしてもらおう」

佐兵衛が、狂四郎の住む下谷《したや》稲荷《いなり》裏の裏店《うらだな》へ、急ぎ足に入って来たのは、それから、八日後——ようやく、正月気分もぬけた頃であった。

無想正宗の手入れをしている狂四郎の前に、極度に緊張した様子で、坐った佐兵衛は、

「判りました。旦那。素江は、お大名のご落胤《らくいん》でございました」

と、告げた。

「そうか。どこの大名だ?」

「下妻《しもつま》一万石の井上遠《いのうえとおとうみのかみ》江守様のお子で、ただのご落胤ではなく、双生児《ふたご》の一人でございました」

当時、双生児が生れると、あとから生れた方を、捨てる風習があった。勿論《もちろん》、ちゃんとその与え先をきめて、捨てるのであった。

「その、双生児のひとりは、姫ぎみとして、現在も、井上邸に生きているのだな?」

「生きている段ではございませぬ。初午《はつうま》の頃には、大奥へ上って、公方《くぼう》様お附きの御中﨟《ちゅうろう》におなりになる噂でございます」

「ふむ」

狂四郎は、無想正宗を、ぴたりと、鞘におさめると、

「それで、どうやら、読めた」

「はあ——?」

佐兵衛には、合点がいかぬ。

「おやじさん。素江という娘は、自分が、井江遠江守の落胤であることを知っていた。勝手

で、わがままで、板前の横面を張るほどの娘が、自分のかたわれが、将軍家の妾《めかけ》になる、ときいて、嫉妬し、逆上せぬわけはなかろう。そう思わぬか」

「それは、そうでございますね」

「そこで、自分も、旗本の家に嫁ぐことにした」

「しかし、殺されております」

「たしかに、殺された。……殺されるのも、あらかじめ、きめてあったことだろう」

「え？」

佐兵衛は、ようやく、のみこめそうな表情になった。

「どうやら、芝居は、大詰に来たようだ。そこで、この眠狂四郎の登場となる」

五

深更《しんこう》――。

針ひとつころがっても、遠くにひびきそうな寂寞《じゃくまく》の占めた大名屋敷の、長局《ながつぼね》の廊下を、狂四郎は、進んでいた。

闇に目が利き、跫音《あしおと》を消して歩くことのできる男であることは、云うまでもない。

それに、大名屋敷の構造を、すみずみまでも知っているのである。

長い廊下の端に来て、右に折れた畳廊下へ目をやり、赤い灯《ひ》が、ぼうっと、闇に滲《にじ》んでいる部屋をみとめて、

——あれだな。

と、さとった。

障子に手をかけた時、べつに、内部の気配に、耳をすますでもなかった。

すっと開いて、一歩入り、障子を閉めた。

広い室には、灯があるばかりであった。

むこうに襖があった。

その襖を無造作に開いた狂四郎は、やはり灯のある部屋の中央に、敷かれた緋縮緬《ひぢりめん》の夜具を見出した。

やすんでいる者の寝顔が、幻影のように美しい印象であった。

掛具をはねのける瞬間、狂四郎は、対手が目をさますように、あらあらしい動作をとった。

ぱちりと、双眸をひらいた刹那《せつな》——間髪《かんはつ》を容れず、狂四郎の片手は、その口をふさいでいた。

次いで——。

もう一方の手は、容赦なく、下へ延びて、白羽《しろは》二重の、寐召《ねめし》のまえを捲《まく》っていた。

息をのむ程の、絖《ぬめ》のような白い柔肌《やわはだ》は、ひしと膝を合せて、開くまいとした。

狂四郎は、冷やかに笑った。

「嘉助に与え、耀次郎に与えた肌を、なぜ惜しむ？」

この言葉をあびせられて、女は、四肢から力をぬいて、ぐったりとなった。

狂四郎は起き上ると、

「お留守居」

と、呼んだ。

控えの間とを仕切る襖が、ひらかれた。

白髪あたまの、老いた武士が、顔面をこわばらせて、入って来た。狂四郎が、あらかじめ、ひそませておいたのである。

「おききおよびの通り、奸婦《かんぷ》であったことを証明いたした。と申して、貴殿にとっては、殿の息女であることに、まちがいないところだが……。お引渡し願って、連れて参る」

その時、姫君になりすましていた素江が、ううっ、と呻いて、俯伏《うつぶ》した。

留守居役が、あわてて、抱き起してみると、みるみる、かたくひきむすんだ唇から、血汐がしたたった。舌を嚙みきったのである。

そのさまを見戍る狂四郎は、眉宇も動かさなかった。

木綿《もめん》の綿入に小倉の帯を結《し》め、千種《ちくさ》の股引《ももひき》、白足袋に粗末な雪駄《せった》をはき、帯の結び目に扇をさした丁稚《でっち》小僧たちが、つぎつぎと、河岸道を往くのを、両国《りょうごく》の並び茶屋の床几《しょうぎ》に腰かけて、狂四郎と佐兵衛は、眺めていた。

今日は、藪入《やぶい》りであった。

「世間を渡って行くには、やはり、実直に働くことでございますね」

沁々《しみじみ》とした口調で、佐兵衛は、云った。

狂四郎は、こたえず、腕を組んだままであった。

「……井上遠江守様のお姫《ひい》様を、かどわかして、息を絶えさせて、素江の替玉にさせたまでは、あざやかな、手口でございましたが……。嘉助が、逆上して、獄門首を盗んで来てお姫様の首を切って、すりかえようなどとは、よもや、夢にも想像しなかったことでございましような」

この陰謀を企てたのは、素江の養父の「江戸金」の主人と加倉井耀左衛門であった。

すでに、「江戸金」の主人は一昨日《おととい》、獄門になっていた。

加倉井耀左衛門は、切腹、耀次郎は、遠島になっていた。

「もし、嘉助が、あのような気ちがい沙汰を起さねば、素江は、婚礼の牀で急死したことになり、まんまと、公方様の御中﨟になりすますところでございました。……悪事というやつは、こういう具合に、思い設けぬことから、失敗するものでございますね」

「失敗しない奴もいるだろう」

「いえ、悪のさかえたためしはございませぬ」

「そうかな。……徳川家は、天下をとるために、どれだけの悪業をかさねたか――」

「旦那！」

佐兵衛は、あたりをはばかって、たしなめた。

「おやじさん。悪と善とに拘《かかわ》らず、女の美しさとか、ひとつの商いとか、一国の繁栄とかは、盛りがすぎれば、ほろぶもののようだ。わたしは、そう思っている」

云いすてて、狂四郎は、茶屋を、ふらりと出て行った。

遠ざかる痩身《そうしん》を見送り乍ら、佐兵衛は、なぜともなく、ふかい溜息を、ついたことだった。

悪女仇討《あだうち》

一

冬陽《ゆうひ》が、松の梢《こずえ》を縫って、白い土の斜面に仰臥《ぎょうが》したおれのからだに、あたっていた。

静かであった。鳥の声もなかった。

下の街道には、もう一刻《いっとき》も人影を通して居らぬ。

おれにふさわしい憩《いこ》い場所であった。

江戸を出て二十日あまり経っている。西へ向かって、ひろうともなく街道をひろっている
うちに、山陽道《さんようどう》に入って、姫路《ひめじ》を過ぎた。

今朝から、山中を数里、歩いて、なお、田野《でんや》に出るには、数里あろう。

からだから、陽ざしが引くまで、こうして、路傍にじっと仰臥しているならわしは、この
旅でおぼえた。生きていることが面倒になった男の怠惰である。

……遠く、街道に、女の悲鳴があがった。

おれは、目蓋《まぶた》をとじたまま、その悲鳴をきき、

——どうする?

と、自分に訊いた。

奔《はし》って来る跫音《あしおと》にまじって、宙を截《き》る刃音もきこえた。

——おれの縄張り内まで、遁《のが》れて来る運があれば、だ。

おれを、むっくりと起き上らせたのは、女に運があったことだ。

武家の妻女で、眉目をひきつらせた必死の貌《かお》は、美しさに凄味を帯びさせていて、これが、おれの好色に叶《かの》うた。

追って来たのは、悪役を買うために、その面《つら》になったかと、苦笑させられるいちめん孔《あな》あき痘痕《あばた》であった。のみならず、一瞥《いちべつ》して、相当に使える腕を持ち乍《なが》ら、一太刀で斃《たお》そうとせぬのは、憎悪が深いあまり、一寸きざみ五分だめしの残忍な料簡《りょうけん》と見えた。

その残忍さを、猫背にしめしつつ、木株につまずいて倒れた女の上へ、のしかかるように迫ったのへ、おれは、不意に、頭上から、声をかけた。

瞬間、敏捷《びんしょう》にとび退《すさ》ったのは、おれの魔性の剣気に反応する心得があったことだ。

おれが、跳んで、路上に立った時、はね起きた女の口からほとばしったのは、意外な言葉であった。

「良人《おっと》の敵《かたき》でございます! お助太刀を——」

おれは、男を見て、

「まことか？」

と、訊ねた。

すると、男は、自嘲して、

「姦婦《かんぷ》に謀《はか》られたおのれ自身の恥は云わぬ。……助太刀すれば、こんどは、おぬしの恥となるぞ、引けい」

と、こたえた。

これは、堂々として、面目のある態度といえた。

これに対して、女は、狂ったように、仇討《あだうち》免許状が懐中にあることを叫びたてた。

おれは、男の瘂痕面に、暗い虚無の翳《かげ》が刷かれるのをみとめるや、ふと、気まぐれを起した。

「ご妻女、てまえは、見るからの素浪人。生命《いのち》をなげ出して助太刀するからには、報酬を頂かねばならぬ」

そう云った。

「おのぞみのものを――」

「左様か。では、首尾よく本懐をとげられたならば、貴女《あなた》の白い肌を、一夜だけ抱かせて頂こう」

おれの要求がなされるやいなや、突如として、男が、なんとも異常な哄笑《こうしょう》を噴かせた。それは、後日まで、おれの耳底に、のこった。

男は、笑いを納めた刹那《せつな》、地を蹴って、凄《すさま》じい気合で、襲って来た。

おれは、体を空《あ》けざま、抜きうちに、男の小手を峰打った。

女は、たたらをふむ男へ、とび込み、懐剣で、脾腹《ひばら》をえぐり、折重って、倒れた。

次の瞬間——。

おれは、見た。男が、双腕で、女のからだをかき抱きつつ、断末魔の形相の中へ、ふしぎな喜悦の色を交えるのを——。

惚れていたのか!

おれは、胸の奥に、微《かす》かな痛みをおぼえた。

屍《むくろ》をつきのけて、身じまいをととのえた女は、蒼褪《あおざ》めた横顔に、冷たいおちつきの色をとりもどして、代官所から検使をよんでもらえまいか、とおれにたのんだ。

有年坂峠《うねざかとうげ》というここは、森和泉守《もりいずみのかみ》領と松平内蔵頭《くらのかみ》領との境であったが、おれは、女の希望によって、赤穂郡《あこうぐん》へひきかえした。

一刻後、おれが、役人をともなって、戻って来た時、女の姿は消えて居り、屍は、崖下の灌木《かんぼく》の茂みの中へつき落されていた。

屍は、頭髪と右手の親指が切られていた。

二

有年から三石《みついし》へ三里、そこから峠ふたつを越えて和気《わけ》へ出て、さらに一嶺《れい》を越えて、片上《かたかみ》まで三里の夜道をひろったおれが、女の泊った旅宿を脇本陣と推察したのは、理由があった。女が持っていた懐剣の柄の紋が、輪蝶《わちょう》であったのを、おれは見てとっていた。この備前《びぜん》の国主松平内蔵頭の家紋であった。すなわち、その懐剣は、良人の讐《あだ》を、これで復《う》てと、下賜《かし》されたものと思われた。

めでたく本懐をとげた女が、故国へ戻って、第一夜をすごす旅宿に、脇本陣をえらぶのは、まず常識であろう。

脇本陣のもてなしも違うし、すでに、岡山城下へ、吉報の早飛脚も出して呉れていよう。おれが玄関からおとずれても、女の口止めによって、番頭は、白ばくれるに相違ない。

おれは、汐香《しおか》を含んだ夜風の渡る宿場町を、何気ないふりで通りすぎ、はずれにある立場《たてば》の居酒屋の、白馬《しろうま》を染め抜いた紺暖簾《のれん》をはねて入り、半刻をすごした。

三更《さんこう》を報《しら》せる番太の木の音が、おれを立ち上らせた。

裏手から、脇本陣の屋内へ忍び入り、まず、帳場の宿帳をぬすみとって、女の泊った部屋をつきとめ、そこへふみ込むのに、なんの造作もなかった。

次の間、三の間つきの貴賓《きひん》部屋を与えられていることは、想像していたところである。

おれは、わざと、次の間にふみ込むや、気配をつくって、褥《しとね》へ伝えておき、女が起き上って、身構える時間を置いてから、仕切襖《しきりぶすま》を、ひらいた。

はたして、襖へ吸いついていた者の、風のような襲撃があった。

懐剣を空に流して、その利腕《ききうで》を摑《つか》んで、逆にねじったおれは、

「この挨拶《あいさつ》は、貴女が待っていてくれた証拠だと解釈させて頂く」

と、皮肉をあびせた。

無言で、必死に抵抗するのを、ずるずると褥へひきずって、押えつけた。

「約束は、実行して頂く。女を犯すことには馴れている男だと、観念されるがいい」

もがくたびに、はだけてゆく胸や、太股《ふともも》の白いふくらみが、闇に利くおれの目を刺戟《しげき》し、ひさしぶりに、冷たい血を、残忍なものにかりたててくれる。

なおも抵抗を歇《や》めぬ女に、悲鳴をあげさせ、力を四肢からすてさせる手段を、おれは、知っていた。

そうしたおれは、左手でつまみ抜いた幾本かの細毛を吹きすてて、愛撫に移った。

闇は、おれと女を深くおしつつんで、時を刻んだ。

……やがて、やおら起き上ったおれは、死んだように動かぬ女をすてて、有明《ありあけ》に寄ると、

燧石《ひうちいし》を打った。

灯《ひ》が、そこから、闇を、部屋の隅ずみへ押しやった時、女は、起き上って寝間着の乱れをなおすと、肩を落して、うなだれた。

おれは、黙って、立ち上って、部屋を出るつもりであった。

おれが居直るものと思い込んで、次の言葉を吐いた女は、不運であったというべきであった。

「助太刀をして頂いたことを、もはや、家中へつつみかくしはいたしませぬ。城下まで、ご同道下さいませ」

おれは、こたえず、わざと、女を熟視した。

女は、堪え難い気色をしめし、

「まちがいございませぬ。良人の敵でございました。城下まで、ご同道下されば、ご得心なさいます。……檜垣清十郎《ひがきせいじゅうろう》と名のって居りましたが、まことは、三年前、良人佐藤嘉兵衛《さとうかへえ》を闇討ちして、退転いたしました須貝修之進《すがいしゅうのしん》にまぎれもございませなんだ」

ほとばしるように、云った。

おれには、糺《ただ》すべき疑念が、いくつかあった。

だが――わざと訊かなかった。

ただ、

「ひとつだけ、うかがっておこう」

「はい」

「敵という者は、通常、国から遠くはなれたところに身をかくして居るものだが、あの御仁が、隣国にひそんでいたのは、如何《いかが》なものか？」

女は、しばらく、俯向《うつむ》いて、返辞をためらっていたが、ついに、意を決した様子で、

「須貝殿は、江戸にすまいいたして居りました。わたくしが、ともうて、国許《くにもと》へもどる途中でございました」

「どういうのです、それは！」

「須貝殿は、良人の墓前で、切腹なさる約束でございました」

「貴女の願いを容れてか？」

「はい！」

「豹変《ひょうへん》して、貴女を返り討ちにしようとしたのは？」

「国に入る前に……肌身をゆるす約束でございましたが……」

「それをしなかったために、怒った、というのですな？」

「はい」

須貝修之進が、佐藤嘉兵衛を闇討ちした原因というのも、この女を奪われた怨恨《えんこん》であった、という。

話のつじつまは、一応合っていた。おれは、納得した態度をみせた。

女は、ほっとした様子になると、

「今宵《こよい》のことは、他聞をはばかることゆえ、そっとお立去りになって、明朝、玄関より、助太刀した者と名のって、おたずね下さいますまいか」

「承知いたした」

「わたくしは、本懐をとげた安堵《あんど》のために、気力が落ちて、牀《とこ》から起き上れぬことにいたします」

「明朝発たれても、てまえの方に異存はない」

おれが、あっさりこたえると、女は、怨じ顔で、じっと、食い入るように見入って来た。

「わたくしを、一夜限りで、おすてなさいますのか」

これは、思いがけぬ口説《くぜち》であった。

鼻の下をのばして、受けとるには、おれはすこしばかりひねくれていたし、ひねくれていることが、この場合、役に立つようであった。

但《ただ》し、即座に、女の肚《はら》が読めた次第ではなかった。

翌朝、おれが、この脇本陣の玄関に立った時、すでに、岡山城下からは、数名の士が、かけつけて来ていた。

しかし、女が、部屋に通したのは、おれだけであった。疲れた身は、容易に牀から起き上れぬとみせかけたのである。

家臣たちは、おれをとらえて、矢つぎ早やに、質問をあびせたが、おれは、行きずりに、一臂《いっぴ》を貸したにすぎぬ、とこたえたきり、無愛想に終始した。

それから、十夜、女は、ひそかに、おれのものとなり、烈《はげ》しく身もだえて、陶酔《とうすい》した。

女——きの女《じょ》が、おれをともなって、池田《いけだ》侯の別墅《べっしょ》である烏城《うじょう》西方の後楽園《こうらくえん》に入った時、迎える家臣たちは、いずれも、祝福を惜しみなく面上に湛《たた》えていた。

この日は、主君に拝謁《はいえつ》する前に、城代によって、一応その真偽の程がたしかめられるべく、召致されたのである。

きれ者らしい五十年配の城代は、きの女とおれを小半刻も待たせておいて、書院に入って来ると、ひどくむっつりした面持《おももち》で、挨拶《あいさつ》を受け、自身からは、なんのねぎらいもせず、早速に、証拠の品を所望した。

きの女がさし出した白絹包みをてのひらにのせるや、

「太刀を合せて、討ちとったに相違あるまいな？　寝首を掻くがごとき卑劣の振舞によったのではないいな？」

と、念を押した。

「これなる眠狂四郎殿のお助太刀により、作法たがえず、討ちとりましてございます」

きの女は、つつましくこたえた。

城代は、白絹を披《ひら》いた。

一握の頭髪と、ひからびた右手の親指が、あらわれた。

「……ふむ」

城代は、頷《うなず》いた。

「修之進のものにまぎれもない」

城代は、その親指に、見おぼえがあったのである。十年前、城中において、紅白試合が催された際、勝ちのこって、幼年からの競争相手である佐藤嘉兵衛と、勝負を争った修之進は、みごと嘉兵衛の木太刀を空中へ刎《は》ねあげたが、おのれも、勢いあまって、篝火《かがりび》まで奔《はし》って、親指を灸《や》いた。それ以後、爪が波型に変形して、黝《くろ》い筋がついたのである。

城代は、小姓がさげて来た三方《さんぼう》へ、白絹包みを置くと、

「三年の苦労、大儀であった。明日午後、拝謁の儀、さしゆるす。衣服は普通にて、化粧してよいぞ」

それだけ云いのこして、さっさと立って行った。

おれに対する礼の言葉は、なかった。

その宵、佐藤家に於《おい》て、祝宴がはられたが、おれは、辞退して、大黒町《だいこくまち》の旅籠《はたご》にひきこもった。

嘉兵衛には、老いた母がひとりあるばかりで、兄弟はなかった。席上、きの女に婿《むこ》をとる話が、早速にもち出されたに相違なかった。

深夜――三更すぎて、おれは、予定通り、佐藤家へ忍び入って、きの女の寝室にひそんだ。

きの女の身もだえぶりは、片上の脇本陣におけるよりも、さらに一段と烈しいものであったが、おれには、それが、かなり技巧を加えて、誇張されている、と受けとれた。

おれが、出て行く気配をしめすと、きの女は、狂ったようにすがりついて、

「当地に、いつまで、おとどまり下さいましょうか?」

と、訊ねた。

「貴女にあきるまで、としておこうか」

おれは、こたえた。

当然、女には、これをうらむ口説があるべきであった。なぜか、きの女は、口を緘《と》じていた。狂ったようにすがりついて訊ねる必死な心根にしては、その態度は、訝《いぶか》しかった、というべきであろう。

次の夜も、そのまた次の夜も、おれは、その寝室におとずれた。

五日目の夜、きの女は、おれの腕の中で、ささやいた。

「親戚たちが、わたくしの婿を、えらぶ模様でございます。……堪えられませぬ」

「…………」

おれは、わざと、沈黙をまもった。

「わたくしは、わが身をすてて、良人の敵を討ちとりました。妻として、わたくしのつとめは、はたしました。……これからは、じぶんの望む道を、ふみたく存じます」

「…………」

「眠様。わたくしを、妻にして下さいますか？」

「…………」

「肚をおきめ下さいませ。ひと足お先に、江戸へお帰りになって、わたくしを待っていては、下さいますまいか。かならず、神明に誓って、わたくしは、おあとをお慕い申し上げます。……女は、恋のためには、いか様にも、決意をなしとげてみせまする。敵討ちのために、わが身をすてたとは申すものの、本懐とげたあとの虚《むな》しさを思いやり乍らの、暗い苦労でございました。それにひきかえて、恋のよろこびを知らされたこのたびのわたくしは、貴方様《あなた》の許でくらせる希望を叶えるために、この家を出て参るのでございます。なんの未練もあろう筈《はず》がございませぬ。かならず、かならず、江戸へ参ります。……どうぞ、ひと足お先に、お帰りになり、待っていて下さいませ」

おれは、なおしばらく、無言をつづけてから、おもむろに、口をひらいた。

「わたしが、江戸へ帰らずともよいてだてがある」

「それは——どういう？」

「この家へ、入婿すればよかろう」

おれは、あっさりと、云ってのけた。

「そ、それは、わたくしも、一度は考えましたなれど……なにぶんにも親戚の者たちが――」

「どこの馬の骨とも判らぬ浪人者を、婿にするわけにはいかぬ、恩義は恩義、婿は婿――と主張する人々に対して、貴女が、臆せず、申し分をたてることは、べつだん不貞にはならぬだろう」

「………」

こんどは、きの女が沈黙する番であった。

「須貝修之進は、醜い疱痕面のために、貴女を、佐藤嘉兵衛にゆずったのであろうが、あいにく、同じ悪党面はしていても、わたしには、貴女を他人にゆずる劣等感はない」

おれの、何気ないこの言葉が、きの女に与えた衝撃が、いかに大きかったか――これは後になって、思いあたった。

沈黙したままのきの女を、褥の中にのこして、おれは、去った。

しつっこくも、おれは、次の夜も、おとずれた。

その帰途、覆面の士の襲撃があった。

旭川《あさひがわ》に架けられた五十九間《けん》の京橋《きようばし》を、渡りかけたおれは、欄干の根かたに、菰《こも》をかぶってながながと寝そべっている乞食ていの男を見た。

その前をゆっくりと通りすぎて、

——来るな！

そう感じるのと、はね起きた男が、かくしていた手槍を、突きかけて来るのが、同時であった。

——出来る！

と、見た。

おれは、迫られるままに、すこしずつ、退り乍ら、

「きの女に、無報酬でたのまれたとは、思えぬが……」

と、冷やかに云った。

「おぬしが、婿にえらばれた御仁ならば、仇討ちの栄誉をになった女を妻にするよろこびが、いずれ水の泡となることを、予告しておく。きの女が、いかなる事由をたてて、この素浪人を討って欲しいとたのんだか知らぬが、助太刀してくれた者を暗殺しようとするところに、かくさねばならぬやましさがあろう、というものだ。悪女に手玉にとられる愚をさとることだ」

そう教え乍ら、おれは、苦笑した。

女の色香に血迷った者に、忠告して、未《いま》だ曾《かつ》て、ただの一度でも、肯《き》き容れられたためしがあったろうか。

死に急ぎする者に対しては、こちらも、作法通り、尋常に立合って、あの世へ送ってやるべきであろう。

気合烈しく、突き出して来た槍を、身をひねって、かわしたおれは、ゆっくりと、腰から、無想正宗を滑り出させた。

「この世の見おさめに、てまえの円月殺法をごらんに入れる」

過去に、幾十人かの敵へ向かって口にした台詞《せりふ》を、おれは、ここでもまた、くりかえした。

おれが、切っ先を、地摺《じず》りに落して、構えるや、けなげにも、敵も、汐合《しおあい》をはかるべく、腰を落して、ぴたっと、穂先を、おれの胸さきへつけた。

敵は、おれが、しばし、構えを不動にするのを、自身の鋭気が吸いとられるためであることを知らぬ。

不動の中に、無量の変動が生じ、懸る中に待ち、待つ中に懸る覚知がある。懸待一致すれば、技熟して理に至り、理きわまって技に至る――これが剣の奥義だが、おれの兵法は、おのれの太刀をして無想剣たらしめず、敵をして、空白の眠りに陥らしめる殺法であるからには、汐合がきわまるあいだに、その用意をする。おのれ自身が、真我の我を得て、身を真空の中に置こうとするのではない。

おれは、月明を透して、敵の眼裡が潤《うる》むのを見てとった。

無想正宗の湾刃《のたれば》の鋩子《ぼうし》に業念《ごうねん》が罩《こも》る瞬間が来た。

おれは、無言で、しずかに、大きく、左から、円を描きはじめた。

敵の双眸《そうぼう》は、それにつれて、徐々に、瞠《みひら》かれ、眦《まなじり》が裂けんばかりとなった。

……その瞳孔《どうこう》から、闘志の光が消えた。

憑かれた者のむなしい色を、顔面に滲《にじ》ませた敵は、地を蹴った。

「ええいっ」

突き入って来た刹那、円月を描く切っ先は、恰度《ちょうど》、まっすぐに、おれの頭上に立っていた。

おれは、刀身を、一直線に、振り下した。

噴出する血煙りの下に、敵は、よろめき、膝を折り、そして次第に首を垂れて行った。

おれは、その夜のうちに、岡山城下を立去った。

三

おれが、まっすぐに、片上宿へひきかえして、「つるや」という旅籠へ入った時、すでに、江戸から呼び寄せた人間は、到着していた。

二階の部屋にあがってみると、まだやっと二十代になったばかりの、誠実そうな、骨の細い男が坐《すわ》っていた。

「檜垣清十郎殿の弟御か?」

「左様です」

「御家人――ですな?」

「いかにも――」

おれは、それだけ訊けば、充分であったが、わざわざ、路銀を添えて、早飛脚を遣って、呼び寄せたからには、一応のしめくくりをつける必要があった。

きの女が、迂闊《うかつ》であったのは、斃《たお》した敵の懐中から、おれが、その素姓をあきらかにする手形を抜きとっておいたことに、気がつかなかったことである。それは檜垣清十郎の姓名と江戸の住所が記されてあったのである。

檜垣清十郎は、仮名ではなかった。すなわち、きの女の良人の敵須貝修之進とは、全くの別人であった。

おれは、それを、この肉親を呼び寄せて、たしかめたのである。

「兄上は、放埒《ほうらつ》をもって、廃嫡《はいちゃく》となり、お手前が、家督を継がれた――そうですな?」

「左様です」

「兄上が、その後、どのようなくらしをなされたか、ご存じか?」

「存じ申さぬ。消息は絶えて、すでに、三年あまりになって居りました故《ゆえ》――」

「江戸に住んでいたかどうかも?」

「小田原《おだわら》のあたりにいる、と風の便りを耳にして居りましたが……。兄の身に、どのようなことが起ったのか——それがしを招かれた程の、何事か、大事をひき起しましたか？」

真剣に凝視して来る若者から、おれは視線をはずして、

「兄上は、すでに、この世には居られぬ。池田藩士須貝修之進として、同藩の朋輩《ほうばい》を闇討ちした咎《とが》により、その妻に敵討ちされた。てまえが、助太刀した」

「莫迦《ばか》な！　……兄が、須貝なにがしなどで、あろう筈がない。兄は、年少より檜垣清十郎にまぎれもありませんぞ！」

「その事実をたしかめるために、お手前に、ここまで来て頂いた」

「兄を討ちとった後になって、それがしを呼び寄せたとて、何になろうか！」

若者は、激昂《げきこう》した。

「兄上の不慮も、身から出た錆《さび》と考えられなくはない」

おれは、冷やかに、云った。

「わざわざ、遠い旅をされたからには、兄上の仇討ちを、されるのも、弟御として、供養《くよう》になろう。こんどは、お手前に助太刀することになる」

佐藤嘉兵衛の三年忌が、仇討本懐の報告をかねて、操山山麓《みさおやまさんろく》の菩提寺《ぼだいじ》で、盛大に催されたのは、それから、二十日あまり後のことであった。

法要の順序が、遅滞なくすすめられ、やがて、喪主きの女が、焼香すべく、すすみ出て来た時、おれは、須弥壇《しゅみだん》の陰から、躍《おど》り出て、片手で、その身の自由を奪い、片手に無想正宗を抜き持った。

騒然となった堂内を、冷やかに見わたしたおれは、

「この妻女が、ここで焼香する代りに、墓前にぬかずいて、懺悔《ざんげ》しなければならぬことは、当人自身、いちばんよくご承知の筈だ。その時間を頂こう」

と、云いはなった。

城代が、一同を制して、おれの前に立った。

「仔細《しさい》を述べい。きこうぞ！」

と、云った。

おれは、にやりとした。この人物が、信頼するに足りる器量の所有者であることは、すでに、後楽園で対面した際、おれは見てとっていた。

「この妻女が、良人の仇討ちをしたことは、まちがいありませぬ」

おれは、云った。

「ふむ、それで――？」

「助太刀いたしたのは、てまえではない。てまえが助太刀して討ちとった檜垣清十郎なる人物が、助太刀して、敵を討ったと心得られたい」

「……………」

「この妻女は、小田原において、敵須貝修之進の在処をつきとめた。しかし、女手ひとつで、討ちとることは叶わぬと知り、檜垣清十郎なる御家人崩れの、腕の立つ人物をさがしあてて、これに操をゆるし、夫婦《めおと》の約束までして、助太刀を乞うた。敵討ちは、首尾よく、遂げられた。……檜垣清十郎は、その直後、女が自分をすてて、国許へ逃げ帰ったのを知らされて、激怒して、あとを追った。……ようやく追いついたのが、隣国の有年坂峠であった。檜垣清十郎にとって、不運であったのは、そこに、てまえという気まぐれな素浪人が、居合せたことであった。こちらもまた、良人の敵討ちと呼ばわるこの妻女の、年増盛りの色っぽさに、つい、浮気の虫を起したのが、因果と申すものであった。……これで、お判りであろう、御城代」

「きの女の処置を、自身にまかせよと申すのか？」

「なろうことならば、です」

「どういたす？」

「墓地に、檜垣清十郎の弟が、待って居ります」

城代は、ほんのしばし、おれを睨《にら》みつけていたが、大きく頷いた。

「よし！　存念通りにいたせ！」

それから一刻ばかり後、おれと檜垣清十郎の弟は、街道を東へ向かって、歩いていた。
若者の懐中には、自害したきの女の黒髪がひとにぎり在ったし、おれの胸の裡《うち》には、なんとも名状しがたい、暗然たる不快感が澱《よど》んでいた。

と——。

おれは、後方に、騎馬の音をきいた。十騎をこえている。

「先に行って頂こう」

おれは、若者に云った。

「どうなさる？」

不安の眼眸《まなざし》に、おれは、笑ってみせた。

「あの老獪《ろうかい》な城代が、われわれを、このまま、腕を拱《こま》ねいて、国の外へ出してくれる筈はない。白刃の土産をくれようと、いう。せっかくの好意だから、貰《もら》って行こう。逃げたと思われるのは、首がちぎれてもいやな、困った性分にできている男なのだ、わたしは——」

おれは、若者を行かせると、やおら踵《きびす》をまわして、無想正宗が、またもやまきおこすであろう修羅場へ向かって、自身の方から、足をふみ出していた。

編者解説

末國善己

時代小説には、老巡礼を理由もなく斬殺する衝撃の登場をした中里介山《なかざとかいざん》『大菩薩峠《だいぼさつとうげ》』（一九一三年～四一年）の机龍之助《つくえりゅうのすけ》、実利主義の柳沢吉保《やなぎさわよしやす》にも、理想主義の大石内蔵助《おおいしくらのすけ》にも共鳴できないまま、赤穂《あこう》浪士を探る密偵になる大佛次郎《おさらぎじろう》『赤穂浪士』（一九二七年～二八年）の堀田《ほった》隼人《はやと》、徳川六代将軍擁立をめぐって争う二つの派閥の間を彷徨《さまよ》いながら、ひたすら人を斬る土師《はじ》清二《せいじ》『砂絵呪縛』（一九二七年）の森尾《もりお》重四郎《じゅうしろう》など、ニヒリスト・ヒーローの系譜が存在している。戦後を代表するニヒリスト・ヒーローの一人は、間違いなく柴錬こと柴田錬三郎が生み出した眠狂四郎である。

一九五六年、新潮社が「週刊新潮」を創刊する（二月十九日号）。当時は「サンデー毎日」「週刊朝日」など新聞社系の週刊誌が全盛で、出版社が週刊誌を刊行するのは「週刊新潮」が初となった。文芸出版の老舗《しにせ》である新潮社は、「週刊新潮」の柱を小説にしていて、創刊号には、連載が谷崎潤一郎『鴨東綺譚《おうとうきたん》』、大佛次郎『おかしな奴』、五味康祐《ごみやすすけ》『柳生武芸帳』、読切が石坂洋次郎「青い芽」、読切連載が中村武志「目白三平の逃亡」と五本の小説が並んでいた。ところが、連載の目玉だった谷崎の『鴨東綺譚』が、モデル問題でクレームがつきわずか六回で中断、急遽連載が決まった石原慎太郎『月蝕《げっしょく》』に続き、一九五六年五月八日号からスタートした連載が『眠狂四郎無頼控』（～五八年三月三十一日号）だったのである。

柴錬のエッセイ「わが小説Ⅱ『眠狂四郎無頼控』」（初出紙誌不詳）によると、柴錬が大衆文学を批判した文芸時評で「こんなものが大衆小説なら、いつでも束にして書いてみせる」と見栄をきったのを目にした新潮社の斎藤十一が、連載を決めたという。「週刊新潮」の依頼は、基本的には一話完結だが、続けて読むと長編としても楽しめる「読切連載の時代小説」だった。これは基本設定さえ知っておけば、どこからでも読み始められるようにすることで、初めて雑誌を手に取る読者を取り込む意図があったためと思われる。

依頼を受けた柴錬は、主人公を作り始める。「眠狂四郎の生誕」（一九六一年）によると、それまでの時代小説のヒーローは「求道精神主義者か、しからずんば正義派であった。そして、刀を抜くことに、ひどく、もったいぶっている。（中略）氏素姓は正しいし、女に対してピューリタンで、万事理想的にできすぎている」と考えた柴錬は、「いちいち、その逆をとる」ことにした。こうして生み出されたのが「異国の伴天連《バテレン》が、拷問のゆえに、信仰を裏ぎって、ころび、悪魔に心身を売って、女を犯した挙句、生れた」という「形而上的にも、形而下的にも、陰惨」な生誕をしたためニヒリストになり、「いつ、殺されても一向にかまわないような人間」、刀を「あくまで凶器」と考える眠狂四郎だったのである。

ただ週刊誌に読切連載をするのは大変だったようで、「時代小説について」（初出紙誌不詳）によると「時には、死ぬ苦しみをあじわった。なんとかして、一号休載できぬものか、と談判したことも、いくたびかある。時には、作者自身蒸発したくなった」こともあったようだ。ただ「原稿用紙二十枚足らずの一話ずつで、すべてに趣向をこらす」努力は怠《おこた》らなかったとしている。柴錬の苦労は報われ、狂四郎の活躍は読者を熱狂させた。当初、狂四郎のような人物が「そんなに長く生きられる筈はない」と考えた柴錬は、「百話で、渠《かれ》を死なせるつもりであった」という。だが「週刊誌ならびに読者の希望」で継続が決まり、『眠狂四郎無頼控続三十話』（一九五九年）、『眠狂四郎独歩行』（一九六一年）、『眠狂四郎殺法帖』（一九六三年〜六四年）、『眠狂四郎孤剣五十三次』（一九六六年〜六七年）、『眠狂四郎虚無日誌』（一九六八年〜六九年）、『眠狂四郎無情控』（一九七一年）、『眠狂四郎異端状』（一九七四年）、および短編数作からなる長大なシリーズになっていった。

「一話ずつで、すべてに趣向をこらす」という柴錬の言葉に偽りはない。『眠狂四郎無頼控』は、狂四郎が円月殺法で敵を斬る剣豪小説の要素が強いと思われがちだが、実際は、政治的な陰謀劇、市井《しせい》のトラブル、旅先での怪異など多彩な事件が描かれている。その中には狂四郎が探偵となって不可能犯罪に挑むミステリも少なくないのだ。これはミステリ作家の大坪砂男が、柴錬にトリックを提供していたことと無縁ではあるまい。

本書『化嫁首　眠狂四郎ミステリ傑作選』は、狂四郎が活躍するシリーズの中から、密室殺人、雪の密室、呪われた屋敷、山中の怪異、重要書類の消失、首切り殺人など、ミステリファンも楽しめるトリッキーな作品を二十一編セレクトした。

事件解決の手掛かりが事前に提示されている、伏線がすべて回収されているといったミステリのルールに厳格な読者だと、本書の収録作に違和感を覚えるかもしれない。ただ、アクションあり、エロティシズムあり、ゴシック小説の要素ありの波瀾に満ちた展開の中に、謎解きのエッセンスを織り込んだ物語は、冒険活劇やスパイ小説の枠組みで本格ミステリを描いた戦前の探偵小説が好きなら絶対に楽しめるはずだ。

ここから収録作を順に紹介していきたい。

「雛《ひな》の首」は、『眠狂四郎無頼控』の記念すべき第一話である。賭場で助けた掏摸《すり》の金八と老中の水野越前守忠邦の屋敷に潜入した狂四郎は、金八に雛壇からお内裏《だいり》様を盗むように命じ、自身は忠邦の愛妾《あいしょう》・美保代を犯す。この作品は、狂四郎の謎めいた行動の理由を探るホワイダニットになっているが、ミステリ色はそれほど濃くない。ただ幕政改革を進める水野忠邦が、守旧派の水野出羽守忠成と鎬《しのぎ》を削っていて、忠邦の側用人《そばようにん》・武部仙十郎の命を受けて動くこともある狂四郎も、忠成の腹心・土方縫殿助《ひじかたぬいのすけ》が送り込む刺客や忍者と暗闘を繰り広げていること、狂四郎の最愛の女性となる美保代、狂四郎の乾分《こぶん》になる金八との出会いなど、シリーズの基本設定が描かれているので巻頭に置いた。

「禁苑《きんえん》の怪」は、大奥に出没する幽霊の正体を暴くため、狂四郎が男子禁制の大奥に潜入する。怪談めいた謎を論理的に解明するのは、岡本綺堂『半七捕物帳』（一九一七年～三七年）以来の時代ミステリの伝統だが、この作品は非合理な幽霊出現の謎と、合理主義の極地ともいえるハウダニットのギャップに驚かされる。

「悪魔祭」は、狂四郎の出生の秘密が明かされる重要な作品である。毎年八月十二日になると、下腹に黒い十字を書かれた女の死体が見つかるという。犯人を追う狂四郎は美保代に囮《おとり》捜査を頼むが、この展開は、美女の連続失踪事件を調べる平次が、恋人のお静を囮にする野村胡堂『銭形平次捕物控』（一九三一年～五七年）の第一話「金色《こんじき》の処女《おとめ》」へのオマージュだろう。

廻米《かいまい》問屋の駿河屋から用心棒を頼まれた狂四郎が、賊に主人を殺され、千両箱も奪われてしまう「千両箱異聞」は、構図が反転する大仕掛けが秀逸である。

密書を紛失し切腹を覚悟した隠密《おんみつ》と出会った狂四郎が、事件の裏にある陰謀を暴く「切腹心中」は、狂四郎が不幸な隠密に同情を寄せていて、ほのかな人情も感じられる。

「神子《みこ》えらび」（現代でいえばミス・コンテスト）の最終候補に残った三人が殺されていく「皇后悪夢像」は、人の虚栄心が巻き起こす壮絶な愛憎劇が描かれるが、事件解決後のオチはさらに恐ろしい。この結末は、芥川龍之介の某名作を意識したように思える。

エロティックな要素が満載の「湯殿の謎」は、連続密室殺人が描かれる。トリックはバカミス系だが、被害者が湯殿に錠をかけた理由とトリックを結び付けたところは見事である。

二代目松林伯圓《しょうりんはくえん》の創作講談『天保六花撰』が生んだ河内山宗俊《こうちやまそうしゅん》は、子母澤寛《しもざわかん》『河内山宗俊』（初出紙誌不詳）、藤沢周平『天保悪党伝』（一九八五年〜九二年）などにも登場する時代小説ではお馴染《なじ》みのキャラクターで、柴練も短編「真説河内山宗俊」（一九五二年）などを書いている。狂四郎が、葬列の棺《ひつぎ》の中に死体が入っていないと見抜く「疑惑の棺」は、狂四郎と河内山宗俊の頭脳戦を描くコンゲームものとなっている。

古くから信仰の対象になっていた山は、異界と信じられていて、山にまつわる怪異譚は少なくない。狂四郎が山で道に迷う「妖異碓氷峠《うすいとうげ》」も、山中怪談が発端になっている。やがて狂四郎は、怪物を生んだ哀しい現実を知るので、ラストはせつなく感じられる。怪談が生まれるメカニズムに迫ったラストも印象に残る。

徳川幕府の祖・家康が描いた絵が三幅売りに出された。好事家《こうずか》三人が、どれが本物かを見極めようとする「家康騒動」は、秀逸な美術ミステリである。マニアの心理をついたトリックは、何かをコレクションしている読者には、身につまされるかもしれない。

虚無僧《こむそう》に、家に凶相があるといわれた宇野屋で悲劇が起こる「毒と虚無僧」は、一種の操りトリックがあり、タイトルになっている毒を摂取させる方法にも一ひねりがある。

土蔵の扉の前で刺青師《いれずみし》が刺殺されたが、現場の周辺に積もった雪には被害者の足跡しかなかった「謎の春雪」は、雪の密室ものである。被害者は、美女の肌に刺青を彫ることに執念を燃やすが、これは谷崎潤一郎『刺青』(一九一〇年)を踏まえた設定だろう。

禁裏から上野の寛永寺に質草として持ち込まれた唐代の鐸《たく》が、吟味のために据えられた御《お》浜御殿《はまごてん》の貴賓《きひん》座敷から消えた。鐸を運んだ侍女は、貴賓座敷から茶亭に案内されたが、そこから座敷は見渡せ、目を離したのは移動中のわずかな時間だけだった。この不可能犯罪に狂四郎が挑む「からくり門」は、シンプルながら効果的なトリックが使われていて、本書の中でも謎解きのクオリティは高い。タイトルが若干ネタバレ気味なのだが、こうしたおおらかさは、長大な時代小説のシリーズでは特に珍しくはない。

「芳香異変」は、薫香《くんこう》を出す玉をめぐる争奪戦が描かれる。作中には、オースティン・フリーマン『証拠は眠る』(一九二八年)を思わせるトリックも出てくるが、メインの謎は、香木のように火で炙《あぶ》って匂いを出すとは思えない玉を、どのように使うかといえるだろう。

狂四郎が興味を持った老人が暮らす屋敷では、蟬《せみ》とりに入った子供が変死し、犬、鴉《からす》、雀の死骸もあったという。謎めいた屋敷を調べる「髑髏《どくろ》屋敷」は、ミステリの題材としても、伝奇小説の題材としてもお馴染みのネタを使ってスリリングな物語を作っている。

狂四郎に「地獄《いんへるの》へ――」と呟《つぶや》いた女は、二世《にせ》を誓った男が切支丹になったため、「男をまりやに取られ」た腹いせに「きりすとやらを取ってやった」という。この言葉の意味を探る「狂い部屋」は、最後に明かされる妄念が凄まじい。

「恋慕幽霊」には、長谷川伸、大佛次郎、菊池寛、吉行淳之介ら錚々《そうそう》たる作家が手掛けた鼠小僧次郎吉が登場するが、「疑惑の棺」の河内山宗俊とは異なり、狂四郎の味方とされている。丹波綾部の九鬼家の娘・里姫が、主君に恥をかかせたとして切腹した佐柄新十郎の霊に取り憑かれる。狂四郎は罠を使って犯人をおびき寄せるが、犯人を陥れる仕掛けを何気ない一文に隠したところが鮮《あざ》やかである。

武部仙十郎が、十名の間者を犠牲にして佐渡金山の不正を暴いたが、重要な書類が水野屋敷から消えた。「美女放心」は、エドガー・アラン・ポー「盗まれた手紙」（一八四四年）の伝統を受け継ぐ〝手紙の探索〟テーマだが、その分量が「ひと抱え」もあるほど膨大で、簡単には隠したり、持ち出したりできないようになっているところが面白い。トリックは単純だが、そこに至るまでに丁寧《ていねい》に伏線が張りめぐらされており、緻密な構成となっている。

ここまでの十九編は連作の中から抜粋したが、ここからの三編は純粋な短編として発表された作品である。

「消えた兇器《きょうき》」は、三千石の旗本が湯殿の中で刺殺されるが、現場に凶器はなく、湯殿に控えていた女中は湯もじ一枚のうえ、服を着る時に監視下にあったので凶器を持ち出していないのは明らかという不可能犯罪が描かれる。旗本の家中が、短剣と紐を使ったトリックを考えたり、狂四郎が関係者の聞き込みをしたりするので、正統的な捕物帳といえる。

奥祐筆を勤める加倉井家の次男と、料亭「江戸金」の一人娘との結婚初夜、殺された新婦の首が切断され、斬首された無宿人の首とすげ替えられる「花嫁首」は、本書の中でも最も陰惨な事件といえる。ミステリを読み慣れていると、首切りの理由は容易に想像できるだろうが、そこにグロテスクな人間の欲望が織り込まれているので圧倒されるはずだ。

掉尾《とうび》を飾る「悪女仇討《あだうち》」は、狂四郎が「おれ」の一人称で語る異色作である。山陽道を旅していた狂四郎は、夫の敵《かたき》を見つけたので助太刀して欲しいというきの女《じょ》と出会い、一夜だけ抱くことを条件に男を斬る。これで終わったと思えた仇討ちが、二転三転していく「悪女仇討」は、ラストに、狂四郎が斬った男の「助太刀すれば、こんどは、おぬしの恥となるぞ」の台詞《せりふ》が重要な意味を持つなど、伏線の妙が光る。大映製作、市川雷蔵主演の映画〈眠狂四郎〉シリーズの第五弾『眠狂四郎炎情剣』（一九六五年、脚本・星川清司、監督・三隅研次）は、「悪女仇討」をベースにしており、中村玉緒がきの女を演じた。映画と原作を比べてみるのも一興である。

創元推理文庫からは、既に柴錬のミステリ集『幽霊紳士／異常物語』が刊行されている。本書と併せ、二〇一七年に生誕百年を迎える柴錬の残した芳醇《ほうじゅん》なミステリをぜひとも堪能して欲しい。

出典一覧

「雛の首」「禁苑の怪」「悪魔祭」「千両箱異聞」「切腹心中」
（『眠狂四郎無頼控　一』新潮文庫　二〇〇九年）
「皇后悪夢像」
（『眠狂四郎無頼控　二』新潮文庫　二〇〇九年）
「湯殿の謎」「疑惑の棺」
（『眠狂四郎無頼控　三』新潮文庫　二〇〇九年）
「妖異碓氷峠」「家康騒動」「毒と虚無僧」
（『眠狂四郎無頼控　四』新潮文庫　二〇〇九年）
「謎の春雪」「からくり門」
（『眠狂四郎無頼控　五』新潮文庫　二〇〇九年）
「芳香異変」「髑髏屋敷」「狂い部屋」「恋慕幽霊」
（『眠狂四郎無頼控　六』新潮文庫　二〇〇九年）
「美女放心」
（『眠狂四郎殺法帖　上』新潮文庫　二〇〇六年）
「消えた兇器」「花嫁首」「悪女仇討」
（『新篇眠狂四郎京洛勝負帖』　集英社文庫　二〇〇六年）

本文中における用字・表記の不統一は原文のままとしました。また、難読と思われる漢字、許容から外れるものについてはルビを付しました。
現在からすれば穏当を欠く表現がありますが、著者が他界して久しく、作品成立上、不可欠との観点から、原文のまま収録しました。

（編集部）

検印
廃止

著者紹介　1917年岡山県生まれ。慶應義塾大学卒。戦後，編集者生活を経て，51年『イエスの裔』で第26回直木賞を受賞。代表作に『御家人斬九郎』『赤い影法師』『徳川太平記』などがあり，〈眠狂四郎シリーズ〉は一大ブームとなった。1978年没。

花嫁首

眠狂四郎ミステリ傑作選

2017年3月24日　初版
2017年4月21日　再版

著者　柴《しば》田《た・》錬《れん》三《ざぶ》郎《ろう》
編者　末《すえ》國《くに》善《よし》己《み》

発行所　(株)　東京創元社
代表者　長谷川晋一

162-0814/東京都新宿区新小川町1-5
電話　03·3268·8231-営業部
03·3268·8204-編集部
URL　http://www.tsogen.co.jp
振替　00160—9—1565
暁印刷・本間製本

乱丁・落丁本は，ご面倒ですが小社までご送付ください。送料小社負担にてお取替えいたします。

ISBN978-4-488-43912-5　C0193